TATUAGGIO SPINOSO

Montgomery Ink

CARRIE ANN RYAN

Un romanzo alla Montgomery Ink
Carrie Ann Ryan

Copyright

Questo libro è un'opera di fantasia. Nomi, personaggi, luoghi ed eventi sono il prodotto dell'immaginazione dell'autrice o sono rappresentati in modo immaginario. Qualunque riferimento a eventi, luoghi o persone reali (presenti o passate) è puramente casuale.

Quest'opera non può essere sfruttata, riprodotta o trasmessa, in tutto o in parte, senza il permesso scritto dell'editore, con l'eccezione di brevi estratti a scopo di recensione, secondo quanto permesso dalla legge.

Questo libro è concesso in licenza per uso esclusivamente personale, non può essere rivenduto o ceduto a terzi. Per condividere questo libro con altri, si prega di acquistare una copia per ciascun ricevente. Se stai leggendo questo libro e non lo hai comprato, oppure questa copia non è stata acquistata per il tuo utilizzo, dovresti acquistare la tua copia personale.

Grazie per aver rispettato il duro lavoro di questa autrice.

Tatuaggio spinoso
Un romanzo alla Montgomery Ink
di Carrie Ann Ryan
©2020 Carrie Ann Ryan
eBook ISBN: 978-1-950443-99-4
Paperback ISBN: 978-1-63695-040-2
Titolo originale: *Delicate Ink*
Traduzione dall'inglese di Well Read Translations
http://wellreadtranslations.com

Prodotto negli Stati Uniti

Per maggiori informazioni, aderire alla MAILING LIST di Carrie Ann Ryan.
Per interagire con Carrie Ann Ryan, aderire al suo FAN CLUB su Facebook.

Tatuaggio Spinoso

L'autrice di bestseller del *New York Times* Carrie Ann Ryan comincia la sua serie mozzafiato sulla Montgomery Ink con uno scapolo finalmente pronto a sistemarsi, e con l'unica donna che non dovrebbe avere.

Uno sguardo alla donna che entra per un tatuaggio e Austin Montgomery capisce che è quella giusta per lui. Il problema: lei non lo sopporta. Ora la dovrà convincere, tirando fuori tutta la sua dolcezza, per farle cambiare idea, per vincere il suo cuore.

Sierra Elder ha molti motivi per starsene in disparte, molti segreti nel cuore. Un incidente le ha preso il primo amore, spaventandola nel profondo. Ora un uomo tatuato con uno strano sguardo comincia a sciogliere il ghiaccio che la teneva al sicuro, ma il pericolo non sono solo le sue sensazioni.

Alcuni segreti non andrebbero mai tenuti, e quando gli errori di entrambi bussano alla porta, i due dovranno fidarsi, a costo di sentirsi feriti.

Capitolo 1

"Se non abbassi quella fottuta musica, metterò questa macchinetta per tatuaggi in un posto che nessuno su questa terra dovrebbe mai vedere."

Austin Montgomery sollevò l'ago dal braccio del suo cliente per poter trattenere una risata brusca. Poi lasciò scivolare il piede dal pedale, in modo da mantenere una posizione neutrale. Buon Dio, sua sorella Maya aveva chiaramente bisogno di bere più caffè.

O di qualcuno che abbassasse quel cavolo di volume della musica in negozio.

"Non stai nemmeno lavorando, Maya. Lascia che ascolti la mia musica," Sloane, un altro tatuatore, borbottò sottovoce. Sì, non l'aveva urlato. Non era necessario. Nessuno voleva urlare alla sorella di Austin. Potevi anche essere grande e muscoloso, ma era comunque meglio non avere problemi con Maya.

Non se volevi vivere.

"Sto disegnando, idiota," sbottò Maya, anche se il sorriso nei suoi occhi smentiva la sua ira. La sorella di

Austin voleva bene a Sloane come a un fratello. Non che non avesse abbastanza fratelli e sorelle, ma i Montgomery avevano sempre le braccia aperte per amici e persone solitarie.

Austin alzò gli occhi al cielo per le buffonate di quei due e si alzò dallo sgabello con il corpo dolorante, era stato piegato troppo a lungo. Si trattenne dal dirlo ad alta voce, dato che Maya e Sloane l'avrebbero preso in giro. Di solito preferiva che fosse l'altra persona ad essere piegata a novanta a letto - o in cucina, in ufficio, in ingresso, ecc. - ma non avrebbe permesso alla sua mente di divagare su quelle idee. In effetti, era troppo vecchio per restare seduto in quella posizione troppo a lungo, ma voleva finire il tatuaggio a manica per il suo cliente.

"Aspetta un attimo, Rick," disse all'uomo sulla sedia. "Vuoi del succo o altro da bere? Ho intenzione di sgranchirmi le gambe e assicurarmi che Maya non uccida Sloane." Fece l'occhiolino mentre lo diceva, nel caso in cui il suo cliente non capisse lo scherzo.

Tante persone erano molto suscettibili, quando tra fratelli si minacciavano a vicenda, anche se sorridevano mentre lo dicevano.

"Il succo mi sembra una bella idea," borbottò Rick, con un sorriso sdolcinato sul viso. "E non lasciare che Maya ti uccida."

Rick sbatté le palpebre e aprì gli occhi, l'adrenalina che scorreva nel suo corpo gli dava lo stesso sballo che alcuni clienti avevano dopo essere stati seduti sulla sedia per un paio d'ore. Per Austin, non c'era niente di meglio che farsi tatuare la pelle da Maya - o farlo da solo - e lasciare che l'ago facesse il suo lavoro. Non era un maniaco del dolore, tutt'altro, se doveva essere onesto con se stesso, ma gli piaceva l'adrenalina che dava il via ad un'arte fottutamente fantastica. Anche se qualcuno pensava che il corpo fosse sacro e che i tatuaggi servissero solo a rovinarlo, lui la pensava in modo diverso. L'arte su tela, qualsiasi tela, aveva il potenziale di un'arte per cui valeva la pena sanguinare. Pertanto, era molto attento a chi gli metteva un ago sulla pelle. Consentiva solo a Maya di tatuarlo, quando non poteva farlo da solo. Maya la pensava allo stesso modo. Qualunque cosa lei non potesse tatuarsi da sola, la faceva fare a lui.

Erano fratello e sorella, amici e comproprietari della Montgomery Ink.

Lui e Maya avevano aperto il negozio dieci anni prima, quando lei aveva compiuto vent'anni. Probabilmente Austin avrebbe potuto aprirlo anche qualche anno prima, visto che aveva otto anni più di Maya, ma aveva preferito aspettare che fosse pronta anche lei. Ora erano comproprietari. Non era mai stato solo il negozio di Austin, dato che anche Maya ci lavorava. Avevano entrambi voce in capitolo, anche se, dal modo in cui parlava Maya, a volte sembrava avere la meglio lei. La voce di Austin, più profonda, meno tonante, aveva però lo stesso peso di quella di Maya, anche se non urlava così tanto.

O quasi.

Certo, non era ciarliero come Maya, ma faceva capire il suo punto di vista, quando serviva. La voce di Austin esprimeva controllo, autorità.

Prese un succo per Rick dal loro minifrigo e abbassò la musica sulla via del ritorno. Sloane lo guardò male, ma l'angolo della sua bocca si contrasse come a trattenere una risata.

"Grazie a Dio, uno di voi ha un po' di cervello", mormorò Maya nella stanza, ora più tranquilla, alzando gli occhi al cielo mentre Austin e Sloane la mandavano a quel paese, per poi tornarsene al suo disegno. Sì, avrebbe potuto alzarsi per abbassare la musica da sola, ma poi non avrebbe potuto sfogare la sua energia in eccesso contro quei due. maya era fatta così e non ci sarebbe stato alcun modo di cambiarla.

Austin tornò alla sua postazione sul retro, si trovava proprio nell'angolo, porse a Rick il suo succo, poi si massaggiò la schiena. Dannazione, stava invecchiando. Trentotto anni non erano poi così tanti, ma da quando era tornato da New Orleans, non era stato in grado di scrollarsi di dosso una certa pesantezza.

Doveva essere onesto. Aveva iniziato a sentirsi così da prima di New Orleans. Era arrivato in città per andare a trovare suo cugino Shep e cercare di sfuggire alla depressione. Aveva rotto con Shannon proprio prima di partire; tuttavia, in realtà, non era stata tanto una rottura, quanto una mancanza di connessione e di comunicazione. Non si erano presi cura l'uno dell'altra abbastanza per portare la loro storia su un altro piano, e per quanto triste fosse, a lui era andata bene così. Se non riusciva ad avere l'energia necessaria per corteggiare una donna, dopo un paio di settimane o pochi mesi di passione, allora chiaramente il problema doveva essere lui. Solo che non conosceva la soluzione. Shannon non era stata la prima donna a porre fine alla relazione in quel modo. C'erano state Brenda, Sandrine e un'altra di nome Maggie.

Si era preso cura di tutte loro, all'epoca. Non era uno stronzo, ma sapeva nel profondo che non sarebbero state con lui per sempre, e loro pensavano lo stesso di lui. Austin sapeva anche che era ora di trovare una donna con cui sistemarsi. Se voleva un futuro, una famiglia, il tempo stava passando inesorabile.

Andare a New Orleans non era servito a niente, considerando che all'epoca Shep si stava innamorando di una bella bionda di nome Shea. Non che Austin lo biasimasse. Crescendo, Shep era stato il suo migliore amico e si sentiva più vicino a lui che ai suoi quattro fratelli e alle loro tre sorelle. Il fatto che lui e Shep avessero la stessa età aveva contribuito a farli legare ancora di più, visto che i fratelli nati dopo di lui, i gemelli Storm e Wes, erano di quattro anni più giovani.

I loro genitori si erano presi il loro tempo per avere otto figli, infatti Austin aveva quindici anni in più della più piccola, Miranda, ma ciò non gli importava. Loro otto, la maggior parte dei suoi cugini e altri parenti sparsi erano più uniti che mai. Austin aveva aiutato a crescere i più piccoli, in quanto fratello maggiore, pur non essendosi mai sentito costretto. I suoi genitori, Marie e Harry, amavano allo stesso modo ciascuno dei loro figli e avevano investito tutta la vita nel loro ruolo di genitori. Ad ogni singolo concerto, partita, cerimonia o addirittura incontro tra genitori e insegnanti c'era almeno uno di loro due. Nei giorni buoni, quelli in cui papà poteva lasciare il lavoro e mamma aveva il giorno libero dalla Montgomery Inc., c'erano entrambi. Amavano i loro figli.

E Austin amava essere un Montgomery.

Il suono dell'ago di Sloane che ronzava, mentre lui cantava ogni canzone che gli passava nella testa, fece sorridere Austin.

Lui *amava* il suo negozio.

Ogni singolo mattone, ogni asse di legno levigato, ogni tocco di vernice nera e rosa acceso - colori per i quali lui e Maya avevano litigato e ai quali si era finalmente arreso - tutto lo faceva sentire a casa. Aveva adottato lo stemma e il simbolo di famiglia, la grande MI circondata parzialmente da un cerchio fiorito, lo aveva usato come logo. I suoi fratelli, Storm e Wes, possedevano la Montgomery Inc., un'impresa edile familiare un tempo di proprietà del padre, in cui la madre aveva lavorato al fianco del marito, prima che entrambi andassero in pensione. Anche loro usavano lo stesso logo, poiché per loro significava famiglia.

In effetti, MI era tatuato su ogni singolo membro della famiglia - compresi i suoi genitori. Il suo era sull'avambraccio destro, aggrovigliato nel resto del tatuaggio a manica, ma aveva un significato. Voleva dire Montgomery Iris - *apri gli occhi, guarda la bellezza, ricorda chi sei*. Gli era sembrato naturale usarlo per le loro rispettive società.

Non che Ink e Inc.[1] non confondessero tante persone, ma cazzo, erano Montgomery. Potevano fare quello che volevano. Bastava che stessero uniti e avrebbero avuto successo.

La Montgomery Ink era casa sua tanto quanto la sua casa sul burrone. Sebbene Shep avesse continuato a lavorare alla Midnight Ink e avesse creato lì un'altra famiglia, Austin aveva sempre desiderato avere un negozio suo. Maya, volendo fare la stessa cosa, aveva partecipato.

La Montgomery Ink era ora un'attività fiorente nel centro di Denver, appena fuori dal centro commerciale sulla sedicesima strada. Erano vicini ad un parcheggio, al cibo e al caffè. Non avevano bisogno di nient'altro. Il viaggio quasi tutte le mattine poteva fare schifo, una volta entrati sull'autostrada I-25, ma valeva la pena vivere ad Arvada. I sobborghi intorno a Denver rendevano facile vivere in una zona della città e lavorare in un'altra. I pendolari, sebbene dovessero passare dei momenti infernali nelle ore di punta, non se la passavano così male come altri. In quel modo riusciva a vivere la città, quando doveva lavorare, e aveva la possibilità di nascondersi sotto agli alberi sulle pendici delle Montagne Rocciose, una volta tornato a casa.

Era il meglio di entrambi i mondi.

Almeno per lui.

Austin si rimise sullo sgabello e si concentrò sul braccio

di Rick per un'altra ora, prima di smettere. Aveva bisogno di una pausa per il suo fondoschiena e Rick aveva bisogno di una pausa dal dolore. Non che Rick dolorasse molto, anzi, sembrava quasi avesse appena scopato - i fanatici del dolore, Austin li amava - ma non voleva spingersi troppo oltre. Inoltre, il braccio di Rick aveva iniziato a gonfiarsi leggermente, per tutte le sfumature e i molteplici colori. Avrebbero fatto un'altra sessione, l'ultima, si spera, dopo un mese circa, quando entrambi avrebbero avuto tempo tra i vari altri impegni per finire il tatuaggio.

Austin lanciò un'occhiataccia al computer nella parte anteriore del negozio, le sue dita erano troppo grandi per i dannati tasti del maledetto computer che Maya gli aveva chiesto di comprare.

"Fanculo!"

Aveva appena cancellato l'account di Rick perché non riusciva a trovare il pulsante giusto.

"Maya, porta qui il tuo culo e trova una soluzione. Non so cosa diavolo ho fatto."

Maya sollevò il sopracciglio con tanto di piercing, stava lavorando a un tatuaggio sul fondoschiena di un'adolescente che non sembrava abbastanza grande per potersi far fare un tatuaggio.

"Sono impegnata, Austin. Non sei un idiota, anche se le prove al momento indicano il contrario. Risolviti da solo il tuo problema. Non posso farci niente se hai le mani come quelle di un gorilla."

Austin la mandò a quel paese e poi bevve un sorso della sua Coca-Cola, anche se avrebbe preferito bere qualcosa di più forte, visto che odiava le scartoffie. "A me andavano bene la vecchia tastiera e il PC, Maya. Sei stata tu a volere il Mac, perché sembrava carino."

"Vaffanculo, Austin. Volevo un Mac perché mi piace il software."

Austin sbuffò, mentre cercava di capire come trovare la cartella di Rick. Era abbastanza sicuro che fosse una causa persa, a quel punto. "Odi il software tanto quanto me. Ti capita più spesso di me di premere la dannata X rossa e di chiudere le cartelle. È tutto al posto sbagliato e la tastiera è troppo delicata."

"Su questo sono d'accordo con Austin", intervenne Sloane, con le sue mani muscolose in aria.

"Vedi? Non sono l'unico a pensarla così."

Maya sospirò. "Possiamo prendere un'altra tastiera per te e per le mani del gigante laggiù, ma dobbiamo tenere il Mac."

"E perché?" chiese.

"Perché abbiamo appena speso un sacco di soldi per comprarlo; quando non funzionerà più, potremo comprare un altro PC. Fanculo all'idea che il computer debba star tutto in un monitor. Neanche io riesco a capirlo." Sollevò una mano. "E non pensare nemmeno a romperlo. Lo scoprirei, Austin. Lo scopro *sempre*."

Austin trattenne un sorriso. Non si sarebbe sorpreso se il computer fosse andato incontro a un destino crudele prima del previsto, ora che Maya aveva ceduto.

In quel momento, tuttavia, quell'idea non lo aveva aiutato. Doveva trovare la cartella di Rick.

"Callie!" Austin urlò sopra il ronzio degli aghi e la musica soft che Maya gli aveva permesso di mettere.

"Cosa?" La sua apprendista uscì dalla sala relax, con un album da disegno in una mano e un sorrisetto sul viso. Si era tinta di nuovo i capelli con dei riflessi neri e rossi. Le stavano bene, ma onestamente Austin non sapeva che colore avrebbe scelto la prossima volta. "Hai rotto di nuovo qualcosa sul computer con le tue grandi mani?"

"Stai zitta, tirapiedi," disse prendendola in giro. Callie era un'artista emergente e, se fosse rimasta sulla via su cui si trovava, lui e Maya sapevano che presto avrebbe ottenuto la sua postazione al Montgomery Ink. Non l'avrebbe detto a Callie, però. Gli piaceva tenerla sulle spine. Gli ricordava così tanto la sua sorellina Miranda che non poteva fare a meno di trattarla come tale.

Callie lo spinse via e gemette. "Dovevi proprio premere *tutti* i pulsanti mentre rovistavi nel sistema operativo?"

Austin avrebbe potuto giurare che le guance gli si stavano arrossando, ma dato che aveva una barba abbastanza folta, sapeva che nessuno sarebbe stato in grado di dirlo.

Per fortuna.

Odiava sentirsi come un cretino che non sapeva quel che faceva. Non che non sapesse usare un computer. Non era un idiota. Semplicemente non conosceva *quel* computer. E questo gli dava sui nervi.

Dopo un paio di clic sui tasti e sul mouse, Callie fece un passo indietro con un sorriso compiaciuto sul viso. "Va bene, capo, tutto è ritornato nella norma e la cartella di Rick è tornata dove doveva essere. Di cos'altro hai bisogno?"

Le diede un colpetto sulla testa, scompigliandole i capelli rossi e neri che Callie piastrava un'ora ogni mattina. Austin non seppe trattenersi.

"Vai a pulire i cessi o qualcosa del genere."

Callie alzò gli occhi al cielo. "Vado a disegnare. E prego, comunque."

"Grazie per aver sistemato quella dannata cosa. E davvero, vai a pulire il bagno."

"Non lo farò", cantò mentre tornava in sala relax.

"Non hai davvero alcun controllo sulla tua apprendista", commentò Sloane dalla sua postazione.

Non voleva quel tipo di controllo con lei. Be', diavolo,

sembrava che oggi la sua mente continuasse ad avere dei pensieri sconci.

"Zitto, stronzo."

"Vedo che il tuo vocabolario non è cambiato molto", mormorò Shannon dalla porta.

Austin chiuse gli occhi e pregò di trovare la pazienza. Ok, forse aveva mentito a se stesso quando aveva detto che era stata una chiusura reciproca e facile. Quella dannata donna continuava a farsi viva. Austin non credeva che Shannon lo desiderasse di nuovo, ma non voleva nemmeno che lui la dimenticasse.

Non capiva le donne.

Soprattutto questa.

"Cosa vuoi, Shannon?" si morse il labbro, avendo più che mai bisogno di un drink.

Gli si avvicinò e gli raschiò il petto con le sue lunghe unghie rosse. Un tempo gli sarebbe piaciuto. Ora, nemmeno un po'. Stavano bene quando uscivano insieme, ma lui non le aveva mai mostrato la sua vera natura. Shannon non aveva mai sperimentato il bordo del suo frustino o sentito la sua mano, mentre la sculacciava. Non era quello che voleva lei, e Austin era preso da quel tipo di perversione, cioè voleva quello che voleva, quando lo voleva. Non che lo volesse ogni volta.

Shannon non avrebbe mai capito.

"Oh, piccolo, sai cosa voglio."

Resistette a malapena all'impulso di alzare gli occhi al cielo. Mentre faceva un passo indietro, vide il luccichio nei suoi occhi e decise di fermarla subito. Non era dell'umore giusto per stare ai suoi giochetti, o a qualunque cosa volesse fare quella sera. Voleva tornare a casa, bere una birra e dimenticare quella giornata stranamente fastidiosa.

"Se non vuoi un tatuaggio, allora non so cosa ci fai qui,

Shannon. Io e te abbiamo chiuso." Cercò di dirlo a bassa voce, ma la sua voce era profonda e densa di significato.

"Come puoi essere così crudele?" Fece lei con il broncio.

"Oh, per l'amor di Dio," sogghignò Maya. "Vai a casa, ragazzina. Tu e Austin avete chiuso, e sono abbastanza sicura che sia stato reciproco. Oh, e qui non avrai nessun tatuaggio. Non avrai le mani di Austin su di te in questo modo, e in nessun modo io creerò la mia arte su di te. Soprattutto se continui a tormentare l'uomo con cui uscivi, ma non per davvero, fin dall'inizio."

"Put-" Shannon si interruppe quando Austin la fulminò. Nessuno aveva mai chiamato sua sorella puttana. Nessuno.

"Arrivederci, Shannon." Santo cielo, era troppo vecchio per questa merda.

"Bene. Ho capito tutto. Non importa. Comunque non eri neanche un granché a letto." Cercò di sculettare molto mentre se ne andava, andando a sbattere contro una donna con una gonna in lino e una camicetta.

La donna, i cui lunghi capelli color miele arrivavano ondeggianti fino al seno, inarcò un sopracciglio. "Vedo che la tua azienda ha una... clientela interessante."

Austin serrò la mascella. Proprio la cosa sbagliata da dire, dopo l'incontro con Shannon.

"Se hai un problema, puoi tornare da dove vieni, spilungona" si morse le labbra, con la voce più aspra di quanto avesse voluto.

Lei si irrigidì, poi sollevò il mento, irradiava un chiaro senso di disprezzo.

Oh sì, Austin sapeva chi era, conosceva le sue gambe e tutto il resto. Era la signorina Elder. Non aveva captato il suo nome. Non aveva voluto. Doveva avere poco più di trent'anni, forse, e possedeva la boutique che avrebbe aperto a breve dall'altra parte della strada. L'aveva vista pavoneggiarsi con i suoi tacchi troppo alti e le sue gonne corte, ma non si erano mai presentati formalmente.

Non che avesse bisogno di una sua presentazione.

Era troppo maledettamente soffocante e raffinata per i suoi gusti. Non solo per il suo negozio, ma lei stessa come donna. L'espressione di disprezzo sul viso di quella donna gli fece desiderare di indicarle la porta e non lasciarla mai più entrare.

Austin conosceva bene il proprio aspetto. Capelli lunghi castano scuro, barba folta, muscoli ricoperti di inchiostro con un accenno di tatuaggio che si intravede dalla camicia. Sembrava un criminale, alle persone che giudicavano una persona dall'aspetto, anche se lui non aveva mai visto l'interno di una cella di prigione in vita sua. Ma conosceva le persone come la signorina Elder. Loro giudicavano le persone come lui. E quel sopracciglio inarcato lo aveva fatto incazzare.

Non voleva la boutique di questa donna dall'altra parte della strada. A lui piaceva quando quella bottega era un vecchio negozio di dischi. Le persone non potevano guardare il suo negozio in quel modo. Ora doveva passare davanti ai manichini con quei vestiti per ricchi, con piccoli ricami di pizzo, se voleva un cazzo di caffè nel bar accanto.

Dannazione, questa donna lo faceva incazzare e non aveva idea del perché.

"Piacere di conoscerti. Callie, vieni!" gridò Austin, i suoi occhi ancora fissi sulla signorina Elder come se non potesse distogliere lo sguardo da lei. Neanche lei gli tolse di dosso i suoi occhi verdi, e la sensazione di disagio nel suo stomaco non se ne andò.

Callie accorse e le tese la mano. "Ciao, sono Callie. Come posso aiutarti?"

La signorina Elder sbatté le palpebre una volta. Due volte. "Penso di essermi sbagliata", sussurrò.

Fanculo. Adesso Austin si sentiva come un mascalzone. Non sapeva chi fosse questa donna, ma non poteva fare a meno di comportarsi come uno stronzo. Non aveva fatto altro che alzare un sopracciglio, e lui aveva già deciso di odiarla.

Callie scosse la testa, poi prese per il gomito la signorina Elder. "Di sicuro non ti sei sbagliata. Ignora quell'uomo barbuto. Ha bisogno di più caffè. E la sua ex è appena andata via; solamente questo farebbe desiderare a chiunque di saltare dal canyon Royal Gorge. Allora dimmi, come posso aiutarti? Oh! E come ti chiami?"

La signorina Elder seguì Callie nell'area relax con divani in pelle e riviste sparse sul tavolino da caffè, per poi sedersi.

"Mi chiamo Sierra e vorrei un tatuaggio." Si guardò alle spalle e fissò Austin. "O, almeno, pensavo di volerne uno."

Austin trattenne un sussulto quando lei distolse la sua attenzione da lui imprecando. Bene, cazzo. Doveva proprio imparare a non fare figuracce, ma dannazione, come poteva sapere che quella donna voleva un tatuaggio? Per quanto ne sapeva, era entrata per giudicare la sua bottega, altezzosamente. In quel momento, il suo pregiudizio era entrato in gioco. Doveva rimediare in qualche modo. Dopotutto, adesso erano vicini di casa. Tuttavia, dall'espressione arrabbiata sul viso di quella donna e dall'atmosfera nella stanza, Austin sapeva che non sarebbe stato in grado di rimediare subito. Avrebbe lasciato che Callie l'aiutasse, e poi si sarebbe assicurato di essere lui a tatuare la sua pelle.

Dopo tutto, era il minimo che potesse fare. Inoltre, le sue mani all'improvviso - o non così all'improvviso se ci pensava davvero - volevano toccare quella sua pelle delicata e scoprirne i suoi segreti.

Austin imprecò. Non voleva che i suoi pensieri prendessero quella piega. Lei avrebbe ceduto alle sue cure, ai suoi bisogni. Certo, Sierra Elder poteva essere sexy, ma non era la donna per lui.

Se sapeva qualcosa, questo lo sapeva *per certo*.

Capitolo 2

Sierra Elder gettò la sua borsetta sul bancone e batté i tacchi sulle piastrelle. Che faccia tosta quell'uomo. Che fottuta faccia tosta.

Ma davvero? Quella montagna barbuta di un uomo pensava di avere il diritto di giudicare proprio *lei*? Che diritto aveva di deriderla e di guardarla dall'alto in basso, con quegli splendidi occhi azzurri, per farle desiderare di non essere mai andata nel *suo* negozio?

Aspetta.

Splendidi occhi azzurri?

Che diavolo c'era di sbagliato in lei? Lui l'aveva giudicata e non l'aveva considerata all'altezza, eppure lei pensava che avesse dei begli occhi?

Aveva ventinove anni, per amor di Dio. Non era una adolescente. Dei begli occhi non dovevano importarle. Ma quelli di quell'uomo erano stupendi.

Aveva proprio bisogno di mangiare qualcosa, dato che era chiaramente stordita e non riusciva a ragionare bene. Quell'uomo l'aveva scombussolata, non era dell'umore giusto per affrontare la cosa. Aveva dato fondo a tutto il suo coraggio per attraversare la strada ed entrare nel negozio nero e rosa acceso.

Buon Dio, che coraggio.

Aveva vissuto con le conseguenze delle sue azioni, delle azioni di Jason, per dieci anni e, per alcuni aspetti, non era passato abbastanza tempo. Non abbastanza per lavare via il segno, gli incubi.

Non poteva pensarci. Non adesso. Forse mai.

Quel Montgomery, Austin, secondo la sua amica Hailey, l'aveva respinta, e ora lei sapeva di doversi tirare indietro, per capire quale sarebbe stato il suo passo successivo. In tutta onestà, avrebbe detto che stava solo cercando una scusa per scappare dal suo piano di tatuarsi e di cercare di guarire, ma non voleva essere onesta con se stessa. Voleva incolpare Austin, con i suoi splendidi occhi azzurri, dei suoi problemi e della sua paura. Anche solo per un momento. Era una via d'uscita da codardi, ma l'avrebbe presa, per quel pomeriggio.

Solo dopo, avrebbe trovato un modo per tornare dentro e parlare con quell'apprendista così carina, Callie, per farsi finalmente tatuare. Fino ad allora, avrebbe pensato a dei modi interessanti per fare il culo a Austin, visto che lei era troppo piccola per farlo davvero da sola. Inoltre, la violenza non era sempre la risposta. Non sempre.

Ottimo. Adesso non sapeva cosa pensare, ma aveva ancora fame. Si guardò intorno nel suo negozio quasi finito, che amava, e scosse la testa. Era troppo arrabbiata, confusa e affamata per occuparsi dei piccoli dettagli che erano rimasti insoluti, pochi giorni prima dell'apertura. Ciò di cui aveva bisogno era un panino, con un tè freddo dissetante e con il sorriso della sua nuova amica, Hailey.

Fortunatamente, il Taboo, la caffetteria di Hailey, era proprio di fronte alla sua boutique, l'Eden. Ciò significava anche che il Taboo era proprio accanto alla Montgomery Ink, ma questo era inevitabile. Sierra pensava che la caffetteria di Hailey avesse persino una porta laterale direttamente nel negozio, il che doveva essere un bel vantaggio per i tatuatori. Fortunati bastardi.

Fortunato Austin Montgomery.

No. Non avrebbe più pensato a lui. Nemmeno la sua curiosità vorace su quanti tatuaggi avesse e fino a dove arrivassero l'avrebbe spostata dalla sua posizione. *Non* voleva Austin Montgomery e *non* voleva avere niente a che fare con i suoi tatuaggi, fine della storia.

E basta con i tatuaggi di quell'uomo montanaro e barbuto.

Tuttavia, non erano solo i tatuaggi. Anche solo la sua presenza le faceva desiderare cose che aveva dimenticato da tempo.

Prese la borsa che aveva gettato sul bancone e lasciò il negozio, chiudendosi la porta alle spalle. Dopo un buon pasto e una conversazione stimolante, ci sarebbe ritornata. Le erano rimasti numerosi dettagli da gestire, ma quel giorno aveva programmato un intero pomeriggio libero per poter parlare con un tatuatore.

Adesso sembrava tutto inutile, ma non ci dava peso. Non prima di parlare con Hailey e mangiare un bel *club sandwich* con tacchino e provola. Negli ultimi mesi era stata così stressata a lavorare per l'apertura di Eden, mettendo tutte le sue speranze e i suoi sogni in un negozio a Denver, che poteva avere un successo sfrenato o fallire brutalmente, che non aveva mangiato abbastanza. Fortunatamente, Hailey si era presa cura di Sierra e si era assicurata che avesse cibo a sufficienza, almeno quando era in centro.

Sierra non aveva le curve che aveva sempre desiderato quando era più giovane. Poteva aver avuto un po' più di forme in gioventù, ma con le sue gambe magre e il suo seno piatto, non ne aveva mai avute molte. Aveva ancora un corpo spigoloso e dei seni giusto accennati, anche se Jason non si era mai lamentato.

No, non avrebbe pensato a Jason.

Non due volte in un giorno. Non c'era molto che potesse sopportare, senza bersi un drink prima delle cinque del pomeriggio. Dopotutto, aveva degli standard e delle regole.

Tenne volutamente lo sguardo verso la Montgomery Ink. Le loro grandi finestre rendevano facile vedere l'interno e guardare gli artisti al lavoro. Non poteva fidarsi di se stessa, perché lo sguardo le sarebbe caduto sull'unico uomo che non avrebbe voluto guardare, quindi continuò a camminare imperterrita. Quell'uomo l'aveva fatta arrabbiare, l'aveva fatta sentire indesiderata, eppure la sua dannata libido lo voleva ancora.

In quel suo periodo di siccità, lui era come un'oasi nel deserto.

Un miraggio.

Ecco tutto.

"Eccoti", le gridò Hailey dal suo posto, dietro il bancone. "Stavo per chiamarti, per farti venire qui a mangiare. Dio solo sa se hai già mangiato o meno." Hailey sorrise, le sue labbra colorate di rosso erano in evidenza sulla la sua pelle pallida e bianca, aveva un caschetto biondo con una frangia molto netta. Quella donna aveva sempre ricordato a Sierra una attricetta di un'epoca dimenticata, oltre all'energia e al coraggio innegabili dei tempi moderni.

Hailey aveva preparato delle deliziose zuppe e dei panini fantastici. Quella donna faceva un caffè da sogno, ma durante le ore di punta, quando non aveva tempo di aspettare in fila per il miglior caffè, Sierra andava nell'altro bar che era proprio accanto all'Eden. Aveva visto anche

Austin entrare, con quelle sue lunghe gambe, nella caffetteria accanto all'Eden.

Non che Sierra lo spiasse.

Non le piaceva, si ricordò. Non le piaceva il suo atteggiamento.

"Sono qui e sto morendo di fame. Dammi il tuo famoso *club sandwich*, per favore." Sierra si chinò sul bancone per sfiorare la guancia dell'altra donna con un bacio, il profumo delicato di Hailey la calmò. Hailey poteva avere segreti che Sierra non avrebbe mai saputo strapparle, ma era lei ad aver ascoltato e aiutato Sierra a superare il dolore che aveva così a lungo nascosto al mondo.

Ripensandoci, sapeva che la loro amicizia poteva sembrare a senso unico. Tuttavia, Hailey sapeva di poter contare su Sierra, quando avrebbe voluto condividere il suo passato. La stessa Sierra lo aveva fatto di recente. In effetti, Hailey era l'unica persona, nella sua nuova vita, a conoscere anche solo un frammento del viaggio che aveva fatto Sierra da Boulder a Edgewater, poi a Denver, in Colorado. I chilometri lungo l'autostrada potevano non sembrare così tanti per alcuni, ma i chilometri e l'usura del suo corpo e della sua anima erano tutt'altro che brevi.

Hailey mise il panino e il tè freddo davanti a Sierra, poi fece il giro del bancone per sedersi accanto a lei. "Di' a mamma Hailey cosa c'è che non va, tesoro."

Sierra quasi tossì nel suo tè e poi si asciugò il mento. "Devi avvisarmi prima di iniziare a chiamarti mamma Hailey."

Hailey arricciò il naso e le rubò una patata dolce. "Sì, non mi si addice. Stavo provando una cosa nuova. Forse se tingessi i miei capelli di un colore diverso e avessi un'aria più saggia funzionerebbe."

Sierra cercò di pensare all'altra donna con un colore

di capelli più scuro o addirittura più chiaro - se possibile - di quello che aveva attualmente, ma niente. "Sei una ragazza biondo platino, Hailey. Non credo che cambierai mai."

Hailey prese una ciocca dei capelli di Sierra e aggrottò la fronte. "Proverei qualcosa come il tuo, un color castano più scuro con dei riflessi miele, ma non credo che mi si addica."

"I riflessi non sono naturali; sono costati cari, ma mi piacciono." Sierra socchiuse gli occhi e cercò di immaginare Hailey con il colore dei suoi capelli. "Posso immaginartici, se ci provi, Hailey. Saresti bellissima indipendentemente dal colore dei tuoi capelli. Essere bionda, tesoro, questo rappresenta la tua personalità da quanto ti conosco."

"Mi hai appena dato della svampita?" Hailey fece l'occhiolino e Sierra alzò gli occhi al cielo.

"Sì, è esattamente quello che volevo dire, idiota."

Il campanello sopra la porta tintinnò e Hailey si alzò, asciugandosi le mani sul grembiule. "Ti ho infastidito abbastanza. Adesso mangia mentre mi occupo di questi clienti. Allora puoi dirmi cosa ti sta passando nella testa e perché sembri così persa."

Sierra annuì, innervosita dal fatto che Hailey potesse capirla così bene, sebbene Sierra avesse cercato di nascondere la sua tensione. Certo, poteva essere a causa della grande inaugurazione dell'Eden tra pochi giorni, ma aveva la sensazione che fosse qualcosa di più. Dopotutto, *c'era* qualcosa di più.

Dopo aver mangiato un boccone del suo panino, Sierra girò lo sguardo. L'esplosione di maionese piccante su tacchino e formaggio appena tagliati aveva fatto venire voglia a Sierra di inginocchiarsi ai piedi di Hailey. Poteva essersi inginocchiata ai piedi di qualcun altro in passato per motivi più personali, ma non l'aveva mai fatto prima per il cibo. Per Hailey ne valeva davvero la pena.

Wow, non aveva idea da dove provenisse quel ricordo, ma aveva bisogno di seppellirlo come aveva fatto con tutti gli altri. Jason se n'era andato e lei stava andando avanti con la sua vita. Aveva persino cercato di trovare un modo per nascondere le prove del suo passato, quel pomeriggio.

"Stai aggrottando le sopracciglia", osservò Hailey, fiera di aver distolto Sierra dai suoi pensieri.

Sierra bevve un altro grande sorso del suo tè, poi si pulì la bocca, sorpresa di scoprire che aveva mangiato il suo panino fino all'ultimo pezzetto, patatine fritte incluse, mentre si perdeva nell'intricata rete dei suoi pensieri.

"Non sto aggrottando le sopracciglia", mentì. Per quel che ne sapeva, poteva essersi benissimo accigliata. Stava pensando a un uomo con gli occhi azzurri e a un amore perduto che non voleva ricordare.

"Lo eri, ma ti lascerò pensare diversamente se ti aiuta. Allora, avrò anche esagerato esordendo con quel mamma Hailey, ma ora sono qui e gli altri clienti sono stati serviti. Cosa c'è che non va, cara?"

Sierra si leccò le labbra, sorpresa di scoprirsi nervosa per dover raccontare ad Hailey cosa era successo quel giorno. L'altra donna non sapeva *tutto* quello che era successo nel passato di Sierra, ma sapeva abbastanza, quindi qualunque cosa Sierra dicesse in seguito avrebbe avuto un significato vero, non sarebbe stata una conversazione futile. Questo, soprattutto, le consentiva di confidarsi completamente. Forse non in quel momento, non al Taboo, ma presto. Aveva bisogno di amici, aveva bisogno di confidenti. Aveva bisogno di allontanarsi dalla gabbia di Boulder e da quei ricordi, per trovare una nuova vita.

Dopotutto, proprio per questo avrebbe aperto l'Eden di lì a pochi giorni.

"Sono andata alla Montgomery Ink per un tatuaggio e ho incontrato quell'uomo stupido, Austin." Si affrettò a dire la sua frase e guardò oltre le spalle di Hailey per assicurarsi che la porta tra il Taboo e il negozio di tatuaggi fosse davvero chiusa. L'ultima cosa che voleva era che quel pazzo barbuto passasse di lì e sentisse che parlavano di lui.

Per fortuna la porta non era aperta, era al sicuro.

"Un tatuaggio! Veramente?" Hailey le strinse il braccio, portando ancora una volta i pensieri di Sierra via da quella deliziosa barba e dal presente. Forse aveva bisogno di più caffè. "Cosa ti vuoi tatuare?"

Sierra sbatté le palpebre. "Quindi stiamo sorvolando quello che ho detto di quel burbero?"

Hailey socchiuse gli occhi mentre arricciava le labbra. "Se vuoi parlare solo di Austin, possiamo farlo. Non lo considero affatto un burbero, quindi dovrai spiegarmi meglio cos'è successo."

"È un burbero scortese e sconsiderato." Ma voleva strofinarsi sul suo corpo. Accidenti. Non si sarebbe concessa quel tipo di pensieri. Non di nuovo.

Hailey aggrottò la fronte. "Cosa ha fatto? Devo andare a prenderlo a calci in culo? Posso lavorare proprio accanto a lui e conoscerlo da più tempo, ma questo non gli dà il diritto di essere scortese. Cosa ha fatto?" ripeté.

Sierra chiuse gli occhi, irritata anche solo per aver sollevato la questione. Hailey era brava a giudicare le persone, e se non aveva avuto problemi con Austin prima d'ora, probabilmente quanto era successo era colpa di Sierra. Oh mio Dio, aveva appena tirato fuori il lato peggiore delle persone, non è così?

"Sono andata lì per un tatuaggio, qualcosa di cui ti parlerò più avanti, quando sarò pronta." Hailey le prese la mano e Sierra aprì gli occhi per vedere lo sguardo consapevole dell'altra donna. "Lo ammetto. Mi ci è voluto abbastanza per andare lì e provarci. Alla fine ti spiegherò tutto. A patto di poter andare fino in fondo. Non appena sono entrata, Austin era lì, a guardare male una donna che parlava della loro vita sessuale. Cioè, veramente."

Anche se non voleva insistere, quella strana sensazione di qualcosa di simile alla gelosia l'aveva irritata. Ecco perché era stata così scortese, all'inizio. Non aveva intenzione di parlare male del negozio. No, ne aveva sentito parlare molto bene, quindi non era quella la sua intenzione. Quella donna con la camminata affannata e con le labbra carnose l'aveva infastidita. Prima che Sierra aprisse bocca, aveva visto che Austin provava la stessa cosa. Non che avesse dato a nessuno di loro il tempo di capirlo.

Merda. Forse era tutta colpa sua se Austin si era comportato così, scaricandola senza motivo. Forse anche lui avrebbe potuto interpretare nello stesso modo quanto Sierra aveva detto, spensieratamente. Accidenti. Non aveva intenzione di scusarsi. Non quando Austin si era comportato peggio. Avrebbe potuto scusarsi con quella brava ragazza, Callie, ma non di più. Non aveva bisogno di parlare con Austin. Per nulla.

"È Shannon," disse Hailey, che poi alzò la fronte. "La donna che parla della loro vita sessuale. Si sono lasciati mesi fa e da quello che ho sentito è stata una decisione presa da entrambi."

"Allora perché questa Shannon è entrata nel suo negozio dicendo che lui non era bravo a letto?"

Hailey sbuffò con il suo grande sorriso. "Oh veramente? L'ha detto lei? È una cosa completamente diversa da ciò che diceva quando uscivano. Era tutta 'Austin ce l'ha grosso' e 'Austin può farla venire in due secondi netti.' Gli occhi di Sierra si spalancarono. "Lei ti ha detto queste cose? A te?"

Hailey si alzò e sgombrò il bancone, quasi di scatto.

"Diavolo, sì. L'ha detto a qualsiasi donna che volesse ascoltarla. Dopo tutto era con *Austin Montgomery.*"

"Perchè tutta questa enfasi su *Austin Montgomery?*" Capiva. No. No, non poteva. Dannazione, quell'uomo doveva uscire dalle sue fantasie.

Hailey si guardò alle spalle e sorrise. "Oh, ma tesoro, lui è *Austin Montgomery.*"

Una spiacevole ondata di invidia... o qualcosa di molto peggio, le riempì l'animo. "Tu e lui avete mai…"

Hailey sbilanciò la testa indietro e rise. "Oh, Dio no. Non direi che è come un fratello per me, non come lo è per Callie o per le sue tre sorelle, ma è come un cugino di primo grado o qualcosa del genere. Quindi non è nel mio mirino." Uno sguardo strano in volto, Sierra si rianimò.

"C'è qualcun altro nel tuo mirino, qualcuno di cui dovrei essere a conoscenza?" Hailey era notoriamente single e tranquilla al riguardo. Sierra voleva solo che la sua amica fosse felice. Dopotutto, una di loro doveva esserlo.

Hailey scosse la testa, si fermò e poi scrollò le spalle. "Può essere. Comunque non è importante." Il suo sguardo andò sulla porta chiusa tra il negozio e il Taboo, e l'interesse di Sierra si accese.

Quindi, era qualcuno alla Montgomery Ink ad aver catturato il cuore di Hailey. Se non era Austin, poteva essere uno degli altri artisti o degli apprendisti presenti. Sierra non avrebbe mai ficcato il naso negli affari di cuore della sua amica. Almeno non in quel momento. Forse quando sarebbero state ubriache, lei glielo avrebbe confessato.

"Comunque, stavamo parlando di quel sexy di Austin", disse Hailey, con gli occhi un po' troppo accesi, il sorriso troppo grande. Sì, c'era qualcosa, qualcosa che Sierra avrebbe fatto del suo meglio per nascondere, quando poteva.

"Sexy Austin?" Quell'aspetto da motociclista e da ragazzaccio c'era stato nel suo passato, ma pensava di averlo superato. Apparentemente non l'aveva fatto. Non proprio.

"Non dirmi che non lo vedi. Ho visto i tuoi occhi illuminarsi anche quando lo hai definito un idiota. Ma sto divagando. Torno a Shannon. I due si sono lasciati e pensavo che andasse tutto bene. A Shannon, da quello che posso dire, non piace lasciare correre niente. Probabilmente era d'accordo con la rottura perché pensava di poter trovare qualcuno con un portafoglio o un cazzo più grande. Sembra che non l'abbia trovato."

La bocca di Sierra si spalancò alla descrizione, poi rise con Hailey. "Bene, allora. Buono a sapersi."

"Davvero?" la provocò Hailey.

Arrossendo, Sierra si alzò e lasciò i soldi sul bancone. "Stai zitta e prendi i soldi, Hailey. Non puoi continuare a costringermi a tenere i miei soldi e non pagare il mio pasto."

Hailey arricciò il labbro facendo un verso indispettito. "Se voglio che i miei amici mangino gratis nel mio negozio, dovrei poterlo fare. Comunque hai bisogno dei soldi per l'Eden."

Vero, ma non era quello il punto. "Servono anche a te i soldi per il Taboo. Quando apriamo, vieni all'inaugurazione e ti puoi prendere un reggiseno e un paio di mutandine sexy."

Hailey inarcò un sopracciglio. "Mi sembra che valgano molto più di un panino."

"Allora immagino che dovrò comprare qualche altro panino. Ora vado al negozio per lavorare su alcune vetrine dell'ultimo minuto, prima di riprendere a lavorare all'inventario. Grazie per le chiacchiere e per il cibo."

"Non abbiamo parlato di nulla in particolare, Sierra."

Hailey incontrò il suo sguardo e Sierra vide la sua inquietudine.

"Lo so, ma è esattamente quello di cui avevo bisogno. Ho intenzione di lavorare come una schiava per i prossimi giorni per preparare Eden per la migliore apertura di sempre. Poi tornerò alla Montgomery Ink, Austin Montgomery o no, e mi farò un tatuaggio."

"Questo è lo spirito giusto. E quando ti farai tatuare, fammelo sapere che vengo a tenerti per mano. Non sei sola, Sierra."

Sierra annuì, poi se ne andò verso l'Eden. Hailey poteva esserle vicina, ma Sierra sapeva che l'altra donna aveva torto.

Era sola.

Ed era *così* che doveva essere.

Capitolo 3

Voglio succhiarti il cazzo. Quel grosso cazzo carnoso che mi ha riempito così tanto che non potevo camminare per giorni. Mi manca il suono della tua voce mentre vieni dentro di me. Mi manca la sensazione del tuo sperma bianco e setoso nella mia figa gonfia.

Non proprio il messaggio che voleva leggere, durante il barbecue all'aperto della famiglia Montgomery. Gonfia? Poteva rispondere *diavolo, no?*

Austin cancellò il messaggio di Shannon e gemette. Quella donna semplicemente non riusciva ad accettare un suggerimento, non lo lasciava in pace. Lui pensava che si fossero lasciati perché erano annoiati l'uno dell'altra. Apparentemente si sbagliava. Per quante volte le avesse detto che era finita - ed era abbastanza sicuro fosse stata un'idea di lei, tanto per cominciare - lei continuava a tormentarlo. Gli mandava messaggi di merda che di certo lui avrebbe preferito non leggere, passava a casa sua e in negozio, ed era sul punto di perseguitarlo in tutti i sensi.

Austin non era preoccupato che potesse fare del male a lui o ad altri; quello non era il suo stile, ma lui si stava stancando. Inoltre, se voleva davvero andare avanti e uscire con un'altra persona, beh, non voleva pensare a cosa avrebbe fatto la sua ex. Era sempre stata gelosa, quando si trattava del suo passato. Lui non aveva pensato a come avrebbe reagito lei in futuro.

Questa era una lezione per continuare a divertirsi piuttosto che cercare di sistemarsi.

Chiuse gli occhi mentre riponeva il telefono in tasca. Sistemarsi? Era quello che voleva fare? L'idea prendeva un valore positivo, considerando il modo in cui Shep sorrideva e scherzava felice ogni volta che era vicino alla sua Shea, ma Austin vedeva anche la tensione del matrimonio di due dei suoi fratelli. Certo, i suoi genitori facevano sembrare tutto semplice, ma i rispettivi matrimoni di Alex e Miranda non gli erano mai sembrati qualcosa da imitare.

Sebbene non conoscesse l'intera storia, non aveva mai interpretato quei due rapporti matrimoniali come un incentivo, uno stimolo per sposarsi.

Stava invecchiando. A quel punto, avrebbe dovuto essere sposato e con un paio di figli. Non era successo, i quaranta si avvicinavano rapidamente, temeva di aver perso la sua occasione per sempre.

L'immagine di capelli color miele e di grandi occhi verdi riempì la sua mente e dovette deglutire a fatica. Sierra poteva non essere il suo tipo, ma non era riuscito a togliersela dalla testa. Questo non significava che lui la volesse. Non così. Lei non era la risposta a tutte le domande sul matrimonio che aveva in mente. Era solo una donna che voleva un tatuaggio e probabilmente pensava che lui fosse uno sporco tatuatore motociclista.

A lui andava bene.

"Perché sembra che tu abbia appena annusato qualcosa di rancido?" Gli chiese Wes, suo fratello quasi coetaneo. Wes poteva essere solo tre minuti più vecchio di

Storm, ma aveva sfruttato quel piccolo lasso di tempo come nessun altro, negli ultimi trent'anni circa.

"Una sola parola. Shannon."

Wes alzò un sopracciglio e si infilò le mani nelle tasche dei pantaloni eleganti. Sebbene fossero a casa dei genitori, a Westminster, Wes non si era messo in jeans e maglietta come il resto della famiglia. Indossava ancora una camicia a maniche lunghe e i suoi vestiti da lavoro, ma almeno si era tolto la cravatta. Wes era un costruttore, era a capo della Montgomery Inc. Sì, anche il suo gemello Storm gestiva la compagnia con lui, ma Wes era l'uomo che aveva le idee. A Storm piaceva tenersi defilato. Se qualcuno glielo chiedeva, rispondeva che la loro assistente amministrativa Tabitha era il collante che li teneva insieme, ma quella era un'altra storia.

"Qualcuno ha detto Shannon?" Chiese Storm mentre si avvicinava a loro due, con tre birre in mano. Ne diede una ciascuno ai suoi fratelli e bevve un sorso della sua. Wes e Storm erano due gemelli monozigoti. Grazie al passar del tempo e alle loro diverse personalità, era facile distinguerli. Storm aveva uno sguardo più selvaggio, con i suoi lunghi capelli, il viso mai rasato, i jeans consumati e la corporatura più muscolosa. Entrambi gli uomini erano molto forti nel loro lavoro, ma Storm si era impegnato di più nel tempo. Non importava che fosse l'architetto della Montgomery Inc. Si dava da fare anche in lavori manuali, il più delle volte.

"Si. Continua a mandarmi messaggi e a rompermi", spiegò Austin dopo aver bevuto un sorso di birra. Storm aveva portato la birra Fat Tire alla festa e Austin non avrebbe potuto essergli più grato. Non c'era niente come una birra del Colorado per farlo sentire meglio.

"Te l'avevo detto che sarebbe stata un problema," disse Wes saggiamente.

Austin lo mandò a fare in culo, poi si appoggiò contro il muro della casa, la schiena dolorante per un tatuaggio di sei ore sulla schiena del suo cliente. Forse si sarebbe fatto fare un massaggio nella spa in fondo alla strada. Da tempo aveva rinunciato all'idea che fosse una cosa da femminucce. Avevano fatto miracoli sulla sua schiena - e su nient'altro, a differenza di ciò che i suoi fratelli potevano pensare - così poteva lavorare molto a lungo e fare ciò che amava.

Forse, con un po' di fortuna, avrebbe trovato una donna che lo massaggiasse anche a casa.

Chiuse gli occhi, maledicendosi. Non voler rimanere single all'epoca lo aveva messo in questo pasticcio con Shannon. Aveva bisogno di tenere le redini più strette al cazzo, evidentemente. Forse sarebbe andato al club con Decker per trovare qualcuna che lo aiutasse. Questo poteva alleviargli la tensione. Ma nel momento stesso in cui lo pensava, sapeva che non sarebbe stato abbastanza. Voleva una relazione seria, anche se non lo avrebbe mai ammesso ad alta voce in quel momento. Una storia di una notte o due non sarebbe stata abbastanza per lui.

"Non hai mai detto che Shannon sarebbe stata un problema", ribatté Storm. "Hai detto che avrebbe comandato Austin a bacchetta e che lo avrebbe scopato." Suo fratello fece una smorfia ad Austin. "Beh, forse porta solo guai, dopo tutto."

"Mi fate ridere. Entrambi. Ora vado a rompere le scatole a Meghan per il tatuaggio che voleva, e che ancora non si è fatta fare, e vi lascio da soli. Che Dio ci aiuti."

Sasha, la figlia di Meghan, strillò mentre suo fratello, Cliff, la inseguiva nel cortile sul retro. Maya accompagnò entrambi, con il suo amico Jake che la seguiva. Tra gli otto fratelli, la famiglia allargata, vari amici, coniugi, figli e vicini, il barbecue era in pieno svolgimento ed era rumoroso da morire. Austin lo adorava. Questa era la sua famiglia, la sua casa. Certo, era a circa quindici minuti di distanza dalla sua vera casa, ma era lì che era cresciuto, lì sapeva che avrebbe sempre avuto un posto dove tornare, anche dopo aver vissuto lontano per vent'anni.

La casa con sei camere da letto era un sogno a due piani per chiunque avesse una famiglia numerosa. Poiché c'erano più bambini che stanze, tutti, prima o poi, avevano condiviso la stanza con qualcuno. Era proprio così, e nonostante si lamentassero e gridassero come fanno i bambini, tutto ciò non li aveva uccisi. Suo padre aveva costruito la casa col passare del tempo, ampliando la cucina e la zona giorno e dando a sua madre la terrazza dei suoi sogni. Beh, non era esattamente così. Anche sua madre aveva preso parte alla costruzione. Sua mamma poteva anche aver iniziato come assistente amministrativa alla Montgomery Inc., ma aveva imparato a usare un martello e dei chiodi come tutti gli altri. La struttura di base era rimasta la stessa ed era perfetta per loro. Erano alla fine di un vicolo cieco, ma erano abbastanza lontani dalla strada principale e loro, come Austin, avevano un sacco di terra intorno, qualcosa di ambito nei sobborghi.

Austin sorrise e lasciò i suoi due stravaganti fratelli a parlare tra loro - molto probabilmente di lui - trovò Meghan impegnata in una discussione tranquilla con suo marito, Richard. Purtroppo, questa non era la prima volta che lo vedeva, e sapeva che non sarebbe stata l'ultima. A Meghan non faceva piacere che Austin si intromettesse, ma quello era proprio il suo problema. La sua sorellina, la maggiore delle tre figlie dei Montgomery, aveva il suo stesso sangue, e quindi Austin aveva il diritto di proteggerla da tutto e tutti. Anche da se stessa, se necessario.

"Ehi, sorellina," disse mentre avvolgeva un braccio attorno alle sue spalle tese. "Mi è mancato vederti alle grigliate e alle riunioni familiari. Te ne sei persa qualcuna," disse discretamente Austin.

Meghan gli lanciò uno sguardo che avrebbe abbattuto la maggior parte degli uomini, ma lui non era la maggior parte degli uomini. Trattenendosi dal lasciar trapelare troppo, gli fece un sorriso falso e si chinò verso di lui per un abbraccio. Era la più alta delle M&Ms - il soprannome che il loro padre aveva dato alle sue tre figlie, Meghan, Maya e Miranda - ma non arrivava nemmeno al naso di Austin.

"Gli allenamenti di calcio di Cliff e le feste di lavoro di Richard si sono svolti proprio quando c'erano le grigliate. Quindi è vero che siamo mancati un paio di volte, ma ora siamo qui." Diede a suo marito uno sguardo penetrante, che non sembrava aiutare la situazione.

Richard sorrise freddamente a sua moglie, prima di fare un cenno ad Austin. "Sì. Siamo qui al barbecue dei Montgomery. Dato che ce ne sono tanti di Montgomery, ho pensato che non sarebbe stato un problema saltare alcune riunioni di famiglia. Inoltre, noi ora siamo i Warren. È normale non venire ad ogni grigliata."

Austin strinse i denti alle parole di suo cognato. Il bastardo era sposato con Meghan da otto anni, eppure Austin non aveva mai imparato ad apprezzare quell'uomo. Cosa c'era da apprezzare? Un sorriso troppo falso, i capelli troppo impomatati, uno sguardo sprezzante che non svaniva mai del tutto. In effetti, Richard disprezzava apertamente i tatuaggi, guardava dall'alto al basso gli operai e tutto ciò che assomigliasse lontanamente a un onesto lavoro manuale.

Non che Austin gli avesse mai dato un pezzo della sua considerazione. Era il padre dei suoi nipoti, e il marito di una delle donne della sua vita, una donna che Austin amava più di ogni altra cosa. Non sarebbe servito a niente picchiarlo a morte.

Poteva aiutarlo a sentirsi meglio, quindi magari un giorno lo avrebbe fatto.

"Una volta Montgomery, sei sempre un Montgomery", ribatté Austin mordendosi le labbra.

Meghan gli diede una gomitata nella pancia e Austin si lasciò sfuggire un gemito. Quella donna era più forte di quanto il suo corpo lasciasse credere.

"Puoi lasciarci un momento soli, Austin? Stavamo terminando una discussione." Lo supplicò con gli occhi, lui si chinò per sfiorarle la fronte con un bacio.

"Qualsiasi cosa per te, Meghan. Ricordatelo."

Lanciò un'occhiataccia a Richard mentre se ne andava e fece un cenno a Maya e al suo amico Jake, mentre si dirigeva verso Griffin e Alex. Griffin era il più silenzioso del clan dei Montgomery, ma dato che era un Montgomery, non era poi così tranquillo. Alex aveva recentemente dato a Griffin una soffiata per avere dei soldi in un modo sicuro. Austin non sapeva come risolvere quella questione. Essendo il fratello maggiore dei Montgomery, Austin sentiva che era suo dovere prendersi cura e proteggere i suoi fratelli e sorelle, a qualunque costo.

"Cosa state facendo voi due lì in disparte?" chiese in segno di saluto.

Alex si limitò a scrollare le spalle, con lo sguardo lontano, un bicchiere di whisky in mano piuttosto che una birra. Erano appena le cinque in punto, ma considerando il giorno che suo fratello poteva aver avuto con il suo lavoro di fotografo e con la moglie, che non si era nemmeno degnata di venire, Austin non l'avrebbe giudicato. Per ora.

"Stiamo solo guardando la festa", rispose Griffin, bevendo un sorso della sua birra.

"Dov'è Jessica?" chiese Austin, parlando della moglie di Alex.

Alex strinse i denti, ma ancora non si voltò per incontrare lo sguardo di Austin. "Non è qui. Come puoi vedere."

Austin inarcò un sopracciglio e Griffin scosse leggermente la testa. Bene, diavolo. Austin non sapeva come risolvere questo problema, qualunque cosa fosse, ma sapeva che se avesse avuto una possibilità, ci avrebbe provato. Non gli piaceva vedere questa versione fredda di suo fratello, l'unico che poteva sembrava da solo tra un mare di persone, anche quando era lì sua moglie, il suo grande amore delle scuole superiori.

"Ma guarda chi è appena arrivato", disse Griffin con un sorriso.

Austin si voltò per vedere il loro amico Decker - il migliore amico di Griffin in effetti - passeggiare nel cortile sul retro. La sua giacca di pelle malconcia sembrava aver visto giorni migliori, i suoi capelli gli sfioravano il colletto. Non era un Montgomery di nascita, ma lo era per scelta.

"Decker!" Marie Montgomery attraversò di corsa il cortile e saltò tra le braccia di Decker.

Il viso di Decker si aprì in un sorriso e l'abbracciò con molta gioia.

Austin non poteva sentire quello che si dicevano, ma sapeva che erano cose private. Sua madre amava Decker come un membro della sua famiglia, e quando il padre di Decker era andato in prigione, lui era rimasto con i Montgomery il più delle volte. Certo, la madre di Decker era ancora viva - a malapena, sembrava, dopo che il padre di Decker l'aveva lasciata - ma non era stata abbastanza forte da crescere un ragazzo da sola. I Montgomery lo avevano in tutti i modi consentiti dalla legge, Austin era sicuro che, potendo, lo avrebbero perfino adottato.

"Qualcuno ha detto Decker?" chiese la sorella più giovane, Miranda, mentre si avvicinava ad Austin.

Austin alzò automaticamente il braccio in modo che lei gli sprofondasse nel fianco come avevano fatto fin da quando lei aveva cominciato a stare in piedi. Anche prima di allora, se la metteva sul fianco e la portava in giro per casa. Il divario di età tra loro creava un legame più forte.

"La mamma l'ha già trovato, quindi non preoccuparti, presto starà già mangiando", lo prese in giro Griffin.

"Lavora per la Montgomery Inc., quindi non so perché ti comporti come se non lo vedessi da anni", grugnì Alex.

Miranda fece una linguaccia ad Alex, comportandosi come fossero stati bambini e non due adulti che vivevano già fuori di casa. "È stato fuori città per sei settimane, per lavorare a quel progetto satellitare per Wes. Adesso è tornato. Inoltre, sono finalmente tornata da scuola e ho iniziato il mio nuovo lavoro, quindi sarà bello averlo intorno."

Qualcosa nel modo in cui aveva detto quella frase aveva fatto suonare un campanello d'allarme nella mente di Austin, che però non ebbe la possibilità di pensarci troppo a lungo, perché sua madre emise un fischio acuto che gli fece quasi male alle orecchie.

Insomma, doveva pur fare qualcosa per riuscire a gestire otto bambini turbolenti.

"Ora che siamo tutti qui, voglio assicurarmi che vi piacciano il cibo, le bevande e la compagnia", tuonò sua madre, con la mano saldamente in quella del marito. "Restate quanto volete, mangiate quanto potete e godetevi la vita. Ora, per i miei figli, alla fine terremo una riunione di famiglia, quindi non andate via subito. Sapete che vi amo, quindi restate." Fece loro un sorriso luminoso, quasi fin troppo luminoso, poi sollevò il bicchiere. Tutti i presenti alzarono i drink all'unisono, poi ripresero a parlare, anche se un po' nervosamente.

Austin si accigliò. C'era qualcosa nel modo in cui sua

madre aveva parlato che lo preoccupava. Guardò suo padre, seguendo con gli occhi le rughe sul suo viso. Era successo qualcosa e ad Austin non piaceva. Voleva che tutti gli altri se ne andassero, per poter scoprire esattamente di cosa trattasse la riunione di famiglia. Non era insolito farne una, in questi momenti, perché era l'unica occasione in cui erano tutti nello stesso posto, senza essere in vacanza. Dato che era la prima volta in cui erano tutti insieme, da molto tempo, sperava che fosse solo una riunione di famiglia per ritrovarsi, ma aveva la sensazione che fosse qualcosa di più. Aveva incrociato gli sguardi dei suoi fratelli uno per uno e sapeva che stavano provando lo stesso timore.

Qualcosa non andava, ma Austin non sapeva cosa fosse.

Ci vollero meno di due ore perché se ne andassero tutti gli altri, ma Austin aveva l'impressione che fossero passati anni. Non era riuscito ad avere alcuna informazione dai genitori, pur avendoci provato.

Si ritrovò tra Meghan e Decker su uno dei divani del soggiorno. Il resto della famiglia era sparso per la camera, Miranda e Maya sedevano insieme sul pavimento, le mani saldamente giunte come se anche loro sapessero che qualcosa non andava. Non fu una sorpresa per Austin vedere Decker all'interno del gruppo, dato che era un Montgomery come chiunque altro, così come non lo sorprese che Richard fosse andato via con i bambini. Richard aveva chiarito che non era un Montgomery, ma i bambini avevano lo stesso sangue dei Montgomery. Certo, forse i bambini non avevano bisogno di essere lì per una riunione di famiglia qualunque, ma questa sembrava diversa.

"Perché Richard ha portato via i bambini?" sussurrò Austin a sua sorella.

Meghan strinse gli occhi e scosse la testa. "No, Austin.

Non adesso." Austin aprì la bocca per parlare e lei scosse di nuovo la testa. "Per favore."

Sospirò, poi annuì. "Per ora, bambina." Le prese la mano e lei intrecciò le dita con quelle di lui.

Arrivò anche il padre, sempre ricco di spirito ed energia, ma qualcosa non andava nel modo in cui si comportava. Qualcosa che Austin avrebbe potuto anche capire prima, se non si fosse concentrato su messaggi osè, su una donna dai capelli color miele che non avrebbe dovuto desiderare, sui suoi fratelli, che per lui erano tutto. Harry si strinse sulla poltrona, che faceva parte della casa da quando Austin poteva ricordare. La madre lo seguì rapidamente, con uno sguardo preoccupato, poi si sedette sulla sua sedia accanto a suo marito.

"Che c'è, mamma?" Chiese Maya. "Ci stai spaventando."

Mormorii di assenso risuonarono nella stanza e la pressione di Meghan sulla mano di Austin si fece più forte.

Marie fece loro un sorriso triste. "Sono così felice di avere i miei bambini a casa."

Austin deglutì a fatica. "Dicci, mamma."

Harry si schiarì la gola, poi si chinò in avanti, le mani giunte davanti a sé, gli avambracci appoggiati sulle cosce. Entrambi i genitori erano forze della natura. Nessuno dei due avrebbe lasciato l'altro da solo; o si sostenevano a vicenda o procedevano insieme. Questo aveva reso il loro matrimonio così solido, sempre, come all'inizio. Il fatto che entrambi sembrassero a disagio e non riuscissero a dire nulla fece desiderare ad Austin di fuggire. Non era sicuro di voler sentire cosa avessero da dire.

Harry incrociò gli sguardi di ciascuno dei suoi figli, uno per uno. "Bene, ragazzi. Ho il cancro. Il cancro alla prostata."

Il mondo di Austin si spezzò in due, il silenzio nella

stanza, un vuoto travolgente di confusione, dolore e perdita.

"Che cosa?" disse quasi senza fiatare. O almeno così pensava. Non aveva emesso alcun suono; a giudicare dalla mancanza di voci intorno a lui, i suoi fratelli erano sbalorditi e colpiti quanto lui.

Non poteva essere vero. Quell'uomo forte, l'uomo che li aveva cresciuti, con le spalle robuste e con il cuore aperto, non poteva avere il cancro. Il cancro uccide. Austin lo sapeva. Il cancro non poteva prendere suo padre. Non adesso. Mai.

"Qual è la prognosi?" chiese Decker, con la voce priva di qualunque emozione. Austin lo guardò, mentre il suo amico si chinava e passava una mano sui capelli di Miranda. Sua sorella si appoggiò alla presa di Decker, le lacrime le rigavano il viso.

In effetti, nella stanza non c'erano occhi senza lacrime, a parte i suoi e quelli di Decker.

Non sapeva perché non piangeva. Non aveva senso. Non calcolò minimamente le parole che uscivano dalla bocca di suo padre sulla prognosi, sul trattamento, su cosa avrebbero significato per la famiglia. Avrebbe chiesto più tardi tutto in dettaglio e avrebbe capito come poteva aiutare, ma in quel momento non riusciva a pensare. Non riusciva a respirare.

Suo padre, il centro della famiglia Montgomery, aveva il cancro.

Nient'altro contava.

Capitolo 4

"GRAZIE E BUONA SERATA", DISSE SIERRA CON UN sorriso. Le sue due clienti di mezza età sorrisero e arrossirono entrambe, mentre uscivano dall'Eden. Sierra trattenne un sospiro felice al suono di quelle risate, degli scherzi e dei mormorii.

L'Eden era ufficialmente inaugurato.

Erano passati solo due giorni, ma quei due giorni erano stati tra i migliori della sua vita. Certo, voleva urlare, vomitare o tremare in modo incontrollabile ogni volta che pensava al monumentale rischio che stava correndo nell'aprire una boutique leggermente superiore alla media, nel centro di Denver. Aveva letto le statistiche per l'apertura di una piccola impresa nell'area metropolitana e conosceva i rischi e le insidie. Ciò non significava che potesse semplicemente andarsene via. Non aveva mai avuto molto denaro, ma la comodità, quella sì. Non era ingenuo da parte sua pensare di poter averla anche in futuro.

L'Eden vendeva vestiti per le ragazze di città, a Denver. Non era una boutique di New York con degli angoli bizzarri e con scelte audaci che altri avrebbero potuto realizzare, ma nemmeno una di quelle dei paesi circostanti, nel selvaggio far west. Sorrise. Contrariamente alla credenza popolare, gli unici cavalli della città trainavano carrozze e non c'era l'ombra di nessun cappello da cowboy. Ok, forse quest'ultima parte non era del tutto veritiera. C'erano alcuni cowboy, ma nessuno di loro l'aveva chiamata "dolcezza" negli ultimi venti minuti. La maggior parte di loro lavorava la terra e non si avvicinava alla sua boutique.

I vestiti, la biancheria intima di pizzo e i profumi che vendeva erano cose che avrebbe indossato lei stessa. O cose che avrebbero indossato le sue due assistenti, Jasinda e Becky, dato che erano più giovani di qualche anno e avevano gusti e forme del corpo leggermente diverse. Aveva fatto del suo meglio per proporre dei vestiti in un'ampia varietà di taglie, colori e stili. Finora, dal flusso costante di persone che erano entrate dalla porta del negozio, sapeva di aver colpito nel segno. Se le cose fossero continuate così più a lungo di qualche giorno, avrebbe fatto felicemente una danza scatenata proprio nel centro commerciale della sedicesima strada.

Il suo telefono squillò e Sierra si morse il labbro. La mattinata era trascorsa troppo in fretta, e ora il suo pomeriggio libero programmato - quello che le ragazze le avevano fatto prendere - era tutto per lei. Quella mattina aveva lavorato e avrebbe lavorato fino a tarda notte, per recuperare il lavoro perso per quel permesso. Forse avrebbe annullato il suo appuntamento, per lavorare un po' di più. Non poteva abbandonare l'Eden agli inizi. Sarebbe stato un comportamento irresponsabile.

"Vai, Sierra," le disse Becky, dietro di lei. "Jasinda e io possiamo gestire qualunque cosa ci capiti. Inoltre, se avremo bisogno di te, sarai proprio dall'altra parte della strada. Hai lasciato il negozio solo per dormire e, si spera, per mangiare nell'ultima settimana. Devi vedere la luce del sole ogni tanto, fare ciò che devi fare per sentirti di nuovo una donna."

Sierra aprì la bocca per iniziare un elenco di scuse, ma Jasinda, con i suoi voluminosi capelli rossi e i suoi occhi sensuali, scosse la testa. "Non provare nemmeno a dire che non ce la possiamo fare, tesoro. Vai a farti un tatuaggio, un piercing o qualsiasi altra cosa tu stia pianificando, dato che non ci dirai di cosa si tratta, e lascia che ci occupiamo noi della cassa per alcune ore. Sappiamo tutte che domani mattina tornerai per guidare la carica."

"Non posso lasciare l'Eden appena dopo la sua inaugurazione", si lamentò Sierra. "A cosa stavo pensando quando ho preso questa giornata libera?"

"Stavi pensando che se non lasci questo edificio adesso, ti stancherai al punto che non sarai d'aiuto in niente." Becky incrociò le braccia sul petto. "Prendi un caffè da Hailey dato che è l'ora di punta del pranzo, e poi vai al tuo appuntamento."

"Ma cosa succede se…"

"Vai, ragazza," la interruppe Jasinda.

Sierra alzò la mano e prese la borsetta. "Va bene, ma dovete venire da me se c'è qualcosa che non va. Capito? L'Eden… l'Eden è il mio bambino."

Jasinda le fece un piccolo sorriso, poi le si avvicinò per sfiorarle la guancia con un bacio. Becky fece lo stesso sull'altra guancia di Sierra e così finalmente lei si rilassò.

"Vai" ordinò Becky. "Ci prenderemo cura noi del tuo bambino. È quello per cui ci hai assunto, dopotutto."

Con un'ultima occhiata al suo negozio e alle clienti felici, conquistate con sangue, sudore e lacrime, uscì alla luce del sole e attraversò la strada verso la Montgomery Ink. Non si fermò per un caffè da Hailey, dato che era già abbastanza nervosa e la caffeina avrebbe solo peggiorato le cose.

Sierra fece un respiro profondo e alzò le spalle. Non era diretta alla ghigliottina, non stava per andare in pasto ai pesci con un pirata viscido alle spalle. Era solo una consultazione con un tatuatore. Non era mica una tragedia. Non avrebbe nemmeno dovuto togliersi i vestiti.

Sì, quel pensiero sembrò strano anche a lei, ma lasciò perdere. Erano passati sei giorni dall'ultima volta che era entrata alla Montgomery Ink e si era trovata di nuovo sull'orlo di uno strano precipizio, qualcosa che la spaventava a morte.

Dall'ultima volta che aveva visto Austin e gli altri, l'Eden aveva aperto al pubblico, sfinendola. L'uomo con gli occhi azzurri e con quella barba, che avrebbe tanto voluto sentire sulla seta della sua biancheria intima, sulle sue cosce, le invadeva la mente più spesso di quanto volesse; fece del suo meglio per mettere da parte tutte quelle idee strane. L'Eden aveva bisogno della sua completa attenzione e qualsiasi decisione che potesse cambiarle la vita - che riguardasse uomini o tatuaggi - doveva essere sospesa, per consentirle di vivere il sogno del momento.

L'Eden era attivo e funzionante da due giorni - e si sperava sarebbe stato aperto molto, molto più a lungo - e Sierra aveva un appuntamento con un tatuatore che sperava potesse aiutarla ad affrontare la parte di se stessa che aveva cercato di nascondere così a lungo.

Quando Callie aveva messo il suo nome nella loro agenda elettronica, Sierra non aveva chiesto con quale tatuatore avrebbe avuto l'appuntamento. Da quel che aveva sentito del negozio, si fidava di tutti i tatuatori che potevano lavorare sulla sua pelle. O almeno aveva provato a fidarsi. Sperava di scoprire quel giorno il suo tatuatore, per compiere il passo successivo nella sua guarigione. Il solo pensiero di mostrargli dove aveva bisogno del tatuaggio la faceva rabbrividire. Non era ancora pronta per quel passo, ma sapeva che avrebbe dovuto esserlo presto.

Non era una codarda, ma santo cielo, quasi avrebbe preferito esserlo. Solo per una volta.

"Sierra! Ce l'hai fatta."

La voce di benvenuto di Callie calmò immediatamente i nervi di Sierra. L'altra donna aveva un'energia così giovane e vivace, anche se, guardando più da vicino, Sierra poté vedere un'anima matura in quegli occhi luminosi.

L'ultima volta che era stata lì aveva capito che Callie era l'apprendista di Austin, imparava l'arte e la tecnica e faceva esperienza, come diceva Callie, dal meglio del meglio. Dal modo in cui Callie chiacchierava vivacemente, Sierra aveva capito che Austin aveva il meglio di entrambi i mondi. Poteva stare dietro alla sua postazione e comportarsi in modo cupo e maleducato, mentre Callie accoglieva caldamente tutti i clienti. No, quello non era carino. Sapeva dalle sue ricerche che Austin era un artista di grande talento, ricercato in tutto il mondo, se ci si affidava alle recensioni. Sua sorella Maya era più o meno allo stesso livello.

Sierra si leccò nervosamente le labbra, poi cedette all'esuberante abbraccio di Callie.

"Piacere di vederti, Callie," disse, cercando di essere educata, considerando che il suo conflitto interiore le faceva venire voglia di vomitare.

"È bello vederti. Il tuo tatuatore è quasi pronto per un consulto, quindi vai avanti e siediti su uno dei comodi divani in pelle. Posso offrirti un caffè o dell'acqua? Forse un succo?"

Sierra inclinò la testa, divertita. "Sto bene grazie. Sei anche receptionist qui alla Montgomery Ink?"

Callie arrossì, scuotendo la testa. "Continuiamo a

rimanere senza receptionist. Assumiamo per lo più ragazzi del college che hanno bisogno di pagare le loro lezioni all'UCD[1] o negli altri campus di Auraria appena fuori Spear Boulevard, ma diventano instabili quando hanno delle scadenze, o delle feste, poi il campus ha appena costruito un dannato dormitorio proprio fuori dall'autostrada." Callie alzò gli occhi al cielo. "Comunque, in questo momento stiamo cambiando receptionist, quindi sto facendo del mio meglio. Si spera che Austin e Maya assumano presto qualcuno, così non dovranno impazzire con quell'infernale Mac."

Le sopracciglia di Sierra si inarcarono. "L'infernale Mac?"

Callie indicò il computer sulla scrivania d'angolo, sporgendosi per sussurrare. "Maya l'ha comprato perché voleva tutto sulla scrivania, qualsiasi cosa, ma non un computer esterno troppo voluminoso, solo che ora nessuno sa come usarlo. Se me lo chiedi, presto lo dovremo salutare perché tra Sloane e Austin potrebbe esserci un 'incidente'."

Sierra sbuffò poi si sedette. "Poveri ragazzi."

"Ehi, povera me. Sono io che devo sistemare qualunque cosa rovinino. Ora, se sei sicura di non aver bisogno di nulla, vado a lavorare su uno schizzo per il cliente di domani. Il tuo tatuatore arriverà tra un po'."

Non le era sfuggito che Callie non avesse ancora menzionato il nome del tatuatore. Forse era un'abitudine da artista. Lo sguardo di Sierra percorse il salone, dove otto postazioni erano a ridosso di pareti piene di opere d'arte: foto, dipinti, schizzi e alcune sculture in ceramica e metallo. C'erano un paio di persone che Sierra non conosceva, ma aveva visto Sloane e Maya in giro abbastanza da riconoscerli dai loro volti. Ognuno di loro stava lavorando intensamente sul proprio cliente. Sloane aveva la testa abbassata sulla coscia di un uomo di mezza età, lo tatuava con un colore rosso che si mescolava al suo sangue. La vista le fece venire la nausea, quindi rivolse la sua attenzione verso Maya. La sorella di Austin faceva scattare il piercing sulla lingua dentro e fuori dalla bocca, mentre si concentrava sul lavoro lineare sul piede del suo cliente.

Il solo pensiero che qualcuno le infilasse un ago nel piede fece trasalire Sierra. No grazie, non per il suo primo tatuaggio. Primo? Aveva intenzione di farne un secondo o un terzo? Forse doveva concentrarsi solo su come superare quel primo tatuaggio senza svenire, senza piangere in modo incontrollato.

"Callie?" chiese, prima che l'altra donna se ne andasse del tutto. "Chi è il mio artista?"

"Sarei io."

Sierra sentì il suo cuore accelerare, strinse le cosce al rombo profondo della voce di Austin. Oh no. Austin non poteva essere il suo tatuatore. Non sapeva come avrebbe reagito, se quell'uomo le avesse messo le mani addosso. Non voleva che lui vedesse esattamente dove voleva il suo tatuaggio. Era troppo personale. Troppo intimo per un uomo che aveva invaso il suo spazio semplicemente respirando. Si era anche ricordata che non le piaceva nemmeno. Era un burbero scortese e prepotente. Non le importava che il suo corpo sembrasse volerlo.

La sua mente non lo voleva.

"Va bene allora, vi lascio soli." Callie scappò e Sierra socchiuse gli occhi nella sua direzione. Oh, Callie sapeva *esattamente* quel che faceva.

Bene.

"Pensavo mi avessi detto di andarmene," sussurrò. Non aveva intenzione di sussurrare, ma fu ciò che le uscì di bocca.

Austin annuì, gli occhi pieni di dolore. Dolore che

Sierra non aveva mai visto prima in quei profondi occhi blu. Se ne sarebbe ricordata.

"Mi scuso per il modo in cui mi sono comportato la prima volta. Shannon, la donna che se ne stava andando quando sei entrata, mi stava rompendo le scatole e così ho agito duramente nei tuoi confronti."

Sorpresa che ammettesse la sua maleducazione, Sierra poté solo perdonarlo. Dopotutto, lei voleva anzi - doveva - sapere cosa avesse causato quell'espressione triste sul suo viso. Non era abbastanza vanitosa da pensare che riguardasse lei e il suo bisogno di scusarsi. No, si trattava di qualcosa di molto più profondo.

"Ti chiedo scusa per le mie parole quando sono entrata qui per la prima volta. Ho sentito grandi cose sulla Montgomery Ink e voglio un tatuaggio, non sono venuta per giudicare chi si vuole tatuare." Ecco. L'aveva detto.

Austin annuì ma non sorrise, non fece nulla. "Vieni alla mia postazione sul retro e potremo parlare di quello che vuoi." Di nuovo, la sua voce era priva di emozione. No, non era del tutto corretto. C'era qualcosa, qualcosa che le faceva desiderare di avvicinarsi a lui per farlo sentire meglio.

Sierra si sedete sulla panchina che Austin le offrì, mentre lui si sedeva su uno sgabello, raccogliendo un blocco per schizzi e una matita. "Dimmi cosa ti piacerebbe."

Sierra gli scrutò il viso, incapace di concentrarsi su nessun tipo di disegno. "Cosa c'è che non va, Austin? Cosa ha messo tanta tristezza nei tuoi occhi?"

Si maledì per aver posto una domanda così profondamente personale a un uomo che non conosceva, ma c'era qualcosa, un legame di cui non conosceva la ragione.

Austin sbatté le palpebre e poi deglutì a fatica. Sierra

seguì con lo sguardo la lunga linea della sua gola e della sua barba. "Cosa intendi?"

Lei scosse la testa. "Mi dispiace. Non avrei dovuto chiederlo. Sembri così triste e volevo sapere se c'era qualcosa che potevo fare. Sciocco, vero? Non ti conosco nemmeno."

Austin posò il blocco per schizzi e la matita, appoggiando gli avambracci sulle cosce. "In ogni caso, non sono nel giusto stato d'animo per disegnare. O meglio, forse sono di umore perfetto, pensandoci. So che sei venuta qui per un consulto e ci arriveremo. Presto. Va bene." Si guardarono negli occhi, quell'agonia fu un taglio netto nel cuore di Sierra. "Mio padre ha il cancro. Ce lo ha detto il giorno dopo che sei uscita di qui e non sono stato in grado di affrontarlo. Non so se potrò mai affrontare questa cosa."

Sierra trattenne il respiro e gli strinse la mano, lo shock di quel legame diretto la sorprese, ma non si soffermò su questo, i pensieri della famiglia di Austin erano in primo piano nella sua mente.

"Mi dispiace tanto, Austin. Oh Dio, non avevo idea che fosse qualcosa del genere. So che le mie parole sono irrisorie, ma ci sarò per tuo padre e per tutti voi. Mi dispiace così tanto", ripeté. I suoi occhi si riempirono di lacrime per l'uomo che aveva di fronte e per l'uomo che l'aveva cresciuto, un uomo che non aveva mai incontrato, ma a cui Austin evidentemente voleva molto bene.

Austin le prese la guancia, un'azione che spaventò entrambi. "Grazie, Sierra." Si tirò indietro velocemente, schiarendosi la gola. "Starà bene. Dovrà stare bene. E se mi concentro solo su lui e su cosa sta succedendo, non sarò in grado di lavorare, quindi parliamo del tuo tatuaggio."

La guancia di Sierra era ancora calda per quel tocco e la mano di Austin già le mancava. Voleva risentire quelle mani su di lei, voleva il suo sguardo su di lei, mentre si spogliava per lui. Voleva inginocchiarsi ai suoi piedi mentre le scostava i capelli all'indietro, facendole sapere che sarebbe andato tutto bene.

Si ritrasse a quel pensiero. Quella non era più lei. Quei pensieri non erano suoi. Non potevano essere suoi. Era cresciuta, dai tempi in cui era stata con Jason, e non poteva, no, non sarebbe stata quella donna con Austin. Lui era quello che le avrebbe tatuato la pelle, non poteva conquistarlo.

Se solo avesse trovato il coraggio di farsi tatuare.

"Sierra? Il tuo tatuaggio? Callie ha detto qualcosa sui fiori, ma ce ne sono di tanti tipi. Ho bisogno di saperne di più."

Respirò, il labbro inferiore tremante. "Io... io voglio delle margherite sul mio fianco destro. Non so quante, o quanto grandi o nemmeno di che colore, ma ho bisogno che... coprano, o meglio cambino, qualcosa."

Austin corrugò la fronte. "Devo coprire un altro tatuaggio?"

Lei scosse la testa. "Questo è il mio primo tatuaggio."

Austin le strinse dolcemente la mano, il suo tocco era calmante, come un'ancora di salvezza. "Cosa devo coprire, Sierra?" La sua voce si era abbassata, come se stesse parlando a un agnello spaventato sull'orlo di un precipizio.

Sebbene quella fosse una descrizione appropriata in quel momento, Sierra non voleva essere quell'agnello.

Non più.

"Ho un paio di cicatrici." Oh, che bugia, ma presto gli avrebbe raccontato tutto. Avrebbe dovuto farlo. "Io... non sono ancora pronta a mostrartele, quindi so che non potrai progettare nulla."

Austin le strinse la mano e lei si maledì.

Gesù, si sentiva un'idiota.

"Sto sprecando il tuo tempo oggi, Austin e mi dispiace. Pensavo di fare un passo alla volta, ma è stato stupido.

Avresti bisogno di vedere il mio fianco per poter progettare il tatuaggio."

Austin annuì e poi si ritrasse. "Se non sei pronta a mostrarmelo, possiamo fare un passo alla volta. Non mi dispiace, Sierra. Ti dirò che non è possibile coprire le cicatrici, almeno nella maggior parte dei casi. È una forma d'arte in sé e ed è per questo che non facciamo molto, a meno che non conosciamo le cicatrici e possiamo fidarci che il tatuaggio non si rovinerà in futuro a causa loro. La pelle con cicatrici è solitamente troppo diversa e increspata, e l'inchiostro finirà per diffondersi sulla cicatrice, piuttosto che essere dove volevamo in principio. Tuttavia, possiamo fare qualcosa per contornare le cicatrici."

"Era quello che volevo. Ma il tuo tempo è prezioso."

"È prezioso così come lo è la tua guarigione."

Toccata dalle sue parole, lo guardò sbattendo le palpebre e leccandosi le labbra. "Allora cosa possiamo fare oggi?"

Austin le sorrise, i suoi occhi si riempirono di gioia per la prima volta da quando era entrata. Già solo questo le fece credere che era valsa la pena andare lì quel giorno.

"Se per te va bene, disegnerò il tuo fianco in modo da avere un'idea delle dimensioni della tela su cui lavoreremo. Quindi lavorerò su alcuni tipi di margherite e te le mostrerò la prossima volta che vieni. Spero che a quel punto sarò in grado di vedere esattamente cosa intendi per cicatrici, e poi potremo fare il passo successivo."

Le sue mani tremavano, ma annuì, sapendo che per fare pienamente ciò che voleva avrebbe dovuto mostrargliele. Era stato un gioco da ragazzi, ma non aveva ancora reso la cosa più facile.

"Mi sembra un buon piano."

"Posso dirti che sei sicura di voler un tatuaggio, Sierra. Se non lo volessi, non saremmo seduti qui. Non mi dispiace aspettare finché non sarai pronta. E quando inizieremo a tatuare davvero, anche quando mi mostrerai le tue cicatrici, chiuderò le tendine che abbiamo, quindi saremo solo io e te. Nessun altro. Che ne dici?"

Quell'idea le piaceva più di quanto avrebbe dovuto, e annuì prontamente.

"Va bene allora, alzati e alza il braccio. Mostrami esattamente la misura del tatuaggio alla quale stai pensando e poi ti disegnerò. Come ho detto, non saprò esattamente cosa farò finché non vedrò tutto. Anche se questo è tutto per oggi, è comunque un passo. Sai?" Incontrò il suo sguardo. "Questo significa che dovrò metterti le mani addosso. Ti va bene?"

Più che bene.

Invece di dirlo, annuì di nuovo e si alzò.

Si voltò in modo che il suo fianco fosse rivolto ad Austin, così da non incrociare il suo sguardo. Non appena le mise le mani addosso, lei sussultò.

"Ferma, spilungona, non ho intenzione di mordere", la prese in giro. "Be', a meno che tu non me lo chieda."

Suo malgrado, sbuffò. "Smettila di chiamarmi spilungona." Era un insulto... e le faceva venire voglia di dissolversi in una pozzanghera ai suoi piedi. Accidenti a quell'uomo.

"Mi piacciono le tue gambe, quindi continuerò a farlo. Ora, quanto grande stiamo pensando questo tatuaggio?"

Grande. Grosso e lungo.

Un momento, non era quello che stava chiedendo.

Austin fece una risatina profonda. "Posso vedere dalla tua faccia dove è andata la tua mente, e sì, potresti dire che è grande. Ma io stavo parlando del tuo tatuaggio."

Sierra si rifiutò di incrociare il suo sguardo e sollevò il mento. "Sei sicuro di te stesso. Allora, penso all'intera gabbia toracica, al lato dello stomaco e al di sotto dei fianchi." La sua cicatrice copriva la maggior parte di quelle parti, ma poiché avrebbe dovuto avere il tatuaggio intorno, voleva qualcosa da ricordare. Qualcosa che valesse il dolore e i ricordi.

"È grande, ma penso che con le tue curve lì sarà fantastico. Quindi tieniti forte e lascia che disegni la sagoma sul tuo corpo."

La matita le tracciava il fianco e la sua mano le sfiorò la parte inferiore del seno. Entrambi rimasero a bocca aperta, ma nessuno dei due commentò. Dovevano rimanere professionali. Le sue dita callose premettero attraverso la sua camicia e lei trattenne un sospiro. Aveva recuperato la maggior parte della sensibilità sul suo fianco, e le sue mani erano così grandi, così... mascoline... lei sapeva che non avrebbe mai dimenticato il suo tocco.

"Vieni a fare un giro con me."

Sierra si voltò, confusa. "Che cosa?"

Austin la fissò negli occhi, intenso. "Vieni a fare un giro con me. Con la mia moto in montagna."

Sierra scoppiò in un sudore freddo. Visioni di fiamme, stridore di pneumatici e odore di carne bruciata le fecero tremare le ginocchia.

"Merda, piccola, mi dispiace," mormorò Austin, le mani sui fianchi poi sulle guance. "Non devi venire a fare un giro con me, non se hai intenzione di reagire in quel modo. Non devi dirmi perché, ma puoi farlo se vuoi. Ti ascolterò."

Inspirò, imbarazzata per aver reagito in quel modo. "Mi dispiace."

"Non dispiacerti, Sierra."

Accidenti. Non voleva essere rinchiusa nel suo passato, incapace di fare un passo in nessun tipo di futuro. L'Eden era stato un passo avanti, come essere entrata alla Montgomery Ink, ma non era abbastanza. Non ancora.

Doveva essere donna e imparare di nuovo a respirare.

Il suo sguardo incontrò quello preoccupato di Austin e Sierra deglutì a fatica. "Sì, Austin. Sì, verrò a fare un giro con te sulla tua moto."

Sembrava che non le credesse, ma lei glielo avrebbe mostrato. Era pronta ad andare avanti, anche se doveva sforzarsi. Non sarebbe stata nascosta e ingabbiata. Non più.

Se Austin l'avesse aiutata, beh, allora avrebbe fatto quel passo.

Finalmente.

Capitolo 5

SHEP MONTGOMERY IGNORÒ LO SGUARDO TRUCE puntato su di lui, considerandolo parte del gioco, con questo cliente particolare. Quando Lisette era arrivata per il tatuaggio, il suo uomo, Mathieu, l'aveva accompagnata. Dicendo accompagnata, Shep intendeva dire che le faceva la guardia come un pitbull, infatti praticamente ringhiò a Shep per aver osato toccare la *sua* donna.

Dando una rapida occhiata, ripulì l'inchiostro e il plasma rimanenti in modo da poter finire l'ombreggiatura sulla carpa koi. Lisette era entrata con quei suoi occhi civettuoli e il suo sorriso disinvolto, implorando Shep di disegnare sui suoi fianchi e sulle cosce una carpa koi circondata da un campo di fiori e da acqua fresca. Shep amava lavorare con lei, dato che era così facile da accontentare, una volta capito il design giusto.

Shep pensava che Mathieu gli avrebbe staccato volentieri le braccia, nel momento in cui avesse toccato la sua ragazza per tatuarla. Shep sapeva anche che sua moglie, Shea, probabilmente avrebbe fatto la stessa cosa, se qualcuno avesse toccato lui in quel modo. In realtà, lo stesso

Shep avrebbe potuto ferire chiunque pensasse di poter tatuare Shea, quindi non incolpava minimamente Mathieu.

"Va tutto bene, Lisette?" Chiese Shep, rivolgendo la sua attenzione sulla sua ultima sfumatura e non sull'uomo che incombeva su entrambi. Mathieu era davvero un grande figlio di puttana.

"Mmm," mormorò, Shep poté solo sorridere. Gli piaceva quando i suoi clienti cadevano nella beatitudine di quello che stava tatuando, piuttosto che essere tesi per tutto il tempo. Lisette era una professionista in questo.

Aggiunse un ultimo tocco, quindi si allontanò, sedendosi per apprezzare il suo lavoro. "Finito. Hai bisogno di aiuto per vederlo allo specchio?"

"Ci penso io a lei," borbottò Mathieu.

Shep trattenne un sorriso ancor più ampio. Si aspettava che quell'omone rispondesse proprio così, ma gli piaceva comunque incoraggiarlo.

Lisette si lasciò sfuggire un piccolo sussulto e Shep capì che il suo lavoro era finito. Esaminarono le istruzioni per la convalescenza, anche se lei le conosceva già, dato che aveva mezzo braccio tatuato di fiori, ma Shep non aveva mai permesso a nessun cliente di lasciare la Midnight Ink senza che lo ascoltassero bene, senza che accettassero e capissero le condizioni. Mentre osservava Mathieu portare con attenzione la sua donna fuori dal negozio, Shep saltò in piedi, ansioso di tornare dalla sua donna. Lisette era la sua ultima cliente della giornata, dopo aver terminato il consulto successivo con Chavon, una delle persone che preferiva al mondo, avrebbe potuto tornare a casa da sua moglie.

Sua moglie.

Non ci si sarebbe mai abituato, santo cielo, amava il suono di quelle parole. Si erano corteggiati velocemente, si erano fidanzati ancora più velocemente e poi si erano sposati civilmente, perché non potevano più aspettare. Lui pensava che Shea volesse un matrimonio in grande con un abito ancora più sfarzoso, con i fiori e tutti gli ornamenti possibili, ma si sbagliava. Era stata Shea a volere un piccolo matrimonio in un piccolo ufficio, in modo da poterlo sentire suo. Era stata lei ad andarlo a prendere in caffetteria, in una calda giornata, con il sorriso sul viso. Non poteva chiedere di meglio.

Avrebbe fatto qualsiasi cosa per lei, e dire "lo voglio" in quell'ufficio angusto era solo una piccola parte di tutto ciò che avrebbe fatto.

Quando finì il consulto per l'ultimo tatuaggio di Chavon - questo *non* sul suo culo, contrariamente a quello che il suo uomo pensava che Shep facesse, quando si trattava di lei - fu pronto per tornare a casa da Shea.

"Saluta Shea da parte mia", disse Sassy, l'addetta alla reception della Midnight Ink e una delle sue più care amiche, mentre faceva il suo zaino.

"Lo farò", le disse, rispondendole. "E non stancare troppo i tuoi uomini." Sassy era fidanzata non con un uomo, ma con due - Rafe e Ian - che pensavano che lei fosse il centro del loro universo. "Fammi sapere quando hai un appuntamento per il matrimonio. Anche Shea me l'ha chiesto."

Sassy annuì, una strana luce entrò nei suoi occhi, e si voltò. Shep sospirò, sapendo che avrebbe dovuto farlo per lei, se glielo avesse lasciato fare. Questo era un grande *se*.

Salutata la sua "famiglia" della Midnight Ink, si diresse a casa, con quello strano fastidio allo stomaco che tornava. C'era qualcosa in sospeso con Shea, e non riusciva a capire cosa. Non erano stati sposati abbastanza a lungo da poter conoscere ogni suo tic, ogni suo sguardo, ma si divertiva a indovinarli e a capirli. Tuttavia, sapeva che qualcosa non andava. Non si comportava diversamente. Gli sorrideva ancora vivacemente, ma a volte i suoi sorrisi erano un po' troppo accesi. La sua personalità normale e tranquilla non era cambiata, e si lasciava andare veramente solo quando erano loro due da soli. Era il ghiaccio per il suo fuoco e non avrebbe voluto il loro rapporto in nessun altro modo. Ma aveva bisogno che lei fosse felice.

L'avrebbe capito. Lo faceva sempre.

Non appena entrò in casa, aprì le braccia e Shea si lanciò contro di lui come ogni sera. Veramente. La miglior cosa di sempre. Sperava che questo abbraccio rimanesse qualcosa che avrebbero fatto ogni giorno, non importa quanto vecchi o occupati sarebbero diventati. Ok, forse quando sarebbe stato più vecchio, avrebbe potuto rompersi un'anca facendolo, ma ne sarebbe valsa la pena. Finiva di lavorare più tardi rispetto a Shea, perché iniziava più tardi nel corso della giornata, quindi lei era sempre a casa per prima. Se fosse stato il contrario, sapeva che si sarebbero incontrati nello stesso abbraccio. Inalò quel suo dolce profumo, premendola contro il proprio corpo e poi inclinando la bocca su quella di lei. Aveva un sapore di tè e uva.

"Santo Dio, ti amo, Shea Montgomery."

Non si sarebbe mai stancato di sentire il suo nuovo cognome. Il cognome, per quanto fosse antiquata l'abitudine di prendere il suo cognome, ricordava a entrambi che lei era sua... e lui era suo.

Shea si tirò indietro, senza fiato. "Anch'io ti amo, Shep."

Sorrise, ma il suo sorriso ci mise un secondo in più per raggiungere i suoi occhi di quanto avrebbe dovuto.

Ecco. C'era qualcosa nei suoi occhi. Qualcosa che non andava. Gliel'aveva già chiesto prima, e lei aveva negato, dicendo che si stava solo immaginando cose che non esistevano. Non l'avrebbe chiesto di nuovo. No, l'avrebbe scoperto da solo. Avrebbe fatto del suo meglio per renderla felice, qualunque cosa fosse accaduta. Odiava pensare di aver già fallito, in quel matrimonio, fin dall'inizio. Non era qualcosa che avrebbe permesso.

"Stavo preparando la cena. Vuoi aiutarmi?"

Le baciò il naso e poi annuì. Preparavano la cena insieme quasi tutte le sere, la danza intorno ai mobili della cucina, con i loro corpi si sfregavano l'uno contro l'altro, era una specie di preliminare che rendeva il resto delle loro notti ancora migliori.

Il telefono di Shep gli ronzò in tasca e lui lo tirò fuori, con un braccio ancora intorno a Shea. "È Austin", disse dopo aver guardato lo schermo.

"Rispondi", disse Shea. Le aveva presentato Austin quando uscivano insieme, e loro due erano entrati subito in sintonia.

"Ehi, fratello, che succede?" Shep baciò Shea sulla testa, mentre si dirigevano verso la cucina.

"Ehi, pensi che potrete venire a Denver per un po'? Tu e Shea."

Shep si bloccò al tono di Austin, stringendo il braccio di Shea. La voce dell'altro uomo non suonava come quella dell'uomo caldo, ma allo stesso tempo cupo con cui era cresciuto. Qualcosa non andava. Shea lo guardò al suo tocco, con lo sguardo preoccupato.

"Cosa c'è che non va?" chiese, con la gola che si strozzava.

Austin sospirò. "Io ... merda. Non so come dirlo. Accidenti. Non dovrei proprio dirlo. Non è giusto." Fece un respiro profondo mentre Shep tratteneva il fiato. "Papà ha il cancro, fratello."

Shep barcollò all'indietro, usando Shea come supporto. "Che cosa? Sei serio?"

"Molto serio," disse Austin a bassa voce. "Presto inizierà la cura e penso che gli piacerebbe che foste presenti. Tu e Shea. Non l'ha mai incontrata, sai", disse, affermando ciò che sapevano entrambi.

Shep deglutì a fatica, sbattendo le palpebre per scacciare le lacrime. I suoi genitori si erano trasferiti in Oregon quando lui si era trasferito a New Orleans, più di dieci anni prima, ma era cresciuto nel grande trambusto dei Montgomery a Denver. L'idea che il grande Harry fosse malato non era ammissibile.

C'era davvero solo una risposta possibile.

"Sarò lassù il prima possibile, il più a lungo possibile, Austin. Puoi contare su di me."

Austin emise un respiro e Shep avrebbe tanto voluto allungare la mano nel telefono per stringere forte il cugino. "Grazie. Potete stare a casa di Griffin, dato che ha il bed and breakfast. Tu e Shea. In questo modo avrete entrambi un po' di privacy per tutto il tempo che vi serve. Io ho una stanza degli ospiti, ma so che siete sposini novelli. Non so nemmeno perché sto divagando così, ma fanculo. Mi sono perso, amico. So... so che tutti i fratelli sono qui, ma potrò contare anche su di te. Capisci?"

Shep inspirò profondamente e poi baciò la tempia di Shea. "Qualsiasi cosa, Austin. Lo sai. Ci accorderemo e ti farò sapere il prima possibile."

"Grazie, Shep."

"A presto, cugino, e cerca di mantenere la calma, okay? Harry... Harry è più forte di tutti noi."

"È quello che pensavo anch'io. A presto."

Suo cugino riattaccò e Shep fissò il telefono che aveva in mano. Merda. Harry aveva il cancro. Fottuto cancro. Non aveva alcun senso. Il cancro non avrebbe dovuto toccare la sua famiglia. Era qualcosa che succedeva ad altri e lui aveva già dato soldi in beneficenza per la ricerca di trattamenti e cure. Stupido e crudele, ma è così che la sua mente affrontava le cose che non avevano senso, mentre gli si apriva un buco nello stomaco. Non sapeva come trattare con questo fatto.

"Ho sentito quasi tutto quello che vi siete detti, piccolo." Shea gli prese il viso tra le mani, gli occhi le si riempirono di lacrime. "Sono così dispiaciuta. Fammi chiamare il lavoro, mi prenderò una pausa. Quello che non posso annullare, lo potrò fare dal mio computer ovunque andiamo. Poi cercherò i biglietti aerei e tutto il resto. Resteremo a Denver il più a lungo possibile. Va bene?"

Lui la baciò, sfiorandole appena le labbra, prima di affondare completamente in quel bacio. Lei gemette, appoggiandosi a lui, mentre le loro lacrime si mescolavano.

"Ti amo, Shea. Non mi lasciare mai. Per favore. Sii al mio fianco per sempre."

Sua moglie si leccò le labbra, mentre quella strana luce le colpiva di nuovo gli occhi, poi sbatté le palpebre, schiarendosi lo sguardo. "Certo, Shep. Ti amo. Non andrò da nessuna parte."

La tenne stretta, sapendo di dover essere forte per Austin, per Shea, per Harry, per tutti loro. Anche se era solo un cugino, erano comunque una famiglia. Lui e Shea sarebbero andati a Denver e avrebbero fatto quello che potevano. Dato che c'era, avrebbe anche scoperto cosa stava succedendo a sua moglie. C'era un limite a ciò che una persona poteva sopportare, e non voleva che ci fosse nulla tra loro che potesse danneggiare il loro rapporto.

La vita era troppo breve per un dolore che poteva essere curato.

Capitolo 6

Austin stringeva i fianchi di Sierra, tenendola ferma, mentre lei lo guardava sbattendo le palpebre, aveva lo sguardo pieno di piacere, sempre su di lui. Solo su di lui. Austin si leccò le labbra e poté quasi assaporare la sua dolcezza sulla lingua. Oddio, non vedeva l'ora di avere la dolce crema bianca sulle papille gustative.

"Ti scoperò forte, spilungona," ringhiò lui, il suo corpo tremava per avere il controllo.

"Prendimi." Lei sollevò il petto, i suoi seni spiccavano come un succulento banchetto. I suoi capezzoli sembravano fottute bacche mature nelle pinze in cui li aveva messi, e imploravano la sua lingua.

Austin fece scivolare il cazzo lungo la sua figa gonfia, assorbendo il suo rapido respiro. Con lo sguardo seguiva i suoi seni, poi su fino al punto in cui aveva legato ciascuna delle sue braccia alla testiera del letto usando la corda nuova di zecca che le aveva comprato.

Sul serio, la migliore visione di sempre.

Non vedeva l'ora di immergersi in profondità dentro di

lei per avere quella sua figa stretta intorno al cazzo, che lo mungeva fino all'ultima goccia. Proprio mentre si tirava indietro, i suoi occhi si aprirono e si maledisse.

Merda. Un sogno. Un altro fottuto sogno.

Ed era venuto sullo stomaco prima di arrivare al più bello.

Austin rotolò giù dal letto, il suo corpo gemeva per il sonno agitato e per quei sogni vividi. Per fortuna, aveva dormito nudo, quindi avrebbe avuto meno da pulire, considerando che faceva gli stessi sogni di un ragazzo di tredici anni. Barcollò all'indietro, il suo corpo non era del tutto sveglio, aveva un disperato bisogno di caffè. Tirò su le lenzuola, attento a non riversarsi addosso il frutto del suo sogno notturno.

Barcollò nudo nella lavanderia e infilò le lenzuola nella lavatrice, aggiungendo il detersivo e avviandola con un occhio aperto. Probabilmente si sarebbe pentito di averlo fatto mezzo sveglio, più tardi, ma aveva abbastanza esperienza nel lavare i propri vestiti ed era piuttosto sicuro che non sarebbe finito a pulire con acqua e sapone il pavimento. O almeno pensava.

Accidenti. Non riusciva a credere do sognare come un ragazzino che vede per la prima volta le forme di una donna. Aveva quasi quarant'anni, per l'amor di Dio. Non aveva proprio bisogno di una pillolina, per mettere della libido nella sua vita e per fare un pasticcio nelle lenzuola, quando aveva in mente Sierra e quelle sue lunghe gambe.

Al momento, avrebbe tanto voluto avere quelle gambe intorno ai fianchi mentre la penetrava.

Il suo cazzo diventò di nuovo duro e si maledisse. Veramente? Non erano nemmeno le sette del mattino e aveva già un'altra erezione dopo essere venuto nel sonno a causa di un fottuto sogno. Era solo un motivo in più per cui aveva bisogno di scopare, per riprendere le redini del controllo per cui era così famoso.

Con un sospiro, saltò nella doccia, ignorò il suo cazzo dolorante e poi si preparò una tazza di caffè. Per fortuna, oggi era il suo giorno libero e non aveva nessun posto speciale dove stare. Normalmente, sarebbe andato a fare un giro in moto in montagna e forse anche a Estes Park, ma non era dell'umore giusto. Decker sarebbe passato più tardi per un po' di cibo e della birra; in qualsiasi altra settimana, suo fratello in tutto, tranne che nel sangue, sarebbe andato con lui in moto. Quella settimana, quel mese, però, era diverso. Nessuno dei due andava in moto, da quando avevano sentito del cancro di Harry.

Merda.

Cancro.

Austin ancora non riusciva a capirlo. In realtà aveva messo la testa sotto terra per non pensarci. Mentre il resto della sua famiglia aveva cercato di non perdere la testa, facendo tutte le ricerche possibili e immaginabili, Austin era rimasto lontano, dicendo che sarebbe stato presente se qualcuno avesse avuto bisogno di lui.

Cazzo, questo lo faceva sembrare un asino.

Era semplicemente troppo spaventato per cercare cose come trattamenti, prognosi e altri termini medici che lo facevano sudare freddo al solo pensiero. Era il fratello maggiore, il figlio maggiore dei Montgomery, eppure stava cedendo.

Austin si strofinò il cuore con il pugno, poi andò in veranda a guardare il sole che finiva di sorgere. Amava la sua casa e le sue vedute. Aveva una veranda su tre lati, da cui poteva vedere il sole sorgere o tramontare a seconda di dove si sedeva. Qui, poteva ignorare ciò che accadeva intorno a lui e concentrarsi sul nulla, un modo fottutamente ridicolo di affrontare le cose.

Doveva tirare fuori le palle e pensare a cosa stava realmente accadendo nella sua famiglia. Doveva smetterla di sognare una donna che sembrava così spaventata dal fatto che qualcuno le toccasse la pelle, che praticamente si precipitava come un coniglio impaurito al suo sguardo.

Austin rimase seduto per un'altra ora, finendo il suo caffè e sentendo l'aria fresca di montagna riscaldarsi lentamente, mentre il sole si alzava più in alto.

Il suo telefono ronzò sul tavolo d'angolo della sua veranda, lo prese, il cuore gli batteva all'impazzata. E se fossero stati i suoi genitori per annunciargli qualcosa di peggio? Merda. Pensare a quello che poteva succedere, piuttosto che creare un piano, lo stava facendo impazzire. La prima cosa che avrebbe fatto, una volta che Decker se ne fosse andato, o forse anche con lui presente, erano le sue ricerche. Non era da lui essere così fuori di testa quando si trattava di cose importanti. Odiava se stesso, per essersi messo in quella situazione. Non aveva senso preoccuparsi per degli incubi infondati. Aveva un presentimento, una volta che ci si fosse messo davvero, temeva di avere ancora più incubi.

Tuttavia, suo padre meritava ogni grammo della sua forza e della sua determinazione. E nascondersi in casa non era ciò per cui Austin era stato cresciuto.

Senza guardare lo schermo, rispose al telefono pentendosene subito.

"Austin, tesoro."

Era davvero troppo. Era così fottutamente stanco. "Shannon. Smettila di telefonarmi. Ho cercato di essere gentile, ma ci siamo lasciati mesi fa. Dopo una decisione reciproca, potrei aggiungere. Normalmente non sono così stronzo, ma se non smetti di aggrapparti a me e praticamente di perseguitarmi, dovrò fare qualcosa." Chiamare la polizia per una stalker? Non era quello che voleva fare, ma Shannon non lo avrebbe lasciato in pace, qualunque cosa avesse fatto per fermarla. Non avrebbe mai litigato fisicamente con una donna, quindi avrebbe dovuto arrendersi e chiedere a qualcun altro di occuparsene per lui.

"C'è stato qualcosa tra di noi, piccolo. Ti prego. Per favore, non lasciarmi, amorino."

Austin chiuse gli occhi e si pizzicò il naso. "No, non c'è stato niente, e lo sappiamo entrambi. Mi hai amato anche meno di quanto io amassi te. E il mio amore per te era quasi zero." Era stato netto, ma era la verità. "Trovati qualcuno da amare veramente, di cui prenderti cura, trova il futuro che desideri, Shannon. Il tuo futuro non sono io." Al suo silenzio, Austin sospirò. "Addio, Shannon."

Premette *Termina* sul telefono, ma aveva la sensazione di non aver terminato ciò che voleva. Sperava solo che lei non andasse oltre quello che aveva già fatto.

La sua mattinata era ancora più rovinata, adesso; si alzò dalla sedia sulla veranda e si fece strada dentro casa. La sua casa era situata sull'orlo di un piccolo burrone; anche se non poteva davvero vedere i suoi vicini, sapeva che erano lì. In realtà viveva in un vicolo cieco, alla fine di una strada sterrata, che portava alla sua casa, sviluppata su due piani. Be', due piani e un seminterrato che poteva essere visto sul retro, poiché la sua casa era su un pendio. Gli interi due piani superiori, sul retro che dava sul burrone, erano in vetro, così si vedeva la collina più vicina, si vedevano alcune delle Montagne Rocciose e tutta la fauna selvatica circostante.

La adorava. Aveva città e campagna tutto in uno, nella sua casa. Inoltre, poteva mettere la sua musica ad alto volume e non avere problemi.

Dopo aver fatto colazione, passò alla sua normale

routine quotidiana di pulizie e di lavoretti. Viveva da solo, ma non voleva vivere nel casino più totale. Non era un maniaco del pulito come alcuni membri della sua famiglia, ma gli piaceva essere libero dal disordine.

Mentre controllava la posta, mise da parte le bollette per dopo, poi esaminò il resto, buttando via la posta indesiderata, che sembrava accumularsi più velocemente delle bollette. In cima alla pila c'era una grossa busta di un'azienda che non riconosceva, si accigliò. Un avvocato? Forse era per il negozio o anche per la Montgomery Inc. Visto quanti erano tutti i Montgomery, a volte le persone inviavano cose agli indirizzi sbagliati. Fortunatamente, i suoi parenti vivevano abbastanza vicini e non era un problema consegnare la posta ai destinatari giusti.

"Austin, sei qui?"

Decker entrò senza bussare e Austin mise da parte la posta. Avrebbe chiarito dopo la questione di quella busta, qualunque cosa fosse.

"Sono in cucina. Vuoi un caffè?"

Decker entrò, con i suoi jeans consumati a vita bassa e una maglietta di cotone nera che sembrava aver visto giorni migliori. Austin abbassò lo sguardo sui propri vestiti e sbuffò.

A quanto pare sembravano gemelli, quel giorno.

T-shirt nere e jeans consumati erano le loro uniformi: giorni liberi o no.

"Caffè. Per favore. Ne avevo abbastanza per una tazza sola, a casa, e non avevo intenzione di spendere cinque dollari per un caffè triste, venendo qui."

Austin alzò gli occhi al cielo. "Prendi sempre il tuo caffè da Starbucks o da Hailey. Non so perché ti lamenti."

Le sopracciglia di Decker si inarcarono. "Spero di non averti appena sentito definire triste il caffè di Hailey."

Austin sussultò mentre versava una tazza per Decker.

"No, non è quello che intendevo. Intendevo Starbucks. Una schifezza. Non dirle che l'ho detto."

Decker sorrise, prendendo la tazza e soffiandoci sopra. "Cosa mi dai per il mio silenzio?"

Austin ribaltò la situazione. "Non ti prenderò a calci in culo."

"Puoi provarci, vecchio."

"Anche tu ti stai avvicinando al numero tondo."

Decker sorrise. "Ho ventinove anni. Hai trentotto anni. Sono due numeri molto diversi, fratello. Sappilo."

"Vaffanculo."

"No grazie. Preferisco andare a letto con partner un po' meno pelosi sul petto."

Austin sorrise. "Solo un po' meno? C'è qualcosa che dovresti dirmi? Sai che ti ameremo tutti, indipendentemente dalle tue preferenze."

Decker gemette. "Stai zitto."

Austin alzò gli occhi al cielo, poi andò in soggiorno, sapendo che Decker l'avrebbe seguito quando voleva. Dovevano trasmettere una partita alla tv, così si sarebbero potuti rilassare senza fare nulla di particolare. Forse avrebbe fatto delle ricerche, se avesse avuto il coraggio, ma niente di troppo faticoso.

In realtà, Decker era il migliore amico di Griffin, ma anche Austin ci andava d'accordo. Decker aveva vissuto con la sua famiglia per la maggior parte della sua adolescenza, quindi era vicino a tutti i Montgomery. Come evidenziato da quella conversazione che aveva cambiato le loro vite, era incluso anche nelle riunioni di famiglia senza pensarci due volte.

"Quindi ho sentito che Shep e Shea stanno arrivando a Denver?" Chiese Decker, dopo alcuni momenti di pacifico silenzio.

"Sì. Li ho chiamati io, ho chiesto io che venissero."

Scrollò le spalle come se fosse una questione senza importanza, ma chiaramente lo fece più di quanto volesse ammetterlo. "Papà non ha ancora incontrato Shea, e sebbene i genitori di Shep siano in Oregon adesso e lui sia a New Orleans da dieci anni, Denver è sempre casa nostra."

"Ho capito, amico. La sua presenza qui è necessaria, anche solo per un sorriso, per un abbraccio. Inoltre, non vedo l'ora di incontrare la donna che ha legato così bene con Shep."

Austin si passò la lingua sui denti. "Preferisco pensare che sia stato Shep a legare lei."

"Ah ah", disse seccamente Decker. "Lo sai che non è in questo genere di cose quanto noi. Ma intendevo con la cosa del matrimonio."

Decker non aveva torto, ma vedeva veramente l'idea del matrimonio come un peso? Austin non ne era più sicuro. Non che di recente avesse avuto una buona esperienza con le donne, considerando che Shannon era la sua ultima ragazza.

Gli venne in mente Sierra e aggrottò la fronte. Conosceva a malapena quella donna, eppure il suo viso gli veniva in mente quando pensava all'eternità. Non qualcosa a cui volesse pensare troppo a lungo. Oppure sì?

"A cosa è dovuta quest'aria accigliata?"

"Sto solo pensando."

"A cosa?"

"Al matrimonio, immagino."

Decker fischiò piano. "Stai pensando di rinunciare alla vita da single, allora?"

Austin lanciò a Decker uno sguardo netto. "Ti lamenti un po' troppo del matrimonio, secondo me. Non dirmi che hai intenzione di vivere la vita da single per sempre?"

Decker si strinse nelle spalle poi distolse lo sguardo,

sentendosi a disagio. "Sai da dove vengo, Austin. Credi che voglia davvero imporre questo a una donna che amo?"

Austin imprecò sottovoce. "Non diventerai come tuo padre, se sposi qualcuna, Deck. Tuo padre è uno stronzo ubriaco e violento, ma tu non lo sei. Non hai mai alzato le mani su una donna, e non lo faresti mai."

Decker scosse la testa. "E questo è il coronamento dell'uomo che sono? E perché dovrei sposarmi? La mamma diceva sempre che papà non la picchiava mai, quando uscivano insieme da ragazzi. Ha cominciato dopo."

Austin si alzò, torreggiando su Decker. "Mi stai prendendo in giro, cazzo. Tuo padre è sempre stato un cattivo figlio di puttana, e tu lo sai."

"Tu non c'eri."

"No, non c'ero, ma non diventi così meschino da un giorno all'altro." Austin sospirò, poi addolcì la sua voce. "Non sei come tuo padre, Deck."

Decker incrociò il suo sguardo. "E tu sei come tuo padre, più di quanto pensi. Hai parlato con Harry da quando ci ha detto che era malato?"

Austin distolse lo sguardo, il senso di colpa nel suo stomaco iniziò a farsi sentire, al cambio di argomento. "No," mormorò.

"Cazzo, Austin. Parlaci. Andrà tutto bene, dannazione. Non lo perderemo per questo. Papà inizierà il trattamento tra due settimane, hanno dovuto aspettare l'inizio del nuovo ciclo, e nel frattempo l'hanno preparato. Non è solo, non con tutti noi intorno a lui, ma non puoi nasconderti da lui. Capito?"

Austin annuì, poi andò al divano, appoggiando la testa tra le mani. "E se non ce la fa, Deck? E se non fosse abbastanza forte?"

"È l'uomo più forte che conosciamo."

"Sì? L'hai visto in quel soggiorno? Non l'ho mai visto così. Sembrava così... indifeso."

Decker sospirò, mentre se ne stavano seduti in silenzio. Austin non aveva ancora espresso le sue paure a nessuno, anche se l'aveva quasi fatto con Sierra, nel negozio, quando aveva cominciato a dar voce alle proprie preoccupazioni. Decker lo ascoltava e non lo criticava troppo. O forse lo attaccava giusto un po', quanto aveva bisogno. Se Austin avesse parlato a qualcuno dei suoi fratelli dei suoi pensieri, beh, non era sicuro di cosa sarebbe successo. Doveva essere forte come era sempre stato, e in quel momento non si stava comportando come tale.

E lo odiava.

"Non uccidere tuo padre, Austin. Non è morto. Non morirà, cazzo. Batteremo questo cancro e poi ti prenderemo a calci in culo per averlo messo nella fossa prima ancora di parlargli."

"Vaffanculo, Decker. Non lo sto uccidendo. Come puoi anche solo dirlo?"

Decker lo guardò negli occhi, vide un fuoco nello sguardo di Austin che non capì del tutto. "Stai pensando al peggio prima di vedere cosa succederà. Questa è una specie di omicidio secondo me."

Austin si passò una mano sul viso. "Sono un idiota."

"Sì. Sì, lo sei. Ma sei anche un idiota spaventato. Che ne dici se per cena andiamo dai tuoi? Sai che a loro non importa se arriviamo all'improvviso. Possiamo parlare con loro di progetti e tante altre cose. Sai che vorranno vederti e io ci sarò, se avrai bisogno di scappare."

Austin inarcò un sopracciglio. "Chiamo la mamma in ogni caso. Non le importa se arriviamo così, all'improvviso, ma le farà più piacere se le diamo un preavviso."

"Per me va bene. Allora, vuoi dirmi cos'altro sta succedendo? Sei chiuso in te stesso, in questo momento."

Austin alzò le spalle. "Sto bene."

"Non stai bene. Che cosa succede? È quella Shannon? Ti sta ancora rompendo le scatole?"

Gemette, pensando alla sua telefonata di quella mattina. "In parte. Non accetta di lasciarmi in pace. Diavolo, non è giusto. Le ho dato più di un segnale. Non so quale sia il suo problema. Non le piacevo così tanto, quando stavamo uscendo insieme, e il fatto che devo continuare a dirle di no mi fa sentire uno stronzo."

"Tu *sei* uno stronzo."

Lo mandò a fanculo. "Stai zitto. Troverà qualcun altro che le piace davvero e presto si dimenticherà della nostra storia. È solo che non mi piace sentirmi come se avessi fatto qualcosa per ferirla, quando stavamo uscendo insieme, mentre sappiamo tutti che non è andata così."

"È solo annoiata, e lo sappiamo tutti", ha aggiunto Decker. "Hai detto che lei c'entra solo in parte. Allora che altro c'è? Oh aspetta, è stata quella donna dai capelli castano miele che ha aperto... Come si chiama quel negozio? Eden?" All'occhiata di Austin, Decker sorrise. "Maya mi stava parlando di lei. Ha detto che, mentre all'inizio sei stato normale, un po' prepotente, la seconda volta che questa donna è venuta in negozio eravate tutti e due dolci, vi scambiavate parole rassicuranti."

"Lo dici tu o l'ha detto Maya?" Non gli piaceva l'idea che Maya parlasse di lui e di Sierra come se ci fosse un'unione tra loro. Per fortuna, sua sorella non sapeva dell'appuntamento o del giro insieme in moto. Per qualche motivo, non era pronto a condividere Sierra con gli altri.

Questo lo metteva un po' a disagio, ma avrebbe convissuto con quel disagio.

"Maya ha ovviamente ragione, e dallo sguardo sul tuo viso, non sei pronto a parlare di lei. Beh, merda, avevo programmato di venire qui per parlarti del locale BDSM, e ora sei in fissa proprio su una donna. Bene."

"Non sono fissato su di lei." Era una bugia, ma non aveva intenzione di dirlo a Decker. "E il locale BDSM? Non vado in un club da anni, Decker. E so che lo stesso vale per te. Non è da me."

Decker si sporse in avanti. "Pensavo avessi solo bisogno di scopare o almeno di usare quell'energia repressa per aiutare qualche donna sottomessa in stato di bisogno. Ma forse mi sbagliavo."

Austin si passò una mano sul viso. Lui e Decker, così come altri Montgomery e i loro amici, avevano una loro perversione. Quando era più giovane, andava sul palco e aiutava le donne sottomesse che volevano essere dominate per la notte o che volevano sentire le sue frustate. Era una messa in scena che funzionava solo all'interno del club e non aveva mai sottomesso una donna fuori dal locale. Non era sua abitudine.

Austin sospirò. "Non sono un tipo da club. Non sono un dominante nella mia vita di tutti i giorni. Sono fatto a modo mio. Mi piace il sesso a modo mio. Sì, esprimo quello che voglio, è possibile. Se questo significa che voglio fustigarla perché è quello che vuole anche lei, perfetto. Ecco chi sono. Mi piace quello che mi piace."

"Lo so, amico. Ma è qualcosa a cui pensare."

Austin emise un respiro. Sì, lo era. Ma non riusciva a togliersi Sierra dalla mente, e lei non poteva nemmeno mostrargli la pelle che voleva tatuare. Austin non era sicuro di quel che voleva, era dannatamente sicuro di non sapere cosa volesse lei.

Quello di cui *era* sicuro era che doveva muovere il culo e iniziare a essere il Montgomery che avrebbe sempre dovuto essere. Ciò significava prendersi cura della sua famiglia e, se le cose andavano bene, anche di Sierra.

Aveva la sensazione che lei non stesse andando da nessuna parte e, per qualche ragione, Austin si rianimò a quel pensiero.

Solo il tempo l'avrebbe detto, ma Austin non poteva aspettare.

Capitolo 7

IL SOGNO ERA INIZIATO COME SEMPRE. IN OGNI CASO, Sierra sapeva quando stava sognando, proprio come sapeva sempre di non essere mai in grado di uscirne. Aveva vissuto ogni pianto agonizzante, ogni bruciatura, ogni frattura, più e più volte, svegliandosi urlando.

La Sierra del sogno avvolgeva le braccia intorno alla vita di Jason, la testa appoggiata sulla sua schiena. Il suo casco bloccava la sensazione del corpo di lui dalla sua guancia, ma andava bene così. Poteva ancora sentire il suo calore attraverso le loro giacche di pelle. Solamente questo la calmava.

Non avrebbe dovuto rilassarsi.

Sierra lo sapeva.

Il sogno non finiva mai bene.

Lui si girava e con la mano libera le stringeva le mani giunte sul ventre. Sospirava felice, anche se, in fondo alla sua mente, sapeva che era la fine. Era così che era finito tutto.

Lo stridio delle gomme prima, poi i colpi sulla testa, il dolore lancinante al fianco. Le urla provenivano dal profondo, dentro e intorno a lei. Non sapeva più cosa fosse reale. Il fuoco le lambiva la pelle, e anche se questo era un sogno, il ricordo di ogni terminazione nervosa che scoppiava di dolore le tornava vivo, e lei lo sentiva di nuovo.

Respirava di getto, raggiungendo il corpo inerte di Jason, pregando che questa volta fosse diversa. Pregando che questa volta si svegliasse.

Solo che non sarebbe successo.

Non succedeva mai.

Due figure erano in piedi vicino a lei, i loro volti nella penombra. Non c'erano, la notte in cui era morta dentro, e non avevano un ruolo in ogni sogno che aveva avuto.

Le versavano della benzina sul corpo, mentre l'ombra più piccola accendeva un fiammifero. In quell'istante di luce, vedeva gli occhi socchiusi, la rabbia e il dolore racchiusi in quello sguardo manifestarsi in un incubo che non avrebbe mai dimenticato.

Quando il fiammifero cadeva e il suo corpo prendeva fuoco, si svegliò, il petto che batteva forte, il suo corpo madido di sudore tremava così tanto che pensava di cadere dal letto.

Con le gambe tremanti, si diresse verso il bagno. Ebbe appena il tempo di aprire la tavoletta del water prima di svuotare il suo stomaco, con l'acido che le bruciava la gola. Quando i suoi nervi si furono calmati, fu sicura di aver vomitato tutto il cibo che aveva mangiato il giorno prima, l'unica cosa che avrebbe avuto dopo sarebbero stati conati di vomito. Dio, come lo odiava.

Tirò lo sciacquone, pulì il coperchio con una salviettina che aveva a portata di mano, poi si alzò sulle gambe, ora un po' più stabili. Dopo essersi lavata i denti e il viso con acqua fresca, fu finalmente pronta a svegliarsi completamente.

Gli incubi l'avevano tormentata per anni, con l'ultima

parte del sogno che si manifestava più spesso che no, di recente. Quelle ombre erano state il motivo per cui era partita da Edgewater per andare a Denver. Anche se non era disposta ad ammetterlo. Non voleva dire che stava scappando dai suoi problemi, ma restare ad affrontarli senza alcuna capacità di sconfiggerli non l'aveva aiutata. Aveva solo reso le cose così insopportabili e non era riuscita a guarire completamente.

Non che fosse sicura di riuscire mai a guarire.

Le sue dita sfiorarono la pelle raggrinzita e le pallide linee bianche lungo il suo fianco, ma ora che era libera dalle catene che l'avevano legata per così tanto tempo, avrebbe potuto trovare un modo per convivere con le cicatrici che le avevano deturpato anima e corpo.

Incrociò il proprio sguardo nello specchio e si maledì per aver cercato di guarire troppo forte e troppo in fretta. Non era abbastanza essersi trasferita in un nuovo posto? Aveva aperto un'attività che amava e che sperava avrebbe avuto successo. Era andata persino al suo appuntamento con Austin per un tatuaggio intorno alla cicatrice che l'aveva segnata per così tanto tempo.

Eppure Austin era proprio il problema.

Le aveva mancato di rispetto e aveva riportato una parte di lei in superficie. Lo voleva e non sapeva cosa fare al riguardo. Non era pronta per un uomo così grosso, così forte, quando sapeva di non essere più sicura di niente.

Poi le aveva chiesto di portarla a fare un giro e lei era andata in panico come se qualcuno l'avesse gettata in una vasca piena di squali. Lui aveva visto il dolore nei suoi occhi, il panico nel suo sguardo, e non ci aveva pensato due volte a ritirare la sua offerta. Doveva pensare che fosse una debole, anche se non aveva commentato in quel senso. Odiava essere una debole. Era stata debole per così tanto tempo, che non era sicura di come essere diversa.

Almeno così le sembrava.

Accidenti. Non era più quella persona, ma conosceva anche i suoi limiti. Fare un giro in moto non era nella lista delle cose che *doveva* fare in quel momento. Gli incubi erano peggiorati nei giorni trascorsi da quando Austin ne aveva parlato. Forse una volta tatuata, passata una settimana dall'apertura dell'Eden, sarebbe stata in grado di farlo. Lanciarsi in cinquanta cambiamenti contemporaneamente non aiutava nessuno. Poteva essere il tipo di persona che aveva bisogno di alzare la testa e andare avanti con la vita, ma sapeva meglio di chiunque altro quando troppo era troppo.

Doveva chiamare Austin e annullare il giro in moto.

Il filo di delusione che le attraversò la mente la sorprese. Era andare in moto di per sé, che voleva? O desiderava solo avvolgersi attorno al corpo forte di Austin?

I suoi seni dolevano al pensiero, i suoi capezzoli si indurirono.

Austin era un grande uomo con una presenza ancora più grande. L'idea che dopo così tanto tempo da sola non trovava un altro uomo da desiderare, la faceva riflettere. Dimenticava il fatto che quest'uomo era così attraente fisicamente ed emotivamente, che se avesse voluto più di un paio di appuntamenti non impegnati, lei sarebbe stata spacciata...

Non che Austin non andasse abbastanza bene per lei - Dio no. Lei non era il tipo di donna che pensava che barbe, tatuaggi e aspetto pericoloso fossero in qualche modo una rappresentazione di chi fosse una persona realmente. Guardando le cose in prospettiva, onestamente per lei non aveva importanza, ma sapeva anche che Austin aveva più profondità nascoste di quelle che era pronta ad affrontare.

Nella sua immaginazione, poteva sentire le mani

callose si Austin sulla pelle, la ruvidità della sua barba tra le cosce, mentre lui la mangiava. Emise un respiro tremante. Doveva tenere Austin fuori dalla mente. Aveva così tante altre cose a cui pensare, di cui preoccuparsi, che desiderare Austin nel suo letto e nella sua vita non avrebbe dovuto essere così in cima alla lista.

Sapeva anche che Austin aveva le sue preoccupazioni. Non aveva mai incontrato il signor Montgomery, il padre, ma il cuore di Sierra soffriva per lui e per tutta la sua famiglia. *Cancro* era una parola così spaventosa, e anche se i media ne parlavano ora più di prima, il pubblico non ne sapeva ancora abbastanza per capirlo veramente.

Aveva fatto delle ricerche sul cancro alla prostata, quando Austin le aveva parlato di suo padre. Sapeva che non erano affari suoi, probabilmente era molto invadente da parte sua, ma voleva sapere cosa avrebbe passato Austin come figlio e cosa avrebbe passato Harry come paziente. Non che leggere poche righe su un computer la collegasse in qualche modo alla famiglia, ma era un passo in una direzione che non era sicura di voler prendere.

Austin aveva detto di non saperne molto della prognosi o dello stadio della malattia in cui si trovasse suo padre, perché era troppo stordito per capire davvero. Pregava solo che il cancro fosse stato scoperto abbastanza presto e che il punteggio di Gleason fosse basso. Se Austin era ancora troppo preoccupato per fare ricerche o per affrontare la situazione, allora lei sarebbe comunque stata in grado di aiutarlo. Era il minimo che potesse fare per lui, dopo essere andata fuori di testa per il giro in moto e per le sue mani sulla pelle.

Parlando del giro in moto, doveva chiamare Austin per annullarlo. Faceva male, a pensarci, ma non era pronta e lo sapeva. Essere seduta sul retro di una moto mentre si ha un attacco di panico sarebbe stato decisamente pericoloso, e non importa quanto Austin andasse lento, per lei, non avrebbe rischiato le loro vite perché doveva sforzarsi ad uscire dalla sua zona di comfort.

Si fece subito la doccia e si vestì per la giornata. Non apriva lei il negozio quel giorno, perché toccava a Jasinda, mentre Becca doveva chiudere, ma Sierra non aveva mai avuto un vero giorno libero dall'apertura dell'Eden, anche nelle fasi di pianificazione. E lei lo adorava.

Le aveva dato uno scopo.

Abbassò lo sguardo sul telefono, poi lo mise nella borsetta. Invece di chiamare, gli avrebbe detto faccia a faccia che non poteva andare. Se lo meritava, e poi così avrebbe potuto vederlo.

Dannazione, doveva smetterla di comportarsi come una studentessa dagli occhi sognanti.

Una volta finito di truccarsi e di raccogliersi i capelli in uno chignon alla base della nuca, si diresse verso l'Eden. Viveva a Edgewater, una zona alla periferia di Denver che si trovava vicino alla città vera e propria. Dalla sua strada, poteva vedere facilmente il centro. Anche se la piccola periferia era carina, il suo appartamento non lo era. In effetti, l'edificio era fatiscente, ancora da ultimare e pieno di spacciatori, che chissà perché erano molto gentili con lei, ma era una zona molto di bassa lega.

Aveva messo cuore, anima e conto in banca nell'Eden, e l'affitto a Edgewater era tutto ciò che poteva permettersi. Dopo la fine dell'affitto di un anno, sperava di poter trovare un posto migliore in cui vivere, dove non sentire il bisogno di chiudere a chiave le finestre di notte, anche quando l'aria condizionata era rotta.

Arrivata in centro, lasciò la macchina nel parcheggio riservato, dietro la Montgomery Ink - come erano stati fortunati ad avere un privilegio tale - e si convinse che avrebbe incontrato Austin per due minuti e se ne sarebbe andata senza provare niente di speciale.

Non voleva desiderarlo; non aveva tempo per quello. Aveva appena il tempo per iniziare la sua vita di tutti i giorni. Invece di andare direttamente a vedere Austin, era andata prima all'Eden. Gli avrebbe parlato durante la pausa pranzo che le ragazze l'avevano costretta a prendere tutti i giorni. In questo modo aveva una scusa per andarsene via di fretta e non farsi prendere dal suo sguardo. Non che potesse rimanere intrappolata dal suo sguardo. Lei era più forte del suo sguardo.

Forse.

Le ragazze non furono sorprese che fosse lì un'ora prima del previsto. Passarono velocemente un paio d'ore mentre telefonava per gli acquisti e aiutava le clienti a trovare il loro vestito perfetto o una camicia da notte speciale. Il suo obiettivo era quello di essere il più personale possibile, senza spaventare le sue clienti. Aveva il dono, come lo chiamavano le ragazze, di scoprire esattamente di cosa avessero bisogno le persone. Che si trattasse di una sciarpa, di un abito da cocktail o di un reggiseno push-up che il partner poteva strappare a morsi, Sierra di solito poteva trovare l'abbinamento perfetto. Non c'era niente di meglio che guardare una cliente soddisfatta lasciare il negozio con un guizzo nella sua camminata. Ciò significava che non solo le clienti erano felici, ma che sarebbero anche tornate a fare altri acquisti. Perfetto.

Il suo telefono squillò piano, Sierra si allontanò dal bancone dove Jasinda stava telefonando per un acquisto. Aveva impostato l'allarme per costringersi ad andare a parlare con Austin. Jasinda si era già presa una pausa, mentre Becky era appena arrivata, quindi toccava a Sierra.

Le salutò, dicendo loro che sarebbe tornata subito. Dagli sguardi sui volti delle due ragazze, aveva la sensazione che sapessero esattamente dove si stava dirigendo. Come facevano a saperlo? Sierra non ne era sicura, ma lo ignorò. Aveva da fare. Per prima cosa, avrebbe detto di no ad Austin nel modo più calmo possibile e avrebbe rinunciato al loro appuntamento. Perché era un appuntamento. Dalle scintille tra di loro e dallo sguardo nei suoi occhi quando l'aveva chiesto - no, *le avevo detto* che l'avrebbe portata a fare un giro sul retro della sua moto, la loro uscita non poteva essere interpretata come qualcos'altro, *era* un appuntamento.

Il campanello sopra la porta suonò mentre entrava. Callie sedeva su uno sgabello dietro il computer, un taccuino in grembo, la testa china sul disegno. Alzò lo sguardo con un cipiglio che si trasformò in un sorriso luminoso.

"Ehi, Sierra. Austin sta disegnando sul retro. Ha appena finito con un cliente, quindi dovrebbe essere libero per te."

"È libero", disse Maya dall'altra parte.

Sierra studiò la sorella di Austin e non riuscì a capire se Maya fosse felice che fosse libero o no. La donna non sorrise, ma accennò un sorrisetto, con gli occhi scintillanti. Certo, poteva esserci felicità nella sua espressione, o forse voleva spingere Sierra giù da un ponte o qualcosa del genere. L'altra donna sembrava irritante, ma dal modo in cui Austin aveva parlato di lei, Sierra sapeva che in lei c'era qualcosa di più dei piercing, dei tatuaggi e di quell'atteggiamento.

"Allora vado" disse Sierra freddamente. Quando non sapeva come comportarsi in una determinata situazione, tornava sempre ad essere una principessa di ghiaccio. Non era mai una cattiva idea tenere le persone a distanza - beh, *quasi* mai falliva. Austin era tutta un'altra cosa.

"Allora fallo, principessa", disse Maya, altrettanto fred-damente.

Bene allora. Sierra capì esattamente che clima c'era. E, onestamente, non le importava.

"Smettila di fare la stronza, Maya," gridò Callie. "Sei solo dell'umore sbagliato perché Jake è fuori città."

"Jake è il tuo ragazzo, allora?" Chiese Sierra pentendo-sene subito dopo. Perché faceva domande personali a una donna che chiaramente non voleva che Sierra avesse nulla a che fare con suo fratello?

"È solo un amico", disse Maya con un altro sorrisetto. "Jake e io non abbiamo bisogno di fare sesso per stare nella stessa stanza. A differenza di alcune persone che conosco."

"Puttana," sogghignò Callie, che poi sorrise. "Torna qui, Sierra. È da solo nel suo ufficio."

Sierra guardò le due donne, poi si diresse verso Austin. Non sapeva esattamente cosa stesse succedendo, ma aveva abbastanza pensieri già per conto suo. Quando arrivò in ufficio, si fermò e trattenne un sospiro.

Austin aveva la testa piegata sul disegno, il suo avam-braccio flesso mentre disegnava. Il suo fianco era rivolto a lei, Sierra poteva vedere le lunghe linee del suo corpo ammassate sulla sedia: un leone pronto a colpire.

Lui si voltò per guardarla, mentre lei emetteva un sospiro. Quando i loro sguardi si trovarono, Austin sorrise, e un altro pezzetto di quella tristezza che era stata presente nei suoi occhi, quando le aveva detto della sua famiglia, se n'era andato. Se era lei a fargli quell'effetto, ne valeva la pena.

"Ehi, non sapevo che saresti passata oggi." Si alzò in piedi, allungando piacevolmente quelle lunghe gambe nei suoi jeans.

Non che stesse fissando troppo i suoi jeans.

Sierra si leccò le labbra, trattenendo il rossore, mentre i

suoi occhi si oscuravano. Accidenti. Non era una verginella ingenua. Oh diavolo no. Le cose che aveva fatto, le cose che desiderava... beh, non era innocente. Non avrebbe dovuto arrossire davanti a un uomo quando lui la fissava. Era più forte di così.

Concentrandosi, fece ruotare le spalle all'indietro. "Sono passata solo per dirti di persona che non credo che sarò in grado di venire a fare un giro in moto con te." Perché non l'aveva detto per telefono? Sarebbe stato molto più facile, ma voleva farlo faccia a faccia, per non essere scortese. Inoltre, voleva vederlo perché non poteva togliere la sua faccia dai suoi sogni e la sua presenza dal suo corpo.

Accidenti ad Austin Montgomery.

Austin aggrottò la fronte, avvicinandosi a lei. Sierra si costrinse a non fare un passo indietro. Non sarebbe scappata. Non più. Ma non sapeva se avrebbe potuto continuare a negare, se lui si fosse avvicinato troppo.

Austin finì per stare in piedi proprio di fronte a lei, era così vicino che poteva sentire il calore del corpo di Sierra. Quel gesto le ricordò il sogno di Jason, Sierra trattenne un brivido. Non le sarebbe servito a niente confrontare i due uomini. Il suo amore passato e... qualunque cosa questo incontro potesse diventare.

Austin alzò una mano e gliela mise sotto al mento. Le scrutò il viso, lei lo fissò, incerta su cosa fare o dire dopo. Lui non parlava, questo la sconvolgeva.

"Va bene, Sierra," disse alla fine, la sua voce bassa, profonda. Così profonda che le fece tremare le budella, Sierra dovette trattenersi dal sospirare. Ancora. "Se non ti senti ancora pronta per andare in moto, allora non lo faremo."

Lasciò uscire il respiro che non sapeva di aver trattenuto. "Grazie, Austin. Sono sicura che ci vedremo in giro allora." Che stava facendo? Non era quello il piano.

Oppure sì? Onestamente, non sapeva nemmeno più quale fosse il suo piano. Lo voleva, di questo era sicura, ma non era sicura di poter sopportare di più. Questo pensiero ambiguo non le stava facendo alcun bene. Doveva darsi da fare, lasciarsi andare completamente o fare un passo indietro.

Fare dei mezzi passi l'avrebbe solo ferita, alla fine. Non lo sapeva? Non aveva già vissuto una situazione simile?

"Oh, veramente? Non credo proprio. Non è così che andrà a finire, spilungona."

"Scusa?" Il ghiaccio era tornato nella voce di Sierra, non sapeva come controllarlo, non quando lui era così grande, era così... Austin intorno a lei.

"Non vuoi andare in moto? Bene. Capisco che non sei pronta e non voglio costringerti a fare qualcosa, se non ti senti a tuo agio. Spero che tu possa parlarne presto, per poter capire come farti salire sul retro di una moto. Perché, Sierra, so che lo vuoi. Ho visto lo sguardo nei tuoi occhi, dopo la paura. Vuoi andare di nuovo in moto e troveremo un modo per farlo accadere."

Lei strinse gli occhi. "Allora, mi leggi i pensieri, vero?" Non le piaceva quando le persone prendevano decisioni per lei. Per niente.

"Si. In questo caso, so cosa pensi. Non sto dicendo che so tutto, affatto. Ma ho capito. Ora, solo perché non andremo in moto insieme non significa che sei fuori dalla mia vita per sempre. Mi hai capito? Stiamo per uscire insieme, chiamalo come vuoi, troveremo un modo per rivederci, perché io ti voglio, Sierra. E dal modo in cui ti sei leccata le labbra e mi hai guardato la prima volta che sei entrata, mi vuoi anche tu. Ho capito bene, vero?"

"Bastardo," mormorò. "Non mi piace questa cosa da maschio alfa."

Le sfiorò le labbra con il pollice. "Sì, spilungona. So

che ti piace. Vengo a prenderti domani a pranzo. Cosa ne pensi? Un vero appuntamento."

"Così romantico." Eppure non si era tirata indietro. *Impossibile* allontanarsi. "Pensi di potermi semplicemente dire che abbiamo un appuntamento?"

Le sorrise. "Te l'ho chiesto, non te l'ho detto. Avrei potuto dirtelo, e penso che dallo sguardo nei tuoi occhi, ti sarebbe piaciuto altrettanto."

Come poteva vedere così in profondità? Come poteva sapere cosa era stata, in passato? Doveva essere solo la sua immaginazione. Comunque non era più quella di una volta.

"Bene. Ti invito a cena. Ti mando un messaggio con il mio indirizzo."

Poi sorrise a voce alta, lasciandola senza fiato. Maledetto. "Brava ragazza. Bene." Austin abbassò la testa; Sierra sapeva cosa le stava per fare.

E lo lasciò fare.

Austin le sfiorò le labbra con le proprie, una, due volte. Sierra chiuse gli occhi, sciogliendosi in lui. Austin allungò una mano e le prese il collo e la testa. Lei gemette, aprendo le labbra. La lingua di Austin si aggrovigliò con quella di Sierra, il bacio si fece più profondo.

Questo bacio, quest'uomo. Oddio, che potenza... pericolosa.

Austin si tirò indietro, ma lei gli avrebbe chiesto di più. Solo la promessa nel suo sguardo la fermò.

"Lo faremo di nuovo presto, spilungona. Te lo prometto."

Era esattamente ciò che temeva.

Capitolo otto

Austin trasalì quando il telefono ronzò sul bancone della cucina. Non aveva notizie di Shannon da quattro giorni, e questa cosa stava iniziando a spaventarlo. Magari si era fatta da parte, ma chi poteva saperlo? Austin non la faceva così possessiva e fuori di testa quando erano usciti insieme, ma a quanto pare non l'aveva capita troppo in profondità.

Un errore che non avrebbe commesso di nuovo.

Guardò il display e vide un messaggio di Miranda che lo informava che la cena sarebbe saltata perché aveva un appuntamento.

Un appuntamento?

Sul serio? Chi cazzo usciva con la sua dolce e innocente sorellina? Aveva solo... aspetta, aveva ventitré anni. Non voleva nemmeno pensare a quello che lui aveva fatto a ventitré anni, ma, cazzo, Miranda non avrebbe dovuto già uscire con qualcuno.

Chiuse gli occhi e pregò di essere paziente. Meghan era sposata e aveva figli. Maya era fuori casa e faceva chissà cosa, era una donna orgogliosa del suo corpo e della sua sessualità. Sue parole testuali. Non inventate da Austin.

Doveva lasciar perdere e lasciare che Miranda andasse al suo appuntamento. Non che avesse bisogno del suo permesso, di per sé...

Austin si passò la lingua sui denti. No. Impossibile. Rispose rapidamente con un messaggio che no, non andava bene, doveva annullare il suo appuntamento. Non aggiunse che avrebbe dovuto annullare *tutti* i suoi appuntamenti, ma era implicito.

Lui era una forza con cui fare i conti, era molto autorevole. Lei l'avrebbe ascoltato.

Quando il suo telefono ronzò di nuovo e vide la risposta, imprecò.

Impossibile, fratellone. Sto uscendo con qualcuno. Devi fartene una ragione. Ti voglio bene! XoXo

Sua sorella non sapeva nulla del mondo? Era lui il fratello maggiore. Fratelli e sorelle dovevano ascoltarlo. Chiuse gli occhi, dentro di sé sapeva che sarebbe stata una causa persa. Inoltre, ora poteva vedere se il suo appuntamento a pranzo con Sierra poteva trasformarsi in qualcosa di più.

Era domenica ed entrambi avevano il giorno libero, il che significava che avevano programmato di trascorrere il pomeriggio insieme. Aveva già dei piani con sua sorella nella prima parte della giornata e avrebbe potuto proporre a Sierra un appuntamento a cena.

Adesso aveva la possibilità di fare entrambe le cose.

La chiamò rapidamente per proporle di vedersi a cena, nel caso avesse pensato di non presentarsi. Austin non sapeva perché si sentiva così nervoso. Alla sua età, era uscito con innumerevoli donne - non che avesse mai voluto raggiungere questo gran numero. Avrebbe dovuto trovarsi su un terreno familiare, ma quando si trattava di Sierra, niente era comune e niente era affatto familiare.

Per chissà quale motivo, Sierra gli piaceva davvero.

"Ehi, tu. Stavo per chiamarti."

La voce di Sierra, di solito un lieve ronzio che arrivava dritto al suo cazzo, sembrava distratta. "Che succede, spilungona?"

"Vorrei che non mi chiamassi così", disse distrattamente. Che cosa era successo? Di solito si impegnava a negare il suo soprannome.

"Cosa c'è che non va, Sierra?" Ecco. Avrebbe potuto capire cosa non andava. Inoltre, non sembrava aver apprezzato le sue prese in giro.

"Devo annullare il pranzo."

Si accigliò. Le aveva permesso di annullare il loro giro

in moto perché non era pronta per quello - francamente, non la biasimava - ma non aveva intenzione di lasciarle annullare anche il loro appuntamento. Non da quando aveva capito che c'era qualcosa di speciale tra loro. Sapeva che l'avevano percepito entrambi, sapeva che anche lei l'aveva capito.

"Perché?"

Sospirò. "Perché un ragazzo ha rotto la mia finestra. È stato un incidente, sua madre lo ha già fatto venire a chiedere scusa, so che poteva andare molto peggio, considerando dove vivo... voglio dire…"

Austin strinse i denti. Sapeva che Sierra viveva a Edgewater e, sebbene non fosse tra le zone più quotate di Denver, non era nemmeno la peggiore. A quanto pare, avrebbe dovuto essere molto più preoccupato.

"Stai bene? Eri vicina alla finestra quando si è rotta?"

"Oh no. Sto bene." Fece una risatina roca. "Ero in camera da letto e la finestra rotta è in cucina. Ho ripulito il vetro, ma l'amministratore ha detto che non possono ripararlo fino a venerdì prossimo, quindi ora sono bloccata a dover capire come montare una protezione sulla finestra mancante o qualcosa del genere. Non posso uscire di casa perché ho la finestra rotta, capisci? Quindi non posso venire a pranzo, ma non è perché non voglio. Hai capito, vero?"

Stava già afferrando le chiavi e passando davanti alla buchetta delle lettere e, ancora una volta, si era dimenticato di consultarsi con lei. Aveva bisogno di farlo. Dannazione.

"Sto arrivando. Resta dove sei, porterò un foglio di compensato che ho in garage. Posso aggiustare io la finestra, devo solo prendere qualche misura."

"Austin. Non puoi venire ad aggiustare la mia finestra."

Continuava a dirgli di non venire ad aiutarla, così lui

mormorò e grugnì mentre andava nel suo garage a prendere gli attrezzi. Saltò in macchina dopo aver messo il foglio di compensato sul retro. "Sì che posso. Hai detto che non puoi nemmeno uscire di casa per cercare il materiale per chiudere la finestra, in questo modo almeno posso vederti."

Non aveva intenzione di dire quell'ultima cosa, ma dal suo sospiro felice, forse aveva fatto bene a dirla.

"Sarò lì tra meno di venti minuti. Non uscire di casa per allontanarti da me o qualcosa del genere. Va bene?"

"Va bene. Austin?"

"Sì?" Mise il telefono in vivavoce e accelerò sul vialetto. Gli aveva dato il suo indirizzo il giorno prima, quindi aveva una vaga idea di dove abitasse. Conosceva Denver abbastanza bene, non era un problema.

"Grazie", sussurrò dolcemente.

"Qualsiasi cosa, piccola."

Riattaccò e proseguì, ansioso di vederla e di aiutarla.

Dannazione. Aveva insistito, ma in quel momento non l'avrebbe potuta vedere in nessun altro modo.

Quando arrivò, voleva imprecare, poi prendere Sierra, impacchettare tutta la sua roba e tornare a casa sua. Perché diavolo viveva là? Di certo il posto non sembrava sporco, ma era un inferno di merda rispetto all'Eden e a casa sua. C'erano divani sui prati, gente che fumava erba all'aperto. Poteva anche essere legale in tutto lo stato, possedere della marijuana, ma fumarla all'angolo della strada non era certo l'idea più intelligente.

Tuttavia, nel quartiere di Sierra, a quanto pare, non importava a nessuno.

Si fermò nella zona che serviva da parcheggio. Beh, dappertutto era pieno di macchine malandate e di buche, ma per fortuna aveva trovato un posto vicino alla macchina di Sierra. Scese, chiuse a chiave la macchina, poi tirò fuori il compensato dal pianale posteriore. Sapeva che era al primo piano e imprecò ancora una volta quando vide la finestra.

Austin doveva portarla via da quel quartiere il più velocemente possibile. Tuttavia, dirle, senza chiederle, di trasferirsi a casa sua prima ancora che avessero il loro primo appuntamento ufficiale, probabilmente avrebbe reso il tutto troppo veloce. Inoltre, sapeva che Sierra stava risparmiando per l'Eden. Austin ricordava i tempi magri suoi e di Maya, quando avevano appena inaugurato la Montgomery Ink.

Sì, gli bruciava il fatto che non potesse sistemare tutto per Sierra, ma doveva conviverci. Riusciva a pensare solamente a un modo per convincerla a rimanere a casa sua. Aveva due camere da letto in più e lei poteva stare in una delle due, se non voleva dormire nel suo letto.

L'immagine di lei nel suo letto andò dritta al suo cazzo, e lui fece un respiro profondo. Sarebbe stato impossibile aggiustare la sua finestra e trovare un modo per portarla a casa sua quando aveva un'erezione delle dimensioni del Texas.

Sierra uscì sulla veranda sul retro - più simile a una lastra di cemento che condivideva con altre quattro unità - calzava dei sandali e aveva un'espressione accigliata sul viso. "Sei arrivato velocemente." Lo guardò negli occhi, e lui desiderò così dannatamente di avere le mani libere per spostarle quella ciocca di capelli dal viso.

"Non abito troppo lontano." Disse ad alta voce, nel caso in cui uno dei suoi vicini criminali avesse deciso di invadere il territorio di Austin. Poteva essere uno stronzo alfa, ma Sierra adesso era sua, e se si fossero avvicinati troppo avrebbero dovuto vedersela con lui.

"Grazie." Si avvicinò e gli mise la sua mano minuta sul petto. Lui inspirò. "Veramente. Grazie. Non sapevo cosa fare, dato che comunque non ho nemmeno un buco di riserva.”

Ad Austin venne in mente un doppio senso spinto, se Sierra fosse stata una delle sue sorelle, lui sarebbe stato il primo a farglielo notare, ma si trattenne.

Da come si spalancarono gli occhi di Sierra, lo aveva colto anche lei.

“Uh, voglio dire... oh, fa niente. Ora, cosa posso fare per aiutarti?”

Austin sorrise. “Ci penso io. È abbastanza facile. Assicurati solo che tutti i vetri siano puliti, dato che camminerai a piedi nudi in casa, presumo.” A meno che non la convincesse a trasferirsi. No. Doveva smetterla di farsi venire quei pensieri.

“È tutto ripulito. Sei sicuro che non ci sia niente che posso fare?”

“Tranquilla. I miei fratelli sono costruttori, ricordi? Lo fanno per vivere.” Aveva iniziato a lavorare, grato che il compensato fosse della misura giusta, così non avrebbe dovuto tagliarlo con gli strumenti che aveva nel retro del suo pickup.

“Si. *Loro* sono costruttori. Tu sei un tatuatore.”

Austin si guardò alle spalle e si accigliò. “Stai dicendo che non posso aggiustare una fesseria come questa? Ho imparato con loro, proprio accanto a papà. Solo perché sono entrato nel mondo dei tatuaggi non significa che non posso fare lavori manuali.”

Sierra arrossì e il cazzo di Austin si gonfiò nei pantaloni. Ancora.

Maledetto cazzo.

“Sei bravo nei lavori manuali. Oh sta zitto. Capisco. Lavori manuali...sesso. Alle solite. Sei un artista, Austin. Non voglio che tu ti ferisca le mani e che non sia più in grado di lavorare.”

Finì velocemente, scuotendo la testa mentre lo faceva. "Se mi martello il pollice, non sarà niente di grave. Sono bravo in quello che faccio."

"Non so", rispose lei titubante, Austin le sorrise di nuovo. "Vuoi qualcosa da bere?"

"Volentieri." La seguì nel suo piccolo appartamento, non sorpreso che avesse dei bei mobili in un posto così schifoso. Dal modo in cui camminava e parlava, Austin aveva capito che Sierra non aveva sempre vissuto in un posto come quello.

Bevvero in silenzio per un po' prima che lei finalmente tirasse il fiato.

"È solo che non voglio che tu abbia un'idea sbagliata sul fatto che ti ho chiesto di venire qui."

Austin inclinò la testa. "Idea sbagliata? Ti ho chiesto un appuntamento e sono venuto qui per aiutare di mia spontanea volontà. Non sono sicuro di quale idea sbagliata possa farmi."

"Non so cosa tu stia cercando. Dal punto di vista delle relazioni. Voglio dire, non so nemmeno cosa voglio io."

Austin posò il bicchiere sul mobile alto della cucina e poi le sfiorò le labbra con le proprie. "Una cosa alla volta, Sierra. Una cosa alla volta."

"Ma cosa vuol dire?" Sierra si acigliò, poi posò il bicchiere. "Una cosa alla volta? Per cosa? Cosa stiamo facendo, Austin? Pensavo che non ci fossimo nemmeno piaciuti la prima volta che ci siamo incontrati. Ora mi stai chiedendo di uscire con te, di baciarmi e di aggiustare la mia finestra."

Austin aggrottò la fronte, poi le prese il mento in una stretta sicura. Sierra spalancò gli occhi, le sue pupille si dilatarono. Ah, proprio quello che Austin sperava di vedere. Quindi le piaceva quando lui aveva il controllo, vero? Avrebbe dovuto essere chiaro su chi fosse e su cosa gli piaceva prima che andassero oltre, ma se il suo istinto era giusto, lei sarebbe stata perfetta per lui.

Fanculo. Non poteva aspettare.

"Sono troppo vecchio per girarci attorno, Sierra."

Lei non si staccava dalla sua presa. Bene.

"Non voglio girarci attorno. Sono onestamente confusa e mi chiedo come siamo arrivati a questo punto. Come mai sei nel mio appartamento con le tue mani su di me? Non so cosa sia successo."

Austin le mise l'altra mano intorno al collo mentre le lasciava andare il mento. Inspirò, il polso le batteva sotto il suo pollice.

"Ti voglio, Sierra. Questo è molto ovvio. Dimmi che anche tu mi vuoi." Alla fine abbassò la voce, mettendo più serietà nel suo tono.

"Non lo so," mentì. Oh sì, poteva dire che era una bugia.

"Sii onesta. Non mentirmi."

"Anch'io... anch'io ti voglio. Ma non so cosa signifchi. Per quanto tempo? Per cosa? Dobbiamo parlarne prima, perché non vado a letto con te solo per vederti andare via subito dopo e non farti più vivo. Non sono quel tipo di persona."

Le sfiorò di nuovo il polso con il pollice, socchiudendo gli occhi. "Pensi che ti lascerei subito dopo averti assaggiato? Non mi conosci bene come pensavo."

Alla fine Sierra si allontanò e lui la lasciò andare. Lei incrociò le braccia al petto e scosse la testa. "Vedi? Questo è il punto. Non ti mento e ammetto che anche io sento questa passione tra di noi. Questo è ovvio, ma non so se posso gestire qualcosa in più. Lo capisci?"

Austin annuì, facendosi un'immagine più chiara della donna che voleva nel suo letto e dalla direzione in cui stavano andando le cose, anche nella sua vita.

"Non vuoi che duri solo una notte, ma non sai se sei pronta per tutto ciò che potrebbe nascere, stando insieme più a lungo."

Sierra emise un sospiro, abbassando le spalle. "Non sono venuta a Denver per una relazione. In effetti, ho fatto del mio meglio per non stare con qualcuno da così tanto tempo, che non ricordo nemmeno cosa significhi avere un rapporto."

Anche lui sospirò, poi le sfiorò la guancia con le nocche. Lei si appoggiò al suo tocco e lui trattenne un gemito. Oh sì, sarebbe stata perfetta sotto il suo dominio. Sperava solo che lei lo sapesse. O almeno che sarebbe stata aperta a quell'idea.

"Ho cercato di avere relazioni serie, ma non hanno funzionato. Non sono il tipo di persona che ama e lascia, ma non sono stato veramente serio con nessuna."

"E la vuoi? Una relazione seria?"

Austin annuì, i suoi occhi si spalancarono. "Sì. È quello che voglio. Ma il fatto che io dica questo non significa che dobbiamo affrettarci. Sierra, a me va bene anche solo iniziare a frequentarti e poi costruire insieme il nostro futuro, invece di concentrarci sulla nostra possibile fine, non dobbiamo temere la strada che ci potrebbe portare a essere una coppia."

"Quindi stai dicendo che ci possiamo vedere, che possiamo scoprire il nostro futuro, sapendo che potrebbe finire perché non so cosa voglio?"

Lui scosse la testa e poi le prese il viso. Strofinò le labbra contro quelle di lei, bramando il loro gusto. Quando si ritrasse, i suoi occhi si erano nuovamente oscurati. "Sto dicendo che possiamo fare tutto un passo alla volta. Smettila di preoccuparti. Sappi solo che non sto iniziando con te questo rapporto con una data di scadenza in mente. Non me ne andrò come un fottuto bastardo. Non sono quel tipo d'uomo."

"Non credo che tu lo sia", sussurrò lei, lui strinse i pugni. Beh, almeno stava seguendo gli stessi ragionamenti.

"Allora potremmo uscire insieme, conoscerci e scoprire cosa il destino abbia in serbo per noi. Impazzire per un futuro che non possiamo controllare non ci aiuterà."

Sierra alzò gli occhi al cielo poi si passò una mano tra i capelli mentre si tirava indietro. "A chi lo dici. Ho cercato di controllare il mio destino per così tanto tempo, sembra che indipendentemente da quello che faccio, la mia vita vada avanti come vuole."

Austin voleva saperne di più su quello che stava dicendo e scoprire tutti i suoi segreti, ma sapeva che non era quello il momento. L'avrebbe scoperto. Presto.

Aveva chiuso con le varie Shannon e Maggie del passato. Lo sapeva prima di andare a New Orleans per vedere Shep. Ora aveva un futuro alla Montgomery Ink, un fottuto percorso spaventoso da percorrere con suo padre, e ora questo.

Se fosse stato meno pazzo, si sarebbe distaccato da Sierra e si sarebbe concentrato esclusivamente sul suo lavoro e sulla sua famiglia, ma non aveva mai detto di essere sano di mente. Anche se aveva cercato di ignorare la situazione di suo padre, non era ancora pronto ad affrontarla. Non senza qualcuno al suo fianco. Era fottutamente pazzo a pensarlo, ma per qualche strana ragione, era pronto per quel rapporto.

Ora doveva solo convincere Sierra ad essere d'accordo.

"Ora vedrò di farti mangiare qualcosa, poi possiamo tornare qui e... parlare."

Austin spalancò gli occhi, prima di gettare indietro la testa e ridere. "Parlare, eh? Ora ti esprimi in codice?"

Beh, aveva bisogno di parlarle dei suoi bisogni e anche

dei bisogni di Sierra, ma sì, l'idea del codice aveva funzionato. Austin non rispose, si limitò a baciarla di nuovo, questa volta un po' più deciso. Le mordicchiò il labbro, lei sospirò e il suo fiato fluì dentro di lui. Le mordicchiò la mascella, avvolgendole i capelli intorno al pugno così da poterle inclinare la testa per avere un accesso migliore alle sue labbra. Lei rabbrividì nella sua presa, i suoi seni premuti contro il petto di lui. I suoi capezzoli formicolavano e lui trattenne un gemito. Non vedeva l'ora di averli nella sua bocca, per morderli e leccarli fino a farli arrossire. Forse i suoi capezzoli scuri si sarebbero riempiti di un bel color prugna. Appena possibile, avrebbe studiato i suoi seni ed esplorato ogni centimetro del suo corpo.

Austin sentiva davvero il bisogno di conoscere il colore dei suoi capezzoli.

Il colore della sua figa morbida e calda.

Non poté trattenere un piccolo gemito a quel pensiero e si tirò indietro, il petto ansante. Anche Sierra respirava forte, la guancia appoggiata al suo avambraccio poiché la sua mano era ancora aggrovigliata tra i suoi capelli.

"Dobbiamo farlo di nuovo", sussurrò, e lui ridacchiò profondamente.

"Sì... sì, davvero." Si tirò indietro, liberandole i capelli. Lo sguardo confuso la faceva sembrare ancora più sexy. Austin non vedeva l'ora di scoprire che aspetto avrebbe avuto Sierra, dopo una lunga nottata passata insieme.

"Pranziamo."

Austin sbatté le palpebre, spostando lo sguardo dalla bocca agli occhi di lei, occhi pieni di bisogno, di spirito. "Cosa?"

"Pranziamo. Portami a pranzo, poi possiamo tornare e... parlare."

Poi sorrise. "Che pranzo sia."

Le prese la mano, lei gli si avvicinò. Questo poteva

essere un buon segno. Un segno dannatamente buono, se glielo permetteva. Sperava solo di non rovinare tutto, quando avrebbero parlato dei suoi bisogni. Poteva non avere bisogno di avere il controllo ogni volta che era a letto, ma con Sierra, con la loro connessione, sapeva di non poter ignorare questo suo impulso.

Solo il tempo l'avrebbe detto, e dal modo in cui il suo cazzo gli tirava nei jeans, sapeva che il pranzo sarebbe stato fottutamente lungo.

Lei gli sorrise, anche se inarcò un sopracciglio alla sua erezione.

Sì, l'attesa sarebbe valsa la pena.

Capitolo nove

L'atmosfera durante il pranzo da Gregorio era stata sorprendentemente rilassata. Sierra pensava di dover sopportare un pranzo dolorosamente lungo, mentre si spostava sulla sedia. Si era eccitata, sì, il suo corpo implorava di essere liberato anche da un minimo tocco della mano di Austin, sul mento, sul collo, sulle labbra, ma Austin aveva reso il pranzo... piacevole.

Austin non l'aveva toccata sotto il tavolo, a parte aggrovigliare le gambe con le sue. Si sedettero l'uno di fronte all'altro, la distanza la aiutava a far leggermente raffreddare il suo animo.

Non che potesse essere completamente fredda vicino ad Austin. Oh no, ormai era troppo tardi. Certo, poteva essere la serena e intelligente proprietaria dell'Eden con tutte le altre persone, ma non appena si avvicinava a quell'uomo barbuto, si sentiva sciogliersi.

Oppure voleva inginocchiarsi e abbassare lo sguardo.

Era un comportamento radicato in lei per il tempo che

aveva passato con Jason, sembrava che il suo bisogno interiore avesse trovato ciò che voleva in Austin.

Non si poteva negare che Austin fosse un dominante. Anche se questo avrebbe dovuto spaventarla a morte, si ritrovò incuriosita, voleva sapere come avrebbe gestito la situazione.

Come lui avrebbe gestito lei.

Anche se non sarebbe mai stata sempre e in ogni occasione una sottomessa che si fidava del suo dominante per ogni decisione, si era divertita a lasciare il controllo a Jason, in camera da letto. Le piaceva essere al centro dell'attenzione del suo partner, amava il modo in cui si prendeva cura di lei prima, durante e dopo i loro incontri intimi.

Non avevano mai visitato un club o un locale o qualcosa del genere. Preferivano fare le cose in privato, ed era esattamente così che le piaceva. Inoltre non facevano quei giochetti ogni volta che facevano sesso. A volte si limitavano a soddisfare le loro esigenze. Sierra non aveva sempre bisogno di rinunciare al controllo, per rilassarsi, se si poteva chiamarlo rilassante, ogni volta che facevano l'amore.

Ognuno aveva le sue perversioni. I bisogni sono diversi per ogni persona. Ogni tipo di rapporto, purché sicuro e consensuale, poteva funzionare.

Tuttavia, non faceva niente del genere da dieci anni. Ci erano voluti cinque anni dopo l'incidente, prima che facesse sesso di nuovo. Anche allora, non ne era valsa la pena. Sì, si toglieva lo sfizio, e i due uomini con cui era andata a letto da allora erano stati gentili, ma niente di più.

Ripensandoci, allora si preoccupava che fosse a causa sua e della sua mancanza di calore, ma era stata buona con se stessa. Era una mancanza di chimica, una mancanza di vero desiderio, al di là del bisogno di conforto che l'aveva condotta a quei mediocri accoppiamenti.

Austin, tuttavia, sarebbe stato *tutt'altro* che mediocre.

Tornarono a casa sua dopo aver mangiato, secondo lei, il miglior burrito della città. Avevano raggiunto un tacito accordo, qualunque cosa fosse necessario dire, qualunque cosa dovessero fare, sarebbe avvenuto a casa sua. Forse non amava la sua casa - la odiava - ma era *sua*. Per la loro prima volta - anche se si trattava solo di parlare di ciò che volevano - aveva bisogno che fosse a casa sua.

Sì, era chiaramente lei che non aveva rinunciato al controllo, ma era passato così tanto tempo da quando Jason…

Si schiaffeggiò mentalmente. Non si trattava di Jason. Riguardava lei e Austin. Non importa dove li portasse il loro futuro, doveva mantenere Jason saldamente radicato nel passato. Era passato. Austin non lo era. La ragazza di tanti anni prima non era la donna che Sierra era adesso.

Era più forte, le sue ferite erano cicatrizzate, era finalmente se stessa.

Ora era sola nel suo soggiorno con Austin Montgomery, con i suoi splendidi occhi azzurri che vedevano fin troppo dentro lei.

"Dov'è andata la tua mente proprio in questo momento?" Chiese Austin, tirandola fuori dai suoi pensieri.

"Un po' ovunque e da nessuna parte", rispose lei onestamente.

Austin inarcò entrambe le sopracciglia, poi si sedette sul suo vecchio tavolino di legno, tirandole il polso in modo che lei si sedesse sul divano proprio davanti a lui. Le loro ginocchia si sfioravano e lei voleva tirarsi indietro e avvicinarsi allo stesso tempo. Sì, dovevano proprio parlare.

"Questa è una risposta stranamente criptica, ma te la concedo. Dobbiamo parlare, comunque."

Se qualcun'altro avesse detto quelle parole, avrebbe pensato che fosse il chiaro segno di una rottura. Tuttavia, non si frequentavano da più di un'ora. Be', forse più a lungo, considerando che si era sentita legata a lui fin dalla prima volta che lo aveva visto, ma non era qualcosa a cui avrebbe pensato troppo. Aveva la sensazione di sapere di cosa voleva discutere.

Non c'era modo di nascondere il maschio alfa che c'era in Austin Montgomery.

"Va bene, allora. Sono pronta."

Cercò il suo sguardo. "Penso che tu lo sia." Si schiarì la gola, poi le prese entrambe le mani nelle sue. "Sai cos'è il *bondage*?"

Sembrava così preoccupato. Sì, il suo viso era sereno e rilassato, ma lei poteva vedere nei suoi occhi che non lo era.

Gli strinse le mani. "Si, lo so. E prima che inizi a preoccuparti se mi stai spaventando, ero già in una relazione di dominante/sottomessa."

Lo shock che gli attraversò il viso non fu una sorpresa, ma la gelosia lo fu. Sul serio?

"Veramente?" ringhiò.

Sospirò, senza ritirare le mani. Era stata lei a intervenire subito, quindi avrebbe dovuto affrontare le conseguenze.

"Sì. Sono passati più di dieci anni. Da allora non ho mai più... giocato."

Tirò indietro la mano e per un momento quel distacco la fece soffrire, finché lui non le prese il viso. "Mai in dieci anni?"

Sierra ingoiò il dolore, i ricordi di ciò che aveva perso a causa di un'azione avventata. "Jason - questo era il suo nome - ed eravamo una coppia, io ero la sottomessa in camera da letto. Non era sempre così, ma piaceva così a entrambi. Non posso rinunciare al controllo completo, ma penso che tu l'abbia capito."

Lui la scrutava, passandole il pollice lungo la guancia. "Da un lato, è bello sapere che sei consapevole di questo stile di vita e che hai già esperienza. Potevo dire che eri una sottomessa, ma non avrei mai immaginato la tua esperienza. Probabilmente è perché è passato così tanto tempo."

Ignorando i ricordi, alzò gli occhi al cielo. "Stiamo parlando di un rapporto sottomesso-dominante, vero?"

La sua presa si strinse sul mento e lei inspirò. Non si era resa conto di quanto le fosse mancato. Maledetto Austin, se erano arrivati a questo punto. Accidenti a entrambi.

"Sottomesso-dominante? Ma certo, l'avevo capito quando mi eri vicina."

Lei sbuffò e poi alzò gli occhi al cielo. "Buono a sapersi. Forse dovrei mostrarlo un po' meno."

"Insolente," mormorò lui, poi si avvicinò. Sierra poteva sentire il profumo di muschio e pino che si era messo Austin. "È il modo in cui hai abbassato gli occhi quando ti ho toccato, il modo in cui ti sei avvicinata e allontanata. Il tuo corpo, la tua anima è stata creata per fidarsi di un dominante che si prenda cura di te a letto."

"Non sempre", aggiunse Sierra. Aveva bisogno di chiarirlo.

Annuì, il suo sguardo si riempì di comprensione. "Capisco. Per me è lo stesso." Poi sorrise e lei trattenne un sospiro. Era davvero un uomo meraviglioso. Non glielo avrebbe mai detto. Era già troppo sicuro di sé.

"Quindi sembra che siamo sulla stessa lunghezza d'onda", sussurrò lei.

"Così sembra. Ma non abbiamo ancora finito di parlare. La comunicazione aperta in qualsiasi relazione è importante, ma lo è ancora di più in questo caso. Non ho bisogno di infliggere dolore o di controllare la mio partner, a meno che lei non lo desideri. È il suo bisogno che guida il mio. Quindi ogni volta che facciamo l'amore - perché spilungona, presto faremo l'amore - non abbiamo bisogno di essere sempre dominante e sottomessa. Non avremo bisogno della frusta, dei morsetti per capezzoli o delle corde ogni volta."

Sospirò, la sua figa diventò umida solo alle sue parole.

Buon Dio, quanto lo voleva.

Non sapeva quanto.

"A volte, Sierra, a volte vorrò che tu sia sopra di me cavalcandomi, facendo oscillare i fianchi mentre prendi il mio cazzo in profondità nella tua figa. Altre volte sarò dolce e sopra di te, mentre entrambi ci lasciamo andare, senza controllo, nessun dominio, solo noi." Fece una pausa e lei non si dimenò. "È qualcosa che vorrai, vero? Qualcosa che ti piacerà?"

Lei annuì.

Lui scosse la testa. "Dillo, Sierra."

"Sì... sissignore?" Non era sicura di come lui volesse essere chiamato.

Poi sorrise, prendendole il viso. "Sono solo Austin, Sierra. Non ho bisogno di essere chiamato Signore o Padrone perché tu sia sotto il mio dominio. Per alcuni funziona, ma a me non serve. Se hai bisogno di chiamarmi così, puoi farlo, ma voglio sentire il mio nome sulle tue labbra, quando vieni."

Lei si leccò le labbra. "Austin."

Lui sorrise. "Brava. In questo momento, visto che non ho nessuno dei miei utensili e so che entrambi vogliamo andarci piano con tutto ciò, non ti legherò, non ti frusterò e non ti farò urlare." Fece una pausa. "Oh, potrò farti urlare, ma solo quando te lo metterò dentro."

"E se fossi io a farti urlare?" lo prese in giro.

Sbuffò. "Ho intenzione di gridare il tuo nome, Sierra.

Te lo prometto. Ora, prima di iniziare, abbiamo bisogno di una parola di sicurezza."

Alzò le sopracciglia. "Pensavo avessi detto che non avremmo ancora iniziato quella parte."

Lui scosse la testa. "È sempre bello averne una. Lo sai."

"Penso che gli standard rosso, giallo e verde funzioneranno." Era quelli che usava con... no, non avrebbe pensato a lui. Non ora.

Strinse gli occhi. "Hai bisogno di una parola forte, Sierra. C'è ancora un segreto tra di noi. Uno di cui non sei pronta a parlare."

Lei inspirò.

"Scegli una parola di sicurezza diversa."

C'era solo una parola che potesse usare, e la conoscevano entrambi.

"Motocicletta", sussurrò.

Austin annuì, i suoi occhi furono all'improvviso vuoti. Lo aveva ferito? Forse, ma aveva chiesto lui la parola di sicurezza. Era qualcosa che avrebbero dovuto affrontare entrambi, quando sarebbero stati pronti.

Austin si alzò, tenendole la mano. La prese e si alzò in modo che i loro petti si sfiorassero, lei arrossì su tutto il corpo.

"Ti voglio, Sierra Elder. Di' che anche tu mi vuoi."

Sapeva che era un'affermazione importante. Un passo che non era sicura di essere pronta a fare fino a quella mattina. Tuttavia, si era nascosta per così tanto tempo, trascurando tutto ciò che era la sua vita privata, intima, ora sapeva di dover correre questo rischio.

"Anch'io ti voglio."

"Bene."

Austin premette la bocca contro la sua e lei gemette. Le mise le mani nei capelli, bloccandole la testa mentre le divorava la bocca. Premette con la lingua contro quella di lei, controllando il bacio, e lei si lasciò andare. Potevano anche non fare cose da dominante e sottomessa questa prima volta, ma lei voleva - no, aveva bisogno di lasciarsi andare, per vedere se poteva fidarsi di lui.

Non del tutto.

Non ancora.

Ma presto.

Lui scese con le labbra lungo la sua mascella e lei chiuse gli occhi, godendosi la sensazione delle sue labbra, dei suoi denti e della sua lingua sulla pelle. Le morse il lobo dell'orecchio e poi le diede dei piccoli baci, facendole venire dei brividi deliziosi lungo la spina dorsale, le sue ginocchia si indebolirono.

"Austin", sussurrò.

"Sì, è il mio nome," ringhiò contro il suo collo, una mano sulla sua testa, l'altra sulla parte bassa della sua schiena. "Lo ripeterai ancora, molte volte, molto presto."

Prima che lei potesse rispondere, le loro bocche si incontrarono di nuovo, mentre lui le toccava il seno. Lei sussultò mentre lui le stringeva forte il capezzolo tra il pollice e l'indice. Non importava che indossasse ancora la camicia e il reggiseno, il dolore e la dolcezza stimolavano il suo corpo e lei rabbrividì.

Oh, come le era mancato.

"Voglio succhiare i tuoi capezzoli, scoprire il loro gusto." Le tirò su la maglietta e lei alzò le braccia, lasciandosi spogliare, restando in canotta e reggiseno. "Prima, ero ipnotizzato solo a pensarci. Volevo scoprire il loro colore e che aspetto avrebbero avuto dopo averli succhiati e mordicchiati. Poi i miei pensieri andavano alla tua figa, e volevo sapere come saresti stata gonfia e bagnata, pronta per il mio cazzo."

"Se non la smetti di parlare in questo modo, verrò senza che tu mi tocchi."

Lui sorrise e le succhiò il labbro inferiore, passandolo tra i denti. "A me andrebbe bene. Dopo questa volta. Ho bisogno di vederti." Si tirò indietro, incontrando il suo sguardo. "Tutta."

Lei si leccò le labbra e sentì tutto il suo corpo irrigidirsi. Aveva dimenticato le sue cicatrici. Come poteva dimenticare ciò che l'aveva tormentata per così tanto tempo?

"Non devi dirmi subito come è successo. Non voglio rovinare quello che abbiamo in questo momento, Sierra." Sollevò il fondo della sua canotta e lei glielo permise, sapendo che se non l'avesse fatto ora, non l'avrebbe mai fatto. "Non importa che cicatrici hai, Sierra, sarai sempre bellissima. Nessun tatuaggio o cicatrice renderà la tua pelle più perfetta per me."

Le lacrime le riempirono gli occhi per la bellezza delle sue parole, e si rifiutò di chiuderli mentre lui guardava in basso al suo fianco. Inspirò, mentre le dita di lui tracciavano delicatamente le cicatrici di pelle corrugata e le sottili linee bianche, che erano ancora peggio.

Le si inginocchiò davanti e lei soffocò un singhiozzo.

Che quest'uomo si sarebbe inginocchiato davanti a lei…

Non si sarebbe mai tolta dalla testa l'immagine dei suoi capelli scuri sul suo stomaco, sulle sue cicatrici, del suo capo, fino alla fine dei suoi giorni.

Le sfiorò con le labbra le zone quasi insensibili della sua pelle e una lacrima le scivolò lungo la guancia. Le mani di lui si posarono sulle sue spalle, mentre baciava ogni centimetro della sua pelle rovinata, prendendosi cura di lei in un modo che nessun altro aveva mai fatto prima. Alla fine la guardò, con gli occhi scuri e pieni di promesse.

"Bellissima," sussurrò.

Lei era persa.

Allora Austin si alzò, prendendole il viso in modo da poterla baciare. Lui emanava calore e forza, e lei ne voleva di più. Oh, come ne voleva di più. La sua erezione sotto il jeans le premette contro il ventre e lei sorrise per le sue dimensioni. Sì, all'inizio le avrebbe fatto male, ma non poteva aspettare; lo voleva tanto.

Austin si staccò dalla sua bocca ma non staccò le labbra dal suo corpo. La mise delicatamente sul divano, in modo da potersi inginocchiare tra le sue gambe. Ad un certo punto, spinse indietro il tavolino in modo da avere più spazio. Quanto le era mancato?

Le sue labbra si spostarono sulla sua clavicola, sul suo sterno, poi su ogni seno attraverso il reggiseno. Lei inspirò, mentre lui leccava il bordo di pizzo della coppa del suo reggiseno.

"Vediamo di che colore sono i tuoi capezzoli, va bene?"

Le slacciò abilmente la fibbia del reggiseno dietro la schiena, fece scivolare giù le spalline. i loro occhi si incontrarono, mentre le toglieva il reggiseno, lasciandolo cadere sul pavimento, ai suoi piedi. Lei deglutì a fatica, mentre lui abbassava gli occhi, lo sguardo sui suoi capezzoli. Come se sapessero di essere al centro della sua attenzione, questi si indurirono in punte acuminate, pronte per la sua lingua.

Austin allungò una mano e le accarezzò il seno, che con la sua forma rotonda gli riempì leggermente il palmo. Quella era una delle cose più erotiche che avesse mai visto.

"Gesù. Come piccole bacche rosa. Diventeranno così fottutamente rossi quando li succhierò. Un giorno, quando userò le pinze, saranno così duri che mi imploreranno di leccarli."

Si guardarono negli occhi. "Mi supplicherai, Sierra? Mi implorerai per avere la mia lingua? Il mio cazzo?

Vorrai il mio cazzo tra le tue tette e in bocca?" Lei si leccò le labbra, dimenandosi per quello che aveva appena sentito.

"Amo la tua voce." Era così profonda, così dura. Andava dritta al suo clitoride e sapeva che se ci avesse provato sarebbe riuscita a venire solo ascoltandolo.

"Non muoverti, Sierra. Risparmia il tuo clitoride per me."

Si bloccò, il suo corpo teso come la corda di un arco. Lo desiderava, ma da un altro punto di vista sapeva che, se fosse rimasta ferma per lui, lui avrebbe presto migliorato la situazione.

Gli dava già molta fiducia, così presto nella loro relazione. Le sconvolse la mente, ma mise quell'idea da parte. Lo voleva. Lo volevo proprio in quel momento.

"Brava ragazza." Poi le pizzicò il capezzolo.

Duro.

Il dolore sconvolse il corpo di Sierra, che inspirò, facendo tutto il possibile per non muoversi. Se si fosse mossa, lui avrebbe potuto fermarsi, e lei non sapeva se avrebbe potuto sopportarlo. Voleva il suo tocco, voleva tutto di lui.

Più tardi si sarebbe preoccupata delle conseguenze.

"Non pensare più, Sierra." Pizzicò l'altro capezzolo con la stessa forza e poi lavò via il dolore con la lingua. "Siamo solo io e te. Niente e nessun altro. Pensa solo a me. È tutto quello che devi fare. Io farò il resto. Mi hai capito?"

Lei annuì.

Le pizzicò di nuovo il capezzolo. "Mi hai capito?"

"Sì, Austin."

"Brava ragazza."

Austin abbassò la bocca su ciascun seno e li leccò, con la lingua e i denti che ne divoravano uno mentre la sua mano libera palpava l'altro, girandole e pizzicandole il capezzolo. Sierra lasciò andare la testa mentre lui si prendeva cura di ciascun capezzolo, amava il modo in cui il graffio della barba di Austin rendeva tutto ancora più erotico. Ogni sfregamento, ogni leccata le trasmetteva ondate di piacere nel corpo, le vibrazioni di piacere si riunivano nel clitoride che le esplodeva, sarebbe bastata solo un po' più di pressione per farle avere un orgasmo.

Tuttavia, Sierra non muoveva i fianchi.

Voleva che lo facesse Austin.

Si fidava di lui, sapeva che l'avrebbe soddisfatta.

Lui si tirò indietro, lo sguardo cupo. "Proprio come pensavo. Bacche rosse. Così fottutamente calda. Alza il culo."

Sierra sbatté le palpebre, confusa.

"Su il culo, Sierra. Ti toglierò i pantaloni così potrò leccarti la figa prima di portarti in camera da letto e scoparti forte. Culo. In su."

"Sì, Austin," disse, sorrise mentre le narici di lui si allargavano. Oh sì, gli piaceva quando lei gli rispondeva così. Si sarebbe accertata di dirlo spesso... o no, quanto voleva la sua mano sul culo.

Ebbene, sembrava che questa parte nascosta di lei, la parte che pensava di aver sepolto così in profondità, non fosse poi così nascosta, dopotutto. Sierra sollevò i fianchi e si morse il labbro mentre lui le slacciava il bottone dei jeans e abbassava lentamente la cerniera. Poi le prese i jeans e le mutandine coi pugni e tirò. Sierra lo aiutò con le gambe, tenendo il culo sopra il divano, appoggiando il peso sugli avambracci.

Austin gemette. "Cazzo, sei bellissima. Adesso riposati, piccola."

Lei affondò nei cuscini, le gambe divaricate intorno ad Austin, mentre lui studiava ogni parte del suo corpo.

Avrebbe potuto sentirsi a disagio, ma non era il caso, non con lo sguardo di puro piacere sul viso di Austin.

"Bellissima," sussurrò prima di abbassarle il corpo e di leccare la lunga linea della sua figa fino al clitoride.

Il corpo di Sierra schizzò giù dal divano, Austin le strinse il braccio sulla vita. "Stavi andando così bene, piccola. Non muoverti."

Sierra si leccò le labbra. "Devo muovermi, Austin. Ne ho bisogno..."

Il suo sguardo incontrò quello di lei. "So di cosa hai bisogno. E se stai ferma, te lo darò."

Bene, ora, *quello* era un incentivo...

Con tutta la sua intensità, le sollevò la pelle intorno al clitoride e abbassò di nuovo la testa, succhiando forte con la bocca. Sierra quasi cadde dal divano verso il suo viso, ma si fermò. Austin giocò coi denti sulle grandi labbra di lei, prima di accarezzare l'ingresso della sua vagina con un dito. Quando la penetrò, lei prese fiato. Era passato così tanto tempo e un vibratore non era bravo come le mani di Austin... o come qualsiasi altra parte del suo corpo.

Le infilò un dito, poi due, lentamente, poi più velocemente mentre la stuzzicava. Teneva la bocca sul clitoride, mormorando e ringhiando contro di lei. La sensazione della sua barba che le sfiorava le cosce fu la goccia che fece traboccare il vaso, e lei venne.

Ebbe un forte orgasmo.

La sua figa si strinse intorno alle dita di Austin, ma lui non smise di toccarla. Invece, piegò le sue dita verso il punto G e massaggiò quella parte così sensibile finché il corpo di Sierra non tremò e le venne un altro orgasmo, questa volta urlò il nome di Austin e alzò gli occhi verso l'alto, con la testa piegata all'indietro.

Quando Sierra riaprì gli occhi, Austin era ai suoi piedi e si leccava la mano, un dito alla volta. Gli umori dell'orgasmo di Sierra gli coprivano la barba, la mano, le dita, eppure sembrava così contento, e a lei non importava. Dio, voleva farlo di nuovo.

Se solo avesse potuto camminare.

"Hai un sapore così fottutamente buono, Sierra. Come un nettare di cui non sarò mai sazio. Ora ti scoperò finché non ci sfiniamo entrambi, poi mi sveglierò per cena, e ti fotterò ancora, più volte. Che pensi?"

Si leccò le labbra, il suo corpo languido pulsava per Austin. "Spero solo di avere abbastanza preservativi." Sierra aveva già comprato un'intera scatola per capriccio ed era dannatamente contenta di averlo fatto.

Le sorrise. "Un giorno parleremo di altri metodi di contraccezione e faremo tutti i test in modo che io possa fare l'amore con te nudo e sentire ogni tuo dolce centimetro. Per ora, spero anch'io che tu abbia abbastanza preservativi."

La sollevò, il suo corpo nudo appoggiato ai suoi vestiti. Lei gli sorrise. "Non è giusto che tu non sia nudo, sai."

Quando le baciò la fronte, lei sospirò soddisfatta. "Dammi un momento e sarò nudo come te."

La fece sedere sul bordo del letto, poi si fermò di fronte a lei. Quando Austin si tolse la camicia, la mascella di Sierra cadde, spalancata.

Dio. Santo.

Fasci di muscoli, come linee dure di forza, il suo sesso perfetto. Aveva dei peli sul petto, abbastanza per esaltare la bellezza del suo tatuaggio, ma non troppi.

E, santo cielo, che tatuaggi.

Disegni tribali, teschi, fiori e altri simboli coprivano le sue braccia e il petto. Un drago gli scendeva fino ai fianchi, allargandosi su una parte della schiena.

E i piercing ai capezzoli.

Come diavolo aveva fatto a non notarli, con quelle sue camicie aderenti?

Le sorrise. "Sono contento che ti piaccia."

"Sei duro come una roccia, Austin."

Si guardò il cazzo e poi alzò un sopracciglio. "Così sembra."

"Intendevo il tuo corpo…" Lei gli guardò l'inguine. "Oh. Bene allora." Sierra si leccò le labbra. "Non mi ero accorta che avessi i piercing ai capezzoli."

Si alzò e ne fece muovere uno, mentre lei voleva fare lo stesso con la lingua. "Non li porto sempre. A volte ho solo i distanziatori."

"Mi piacciono."

"Bene." Si slacciò i pantaloni, poi li tolse e fece cadere i boxer lungo le gambe. Il suo cazzo sporgeva, così eretto gli sfiorava la pancia.

Senza pensarci due volte, Sierra scivolò giù dal letto e si inginocchiò ai suoi piedi. Aveva le gambe divaricate e mise i palmi aperti rivolti verso l'alto delle cosce, la posa da sottomessa era così radicata in lei che non dovette pensarci due volte.

Le narici di Austin si dilatarono e lui fece due passi verso di lei. Le prese il mento con la mano, alzandole la testa per vederle gli occhi. Il suo cazzo le sfiorò la guancia e lei dovette trattenersi dal girarsi, per succhiare il suo glande spesso con la sua bocca.

"Questa è la cosa più bella che abbia mai visto in vita mia. Sono onorato, Sierra. Onorato." Le accarezzò la guancia e poi si allontanò. Quel distacco fu per lei quasi opprimente, ma poi le tese la mano.

"Lascia che ti stenda sul letto e che faccia l'amore con te. Voglio sentirti avvolta a me, mentre veniamo entrambi. La prossima volta esploreremo tanto altro, tutto ciò che vogliamo." Sierra si alzò, usando il braccio come supporto. "Ci sarà una prossima volta."

"Sì, Austin. Sì, ci sarà."

La fece indietreggiare e poi la adagiò sul letto. Lei si spostò per avere la testa sul cuscino, e lui si gettò sopra di lei.

"Preservativi", si morse il labbro.

"Nel comodino."

Lui annuì e poi si allontanò per prendere la scatola dal cassetto.

L'intera scatola.

Ambizioso.

Aprì un preservativo e lo srotolò sul suo cazzo. Lei deglutì mentre lui toccava il suo sesso dalla circonferenza un po' preoccupante. Quando la raggiunse di nuovo, il corpo di Sierra tremava, per l'attesa, o per chissà qualche altra ragione.

"Pronta?" chiese, anche il suo corpo tremava.

"Sì, Austin. Ti prego."

Lui abbassò la testa, baciandola dolcemente. Poteva assaporare se stessa sulle sue labbra ed era solo delusa di non essere stata in grado di assaggiare anche lui. La prossima volta, aveva detto. Non vedeva l'ora.

"Metti le mani sulla testiera del letto," ordinò, e lei rabbrividì.

Quando lo fece, tenendo le mani vicine, lui le avvolse entrambi i polsi. Dio, era grande ovunque.

Austin si sistemò tra le gambe di Sierra, appoggiandosi al suo corpo, tenendo il peso sull'altro braccio. Poi premette contro la sua apertura, il suo cazzo scivolò grazie ai succhi. Meno male che era così bagnata per lui perché, diavolo se era grosso!

Molto più grosso di qualsiasi cosa avesse sperimentato prima.

Si mosse lentamente, riempiendola centimetro dopo centimetro finché non furono entrambi sudati e ansimanti. "Gesù, piccola, sei così fottutamente stretta." Austin lasciò cadere una mano dai polsi di lei, mettendosi in ginocchio. In quella posizione, si portò molto più in profondità, e lei gridò di piacere, non di dolore. Doveva averlo scritto in viso, perché lui le portò le mani lungo i fianchi, afferrandoglieli.

Poi si mosse di nuovo, spingendo dentro e fuori il suo cazzo prima lentamente, poi più forte.

I loro occhi si incontrarono, Sierra desiderava quella connessione tanto quanto il suo stesso respiro.

"Ti piace tanto il mio cazzo, vero spilungona? Non vedo l'ora di prenderti da dietro e spingerlo ancora più in fondo. Poi, un giorno, sarai sopra di me, le tue tette rimbalzeranno mentre mi cavalchi. Forse ti legherò con il culo per aria, e fotterò quel tuo dolce culo. Vuoi che lo faccia? Vuoi che ti fotta il culo come se stessi scopando la tua figa?"

Lei non poteva parlare, non riusciva a pensare.

Le sollevò i fianchi con una mano mentre continuava a scoparla, e poi le schiaffeggiò il culo. Duramente.

"Lo vuoi, Sierra? Rispondetemi?"

Lei annuì. "Sì, Austin. Voglio tutto."

"Cosa vuoi, Sierra?"

"Voglio tutto. Voglio che mi leghi, che mi sculacci, che mi fotti il culo. Voglio tutto." In qualunque altro momento, avrebbe anche potuto arrossire a quelle parole, ma in quel momento, con lo sguardo intenso di Austin su di lei, con il suo cazzo dentro, non voleva altro che lui, con tutto ciò che aveva da offrire.

"Allora avrai tutto, piccola. Avrai tutto." Si abbassò di nuovo, il suo corpo appoggiato su quello di lei, mentre spostava il peso sugli avambracci. Austin continuava a spingere dentro e fuori, la sensazione del suo cazzo che la colpiva proprio nel posto giusto la spinse oltre il limite, mentre continuava a fissarlo.

Sierra non riusciva a respirare, ma poteva vederlo, vedere il modo in cui stringeva i denti, il modo in cui ringhiò il suo nome mentre veniva, riempiendo il preservativo. Austin continuava a spingere, portando entrambi oltre il dolce confine dell'estasi, nel caldo conforto della serena contentezza.

Più che contentezza, molto di più.

Quando ripresero una certa presenza mentale, lui si tirò fuori, si prese cura del preservativo e tornò a letto. Avvolse il suo corpo intorno a quello di lei, tirando il lenzuolo per coprire entrambi.

Lei si portò più vicina, girandosi per appoggiare la testa sul suo petto. Lui le tenne le spalle, la testa sepolta tra i suoi capelli e l'altra mano sul suo culo, accarezzandola e massaggiandola quasi come non riuscendo a smettere di toccarla.

Sierra non poteva biasimarlo, perché stava facendo lo stesso con lui.

"Così perfetto," borbottò lui, prima di addormentarsi.

Sierra sorrise, respingendo tutti i pensieri sulle prove e sulle complicazioni a venire, che erano stati tutti dimenticati in quel momento.

"Perfetto", sussurrò lei di rimando.

Perfetto.

Capitolo 8

SHEA MONTGOMERY POTEVA ANCHE ESSERE UNA Montgomery acquisita, ma faceva comunque parte della famiglia. Almeno questo si diceva da sola, mentre era in piedi sul portico di Harry e Marie, la sua mano saldamente stretta in quella di Shep.

"Sei pronta?" chiese Shep, con il viso un po' più pallido del normale.

Lei voleva più di ogni altra cosa prenderlo tra le braccia e non lasciarlo mai andare. Non aveva idea di come migliorare le cose, non era sicura che ci fosse un modo per cominciare. Una persona tra quelle che Shep amava più di ogni altra cosa al mondo rischiava di morire, non c'era niente che lei potesse fare.

Shep era cresciuto a Denver con il resto dei Montgomery. Aveva tre coppie di cugini, più i fratelli e le sorelle. Certo, molti dei cugini e gli altri si erano trasferiti da Denver, nel corso degli anni, ma il nucleo della famiglia, Harry e Marie, loro vivevano ancora a Denver. Shep le aveva detto che erano rumorosi, amorevoli e sempre coinvolti nella vita l'uno dell'altro.

A lui piaceva così.

Shea non ne era così sicura.

Era cresciuta in una famiglia in cui essere nella vita di qualcun altro significava dire loro cosa fare e sminuirli mentre lo facevano. Suo padre aveva tradito sua madre per anni, usando un'amante dopo l'altra per seppellire il dolore di essere sposato con sua madre. Sua madre? Beh... sua madre era una gelida cagna di proporzioni epiche.

C'erano voluti molti ,anni perché Shea si sentisse abbastanza libera per pensarlo, figuriamoci per dirlo.

Era finalmente uscita dal controllo di sua madre: non era mai stata veramente negli interessi di suo padre, visto che non era un figlio maschio.

Ora aveva un lavoro che le piaceva, un marito che amava dal profondo della sua anima e una nuova grande famiglia che stava per incontrare. Eppure si sentiva come fuori controllo, sull'orlo di qualcosa che non poteva nominare, qualcosa che non sapeva esprimere, almeno non quando c'erano cose più importanti di cui preoccuparsi - vale a dire Harry e Shep.

Le sue stesse paure, i desideri segreti, avrebbero dovuto aspettare. Aveva cercato di nascondere a Shep quello che stava succedendo nella sua mente, ma non era sicura di esserci riuscita bene. In effetti, sapeva di non essere stata brava a schermarsi. Nascondere le cose a suo marito era quasi impossibile. Non che gli stesse nascondendo qualcosa di veramente orribile; era un sogno e un incubo allo stesso tempo, qualcosa che non poteva controllare, ma non era certo la fine del mondo. Sapeva di essere irrazionale, ma non poteva fermare quel dannato timore.

Il suo viso fu preso da mani grandi e forti, sbatté le palpebre.

"Shea? Piccola? Ti ho chiesto se sei pronta."

Lei si leccò le labbra e si appoggiò alla sua mano. "Lo sono. Sono solo persa nei miei pensieri, immagino."

Shep cercò lo sguardo di sua moglie e sospirò. Accidenti. Stava facendo tutto male, pensò Shea. Diventava sempre più difficile nascondere le sue preoccupazioni e le sue angosce a suo marito. Senza pensare, si mise una mano sullo stomaco, pregando che andasse tutto bene.

"Vorrei che tu mi dicessi cosa c'è che non va."

"Sto bene. Sono solo un po' stanca. Dovremmo entrare o bussare o qualcosa del genere. Stare qui fuori a bighellonare probabilmente non è la migliore prima impressione che possa fare."

Lui si acciglò, poi la baciò dolcemente. "Ti amo, Shea. Puoi dirmi qualsiasi cosa."

Allora lei gli sorrise, lo amava più di quanto avrebbe mai pensato possibile. "Lo so. Ti amo anch'io."

La porta si aprì e Austin si fermò sulla soglia. "Avete finito di pomiciare sotto il portico, o dovrei lasciarvi continuare ancora un po'?"

Shea si voltò tra le braccia di Shep, arrossendo, con un piccolo sorriso in volto. Austin le sorrise, la sua espressione era più chiara di quanto lei non l'avesse mai vista. Qualcosa gli era successo, da quando era a New Orleans, qualcosa di buono che poteva non superare del tutto il male, ma comunque renderlo migliore.

"È bello vederti, Austin", disse Shea, mentre scivolava dalle braccia di Shep a quelle di suo cugino. Austin la avvolse con le braccia, tenendola stretta.

Austin era l'unico Montgomery che avesse incontrato, e le piaceva il fatto che ci fosse un volto familiare, in quello che sarebbe stato sicuramente un mare di persone, i cui nomi non avrebbe mai capito bene.

Austin le baciò la sommità della testa, poi tornò indietro, il braccio ancora intorno alla sua vita. "È bello vederti.

Non so perché non mi hai permesso di venirvi a prendere all'aeroporto."

Shea alzò gli occhi al cielo mentre Shep si stringeva nelle spalle, per poi avvicinarsi e abbracciare Austin. Shea si allontanò per farli abbracciare, fu un abbraccio diverso, non uno di quegli abbracci maschili in cui si battevano a vicenda sulla spalla e tutte quelle stronzate. No, questo era un abbraccio tra cugini che soffrivano.

"Volevamo noleggiare un'auto, visto che nessuno di voi ne ha una in più", spiegò Shep. "Abbiamo dietro tutte le nostre cianfrusaglie, quindi andremo a casa di Griffin dopo cena con mamma e papà."

Shea vide che suo marito sembrava esausto quanto lei, e sospirò. Sarebbe stato un viaggio molto faticoso, ma dovevano esserci. Austin aveva chiesto loro di raggiungerlo, avevano accettato senza ripensamenti. Non sarebbe comunque stato facile.

"Hai intenzione di farli restare sulla soglia per il resto della notte, o possono entrare?"

Shea si voltò e vide una versione invecchiata di Austin (senza barba e senza tatuaggi visibili) che camminava verso di loro. Non sembrava malato. Questo la sorprese. Austin aveva detto a Shep che Harry sembrava più piccolo di prima, più malato.

Poteva anche essere, ma Shea non lo notava. Quell'uomo le sembrava vitale e pronto a combattere.

Buon per lui.

Harry tese le braccia con un sorriso sul viso che non arrivava però fino agli occhi. Ecco. Era di questo che doveva aver parlato Austin. Bene, insomma, anche lei avrebbe fatto il massimo per essere presente, per tutti loro. Adesso loro erano la sua famiglia e non voleva affatto essere l'anello debole.

"Bene, ragazza, vieni qui dallo zio Harry e dagli un abbraccio."

Shea non riuscì a trattenere il sorriso, mentre faceva come le aveva detto. Harry la cinse con le braccia proprio come aveva fatto Austin, tenendola stretta. Era un uomo sulla sessantina, nelle prime fasi del cancro, ma non aveva ancora perso le forze.

"Ti trovo bene, Shea." Le sorrise quando si separarono. "Mi dispiace che non siamo riusciti a venire al matrimonio."

Shea si morse il labbro. Era stata una sua idea non aspettare per fare un matrimonio in grande, rinunciare ad avere la famiglia presente. Voleva solo che Shep fosse suo marito, lui non si era lamentato. in quel momento pensò di aver commesso un errore.

"Ehi, non fare così, cara," disse Harry sollevandole il mento. "Ti sposi per te e per tuo marito. Non lo fai per gli altri. Non dovevamo per forza essere presenti, ma ora siete qui. Questo è tutto ciò che conta." Si schiarì la gola e Shea trattenne le lacrime. "Ora siete qui", sussurrò di nuovo Harry.

Shea si allontanò, mentre Shep salutava suo zio, sbattendo le palpebre velocemente per non piangere.

"Shea, tesoro, sono così felice che tu sia qui", disse Marie entrando nella stanza, asciugandosi le mani con un asciugamano. Poi posò l'asciugamano sul tavolino e aprì le braccia come aveva fatto Harry.

Shea affondò nell'abbraccio di quella donna, la sua forza accompagnata dalla sua tenerezza non la sorpresero affatto. Marie era madre di otto figli e di innumerevoli persone solitarie adottate dal nucleo famigliare. Non c'era da meravigliarsi che fosse una donna così forte. Mentre Marie faceva scorrere la mano lungo la schiena di Shea, questa si rilassò, calmando l'ansia nel ventre.

Dio, era quello che doveva accadere con sua madre? Un abbraccio che toglieva un po' della sofferenza, un po' del dolore?

Era davvero un disastro emotivo, ma almeno aveva trattenuto le lacrime. Per ora.

"Bene, allora, tesoro," disse Marie mentre si asciugava gli occhi. "Ora che siamo qui, mangiamo qualcosa, sistemiamoci e poi potremo conoscerci meglio."

"Mi sembra una buona idea", disse Shea. "Posso fare qualcosa?"

Marie scosse la testa. "No, tutto è pronto. È già sul tavolo, possiamo andare."

Shep si avvicinò e le prese la mano, accompagnandola in sala da pranzo. Presto, avrebbe mangiato una generosa porzione di pollo arrosto ripieno di arance, con purè di patate e asparagi al limone. Non aveva mangiato molto ultimamente, e la mattina aveva avuto problemi a tenersi dentro il cibo. Quel giorno, riuscì a mangiare ogni boccone e a rilassarsi per la prima volta da settimane.

Shep si passò la mano sul ginocchio e lei si appoggiò a lui. Sì, gli avrebbe detto presto cosa stava succedendo, ma prima aveva bisogno di capire cosa non andava in se stessa emotivamente e come aiutare la famiglia di Shep.

Quando la cena fu finita, si diressero tutti in soggiorno. Shea si sedette sul divano, rilassando il corpo contro quello di Shep. Austin si sedette dall'altra parte, sapendo che tutti avrebbero avuto bisogno di accomodarsi.

"Allora ... siamo qui," iniziò Shep, passandosi una mano sul viso.

"Siete qui," disse Harry. "Siete qui perché Austin ve l'ha chiesto e di questo gliene sono grato." Incontrò gli occhi di Shea e poi quelli di Shep. "Come sai, ho il cancro alla prostata. L'abbiamo attaccato presto, perché mia moglie mi fa andare dal dottore per prevenire problemi come questo." Emise un respiro, poi prese le mani di Marie.

Shea lasciò cadere una lacrima. Non serviva a niente trattenerle, ormai.

"Puoi dirci di più a riguardo?" Chiese Shep. "A che punto sei? Quali trattamenti devi fare? Voglio assicurarmi di capire tutto per poter dare una mano."

Harry annuì. "Ti dirò tutto quello che posso. Non voglio nasconderti nulla, né voglio che tu pensi al peggio... ma neanche al meglio. Sono nelle primissime fasi della malattia con un tumore a crescita lenta e di basso grado."

"È un buon segno, vero?" domandò Shep, mentre Shea gli stringeva la mano. "Merda. Voglio dire ottimo. Non buono. Non c'è niente di buono in questo."

"L'ha scoperto presto, e questa è una buona cosa," disse tranquillamente Austin.

"Sì, figliolo. È esattamente così. È di basso grado, come ho detto. Ciò significa che stiamo esaminando la radioterapia a fasci esterni e non una prostatectomia radicale. Tuttavia, se i dottori pensano che ne abbia bisogno, allora lo faremo. Non ho intenzione di rischiare la vita e rinunciare al trattamento a causa dei costi, non ancora."

Shea non pensava che Harry intendesse il costo in termini di denaro.

"Sierra e io stavamo esaminando i tipi di radiazioni e come avrebbero funzionato, mentre stavamo effettuando delle ricerche", iniziò Austin poi tossì. "Spero non abbiate nulla in contrario."

Per la prima volta, Harry sembrava davvero entusiasta. "Sierra, vero?"

"Ci siamo appena messi insieme, papà."

Shea sorrise mentre Austin si dimenava sul divano.

"Perché non è venuta stasera?" gli domandò Harry.

"Doveva lavorare all'Eden, il suo negozio dall'altra

parte della strada rispetto alla Montgomery Ink. La porto la prossima volta, d'accordo?" Austin sorrise, anche se sembrava preferire non essere al centro degli sguardi dei suoi genitori.

Buon per Austin.

"Bene," disse Marie dolcemente. "Voglio incontrare questa donna di cui parla Maya."

Austin gemette. "Hai meglio da fare che ascoltare ciò che dice Maya."

"Austin Montgomery, sii gentile con tua sorella", ordinò Marie con un sorriso. Guardò suo marito e sospirò. "A che punto eravamo?"

"Mi stanno ancora preparando per le radiazioni", disse Harry dopo aver fatto sudare un po' Austin. "Comincio tra tre giorni e probabilmente mi abbatterà, ma non lascerò che mi faccia crollare troppo."

Shep emise un respiro tremante e Shea fece scorrere la mano lungo la sua coscia.

"Saremo qui per un paio di settimane circa", disse Shea. "A questo punto posso fare la maggior parte del mio lavoro da casa, e i colleghi di Shep alla Midnight Ink hanno accettato volentieri di sostituirlo, mentre siamo qui. Ciò significa che possiamo aiutarti con tutto ciò di cui hai bisogno."

"Avete noleggiato un'auto, vero?" domandò Harry, alzando la fronte.

"Sì, volevamo essere liberi di spostarci", rispose Shea.

"Allora, puoi restituire quel catorcio," disse Harry. "Prendi la mia macchina. In ogni caso non potrò guidare." Shea sapeva che ci era voluto molto ad Harry per ammetterlo, avrebbe tanto voluto abbracciare forte quell'uomo.

"Zio Harry…" iniziò Shep, poi scosse la testa. "Grazie."

"Prego, ora lasciami abbracciare di nuovo tua moglie perché sembra che ne abbia bisogno."

Era vero, Shea ne aveva bisogno, ma sembrava che Harry ne avesse ancor più bisogno. La abbracciò di nuovo forte, poi si allontanò, mentre Austin e Shep facevano lo stesso. Marie avvolse il braccio attorno alla spalla di Shea e rimasero entrambe da parte, immobili come la pietra.

Era chiaro a chiunque che Harry era il nucleo della famiglia Montgomery. Se lo avessero perso... beh, Shea non voleva pensarci. Si mise di nuovo la mano sullo stomaco, quella preoccupazione le scivolò dentro come se non fosse mai andata via.

Una cosa alla volta, sussurrò a se stessa. Una cosa alla volta.

Capitolo 9

Miranda Montgomery poteva anche essere la più giovane della famiglia, ma ormai non era più una ragazzina. Per farlo capire a quelle teste cocciute dei suoi fratelli e delle sue sorelle, d'altra parte, poteva servire un miracolo.

Costringere l'uomo che aveva amato per anni a capirlo sarebbe stato ancora più difficile.

Beh, considerando che era uscita con un altro, per poter togliersi dalla testa l'uomo che amava segretamente, forse non stava migliorando la situazione.

Ma non poteva più sopportare di essere trattata come la sorellina minore.

Aveva ventitré anni, aveva finito la scuola ed era a caccia di una uomo.

Non poté fare a meno di sorridere a quel pensiero. A caccia? La sua era più come una marcia lenta e costante verso ciò che voleva. In quel momento, era come ferma a un *pit-stop* per assicurarsi di non fare troppo l'idiota.

Solo perché le era capitato di amare il migliore amico di suo fratello maggiore, non significava che lui dovesse ricambiare gli stessi sentimenti verso di lei.

Oh no. Decker Kendrick non avrebbe fatto nulla che non voleva, e amarla non era nei suoi piani. Vederla come una donna adulta con dei bisogni sembrava così lontano dalla sua portata, che Miranda stava per definirla una causa persa.

"Miranda, tesoro, mi stai ascoltando?" le chiese Edward, il ragazzo con cui era uscita, con un sorriso compiacente sul volto, un sorriso che le dava quasi fastidio.

Non che cercasse di essere noioso; ma non poteva farne a meno. Tutto in lui era piacevole. Il suo sorriso non troppo piccolo e non troppo luminoso, il suo abito che non era costoso - ma nemmeno troppo economico - il suo lavoro di contabile, la sua voce non troppo profonda, non troppo acuta, o qualsiasi altra cosa che potesse nominare. Era solo... piacevole.

A cosa pensava, quando aveva accettato questo appuntamento?

Oh, sì... quel Decker la guardava a malapena come qualcosa di più di una sorellina, e lei non aveva un appuntamento da mesi.

Miranda scosse la testa, poi posò con calma il tovagliolo sul tavolo. Erano andati in un bel locale, non troppo elegante, ma nemmeno troppo casual. Quel tipo aveva un suo programma, e non aveva certo intenzione di cambiare rotta.

"Mi dispiace, Edward. Non mi sento bene. Penso che tornerò a casa presto, così posso assicurarmi di essere pronta per il lavoro domattina."

Un appuntamento di giovedì sera. Sul serio? Cosa aveva in mente? Doveva insegnare, la mattina dopo, poi c'erano i compiti da valutare. Ma stava cercando di non stare troppo a casa, gli appuntamenti del giovedì sera con il piacevole e noioso Edward erano stati la sua risposta.

O no.

Edward si acciglò, ma non troppo profondamente. "Mi dispiace. Sei venuta in macchina. Te la senti di guidare fino a casa?"

Era andata in macchina perché aveva il presentimento che avrebbe deciso di abbreviare quell'appuntamento. Inoltre, i suoi fratelli l'avrebbero uccisa, se fosse andata al primo appuntamento con qualcuno senza una via di fuga.

"Sto bene. Grazie per la serata." Si alzò, anche lui si alzò, baciandole gentilmente la mano.

E *nada*.

Nessuna scintilla.

"Un'altra volta?" chiese con gli occhi speranzosi.

Invece di rispondere, Miranda gli fece un piccolo sorriso e lo salutò. Non aveva intenzione di disilludere le sue speranze nel bel mezzo di un ristorante, ma non poteva uscire con lui di nuovo. Non quando lui la faceva annoiare così tanto.

Miranda tornò a casa, si tolse le scarpe coi tacchi alti e si lasciò cadere sul divano. Si sarebbe tolta il vestito e il trucco in un attimo. Erano solo le sette e mezzo, quindi aveva tutto il tempo.

Sette e mezza.

Buon Dio, che serata noiosa.

Miranda non avrebbe dovuto dire di sì ad Edward, quando le aveva chiesto di uscire, ma voleva uscire di casa e distrarsi dal tormento che non se ne voleva andare.

Suo padre aveva il cancro e lei non sapeva come affrontarlo. Altri avevano fatto elenchi, fatto ricerche, cucinato e portato il cibo a casa, anche se la mamma sapeva cucinare bene. Miranda aveva abbracciato suo padre e gli aveva detto che sarebbe stata sempre presente, per lui. Doveva solo dirle cosa fare.

La malattia la spaventava ancora a morte.

Guardò il telefono e si morse il labbro. Austin poteva

aver finito con la cena a casa, con Shep e Shea. Voleva solo sapere come era andata. Suo fratello maggiore sapeva sempre cosa fare. Gli inviò un breve messaggio chiedendogli come era andata e sorrise quando lui le rispose subito.

Bene. Meglio di così non si può. Siamo arrivati a casa proprio ora, sto sistemando Shep e Shea per la permanenza. Staranno qui per un po'.

Miranda dovette alzare gli occhi al cielo. Per un uomo con le dita grandi come le sue, suo fratello aveva sicuramente scritto molto in un messaggio. Anche mentre sorrideva, si sentiva rincuorata. Shep aveva l'età di Austin, anche se non era cresciuta con lui come fratello, era stato sempre nella sua vita. Lui amava scherzare, dicendo che aveva contribuito a cambiarle i pannolini.

Non era qualcosa che le piaceva sentire, considerando che l'aveva detto una volta davanti al ragazzo che la accompagnava al ballo di fine anno.

Non vedo l'ora di incontrare Shea.

Ti piacerà. È piccola ma forte. Saremo nei paraggi, tesoro. Dormi un po'. Hai scuola domani mattina.

Lui era sempre il fratello maggiore. Non importava che lei fosse una insegnante, in questo caso, e non una studentessa. La scuola cominciava comunque la mattina presto.

Tuttavia, non erano ancora le otto e voleva parlare con la sua famiglia. Compose il numero di Meghan, sapendo che i bambini sarebbero già stati a letto e che lei avrebbe avuto più possibilità di parlare.

"Ehi, tu. Cosa stai facendo al telefono? Pensavo fossi al tuo appuntamento."

Miranda sospirò alle parole di sua sorella. "Edward era ottuso e noioso. Sono a casa adesso."

Meghan fece una risata sommessa. "Tesoro, si chiama

Edward. Mi hai detto tu stessa che hai pensato al vampiro triste anche solo pronunciando quel nome."

Miranda ridacchiò. "Non era un *emo*, Meghan. Era solo... noioso."

"Bene, allora sei a casa. Mi dispiace che non abbia funzionato."

A me no. Edward non era Decker, ma Miranda non aveva intenzione di dirlo a Meghan.

"Cosa combini stasera?"

"Oh, il solito... ripulisco il vomito dal pavimento del bagno perché Boomer ha deciso di provare a mangiare una delle mie scarpe, ma non l'ha gradita."

"Oh, povero Boomer," disse Miranda con una risata trattenuta.

"Non metterti a ridere, Miranda Montgomery. Quel cucciolo sarà anche la cosa più carina di sempre, ma è un diavolo. E Richard non lo sopporta più"

Sua sorella si interruppe, Miranda avrebbe voluto urlare. Odiava il marito di Meghan, ma non riusciva a dirlo. L'aveva fatto una volta e sua sorella le aveva detto di non giudicare ciò che non capiva.

Quindi, sarebbe stata la sorella buona, si sarebbe trattenuta, sarebbe rimasta con lei, nonostante tutto. Avrebbe detto cose cattive su Richard solo nella testa... o davanti agli altri fratelli.

Qualcuno gridò dall'altra parte della linea, Miranda sussultò.

"Che schifo. Richard ha appena trovato un'altra pozzanghera di vomito. Devo andare. Ti voglio bene tesoro."

Riattaccò prima che Miranda potesse risponderle. Accidenti. Era preoccupata per Meghan, proprio come lo era per suo padre. Faceva schifo essere la sorellina che non poteva aiutare, ma che poteva solo stare in disparte e pregare che le cose andassero bene, facendo presenza quando necessario.

Se solo fosse stata lei, ciò di cui Decker aveva bisogno.

No, non ci avrebbe ripensato. Non adesso.

Sapeva che l'amore era difficile. L'aveva visto per tutta la vita... ma era stata innamorata altrettanto a lungo. Cosa sarebbe stato un giorno in più?

Capitolo 10

Sierra ricadde sulla schiena con il corpo sudato, tremante e sazio. I suoi occhi minacciavano di chiudersi, ma si costrinse a tenerli aperti. Il sesso mattutino - anche quando era magnifico - significava doversi poi alzare dal letto e sbrigarsi, per arrivare in tempo al lavoro.

Sesso mattutino con Austin... Beh, per fortuna, l'aveva svegliata presto montandola da dietro; non c'era niente di facile e veloce in quell'uomo.

"Non addormentarti, Austin," mormorò, il suo stesso corpo era pronto a riposare di nuovo. Non si sarebbe permessa di rannicchiarsi contro di lui per accarezzarsi e coccolarsi perché doveva alzarsi e prepararsi per il lavoro. Se si fosse affrettata a fare la doccia, da sola, avrebbe avuto il tempo di mangiare, prima di andarsene.

Austin si mise seduto, passandosi la mano sulla barba. Lei arrossì quando ricordò la sensazione della sua barba sui seni e sulla figa, solo pochi istanti prima.

Santo cielo, adorava quella barba.

I loro occhi si trovarono, Austin sollevò un sopracciglio. "Pensavo avessi detto che dovevi essere al lavoro. Se continui a guardarmi così, non ci alzeremo presto dal letto."

Lei cercò di saltare giù dal letto, ma barcollò perché aveva le gambe ancora un po' tremanti per quel risveglio speciale.

"Sì. Tieni le tue mani lontane da me. Non riesco a pensare, quando mi tocchi."

"Ehi, spilungona, questo è uno dei migliori complimenti che abbia mai ricevuto."

Sierra alzò gli occhi al cielo, poi andò nuda in bagno, raccogliendo la sua pochette con il necessario per lavarsi i denti e tutto il resto. Non era pronta a lasciare vestiti o altro a casa di Austin, dato che si frequentavano solo da un paio di settimane e lei non era pronta per quel passo. Preparare una pochette con il necessario per fermarsi la notte, invece, le andava più che bene. Era inutile mentire a se stessa dicendo che non avrebbe dormito da lui, per poi ritrovarsi senza le cose che le servivano, la mattina dopo.

"Vado a fare la doccia e poi mi asciugo i capelli." Sierra strinse gli occhi. "E, no, non puoi unirti a me, perché voglio mangiare prima del lavoro così le ragazze non mi sgridano, e se facciamo la doccia insieme, ci mettiamo il doppio del tempo, visto che non puoi tenere le mani lontane me."

Austin sorrise e poi si alzò, nudo e così sexy che Sierra dovette tenere la bocca chiusa per non iniziare a sbavare. Il suo cazzo era solo semiduro considerando che avevano appena finito di venire insieme, meno di cinque minuti fa, ma, accidenti, era grosso. Beata lei.

"Sai, risparmieremmo acqua se condividessimo. Pensa al pianeta, spilungona."

Sierra alzò gli occhi al cielo, mentre entrava in bagno per aprire l'acqua e sbrigare i suoi affari mattutini. Si chiuse dietro la porta, ma lui entrò lo stesso. Ebbene, a quanto pare non avevano più privacy nella loro relazione.

Che sviluppo veloce.

Sierra entrò in doccia mentre lui faceva le sue cose, lei pensò a dove era stata la sua vita in passato e a dov'era in quel momento. Ecco, era in una relazione piuttosto seria, anche se nessuno dei due lo diceva, e ora condivideva il bagno con quest'uomo.

"A proposito, spilungona, le ragazze non saranno le uniche a incazzarsi, se non ti prendi cura di te stessa, se non mangi."

"Mangerò appena esco. Promesso." Il corpo di Sierra si riscaldò al pensiero che lui si prendesse cura di lei anche fuori dal letto. Stavano lentamente diventando più intrecciati, più legati anche fuori dalla camera da letto. Pranzavano insieme durante il giorno e mangiavano insieme la sera. Lui le aveva aggiustato la finestra e lei lo aveva aiutato a scegliere le tende, tra tutte, per il suo soggiorno. Lui si era assicurato che lei mangiasse e lei si era assicurata che lui avesse un piano d'azione, per aiutare suo padre ad affrontare ciò che stava per accadere.

Erano una coppia, Sierra non poteva certo negarlo.

Non che fosse ormai più sicura di volerlo negare.

Quando Sierra uscì dalla doccia e si asciugò i capelli per avere un aspetto decente, per il lavoro, Austin era in cucina con indosso solo un paio di jeans, versava il porridge nelle ciotole.

Sierra gli sorrise, poi gli si avvicinò, mettendo le braccia intorno alla sua vita.

"Ehi, spilungona, hai un buon profumo," borbottò Austin, mentre aggiungeva frutta al porridge di Sierra e zucchero di canna al suo. "Ho pensato che il porridge sarebbe stato meglio di pancetta e uova. Non ho più yogurt, altrimenti te l'avrei dato."

Sierra gli prese la pentola dalle mani, la posò e poi si alzò in punta di piedi per prendergli la faccia. "Grazie."

Lui seguì con gli occhi il viso di lei, poi abbassò le labbra per sfiorare quelle di lei. "Di niente, spilungona. Adesso mangia così non facciamo tardi."

"Non devi fare la doccia?" gli chiese, mentre si sedeva in cucina accanto a lui.

"Sì, ma posso farla velocemente mentre ti trucchi o qualunque cosa ti serva per finire."

Sembravano così tanto una coppia sposata, che Sierra dovette fare un passo indietro. Non erano stati insieme così a lungo, ma di sicuro si stavano comportando come una coppia di vecchia data. Un giorno alla volta, ricordò a se stessa. Non era pronta per il matrimonio e per i bambini - non era sicura che lo sarebbe mai stata - ma seduta lì quella mattina pensava che potesse essere una possibilità.

"Ho rovinato il porridge?" le chiese, lei sbatté le palpebre.

"Che cosa?"

"Sei impallidita solo per un secondo. Stai bene?"

Scosse la testa per chiarirlo, poi sorrise. "Sto bene." Veramente. Stava davvero bene. Per la prima volta, pensava di poter star bene davvero. "Cosa fai oggi?"

"Ho un paio di consulenze, poi devo lavorare sulla gamba di un cliente per la maggior parte della giornata. Sarò libero a mezzogiorno per circa un'ora a pranzo e poi sarò occupato fino a quando non smetterò di lavorare. Tu?"

Sierra morse una fragola. "Ho bisogno di esaminare i registri mentre non sono in prima linea. Sarò libera a pranzo, ma probabilmente lavorerò fino a tardi poiché i registri mi impiegano molto."

Austin leccò il cucchiaio e poi si alzò, portando le loro ciotole vuote nel lavandino. "Dovrei aver finito per le sette o giù di lì per una cena tardi se vuoi venire qui. Prenderò cibo cinese e potremmo rilassarci."

"Due notti di seguito?" gli chiese.

"È un problema?" Austin le stava proprio di fronte, il suo corpo era grande, ma la sua presenza era ancora più grande.

Sierra ci pensò su e poi scosse la testa. "No. In realtà, mi piace l'idea. Tirami fuori dai registri quando hai finito, o finirò per passare lì tutta la notte. Dovrò passare a casa mia e prendere un altro cambio di vestiti mentre tu prendi il cibo."

"Sai, sarebbe più facile se lasciassi le cose qui."

Emise un respiro. "Vero, ma non sono pronta per farlo. Va bene?"

Lui annuì e poi la baciò di nuovo. "Va bene. Vado a fare un salto sotto la doccia. Sarò veloce."

Gli sorrise e si chiese come diavolo fosse finita lì e, allo stesso tempo, come mai non volesse andarsene.

A ora di pranzo, i nervi di Sierra si stavano logorando. Era stata una mattinata ininterrotta, cliente dopo cliente, tutti avevano bisogno di attenzioni speciali. Anche se normalmente ciò l'avrebbe fatta sentire al top, i suoi registri la chiamavano. Jasinda aveva l'influenza e questo significava che Sierra era da sola per tutta la giornata.

Non ce l'avrebbe mai fatta, se non fosse stato per la sua pura perseveranza.

Il pranzo con Austin era stato affrettato, poiché entrambi dovevano tornare al lavoro. Aveva ignorato lo sguardo penetrante di Hailey, seguito dalla parola "tonto" dietro le spalle di Austin. Già, Sierra aveva già sbagliato in passato. Aveva giudicato Austin, e così aveva fatto lui, ma l'avevano superato.

Ora, per fortuna, c'era un momento di tranquillità, il negozio era vuoto e Sierra poteva riprendere fiato. L'Eden stava ancora andando alla grande, nel primo mese di apertura, lei sapeva che presto avrebbe dovuto assumere un'altra persona, per non esaurirsi. C'era così tanto da fare.

Il campanello sopra la porta suonò e Sierra si voltò per vedere chi fosse, il suo sorriso le si gelò in volto.

Si ricordava di quella donna e della sua preda.

Shannon.

L'ex di Austin.

Oh, bella.

"Buon pomeriggio, come posso aiutarti?" riuscì a dire, con un falso sorriso. La principessa di ghiaccio era tornata, ma non le importava niente. Dal bagliore negli occhi di Shannon, l'altra donna non era lì per una sciarpa o per un vestito.

No, era lì per un motivo completamente diverso.

Shannon alzò un labbro, una smorfia che avrebbe potuto sembrare un sorriso. "Voglio solo dare un'occhiata. Non sono sicura di trovare qui qualcosa che attiri il mio... gusto, alla mia altezza."

Allora era quella la tattica, vero? Buono a sapersi. A Sierra non piacevano davvero le donne gelose che misuravano la propria autostima dagli uomini che avevano intrappolato nella loro rete. Shannon era una di quelle, dava alle donne una cattiva reputazione, non aveva proprio bisogno di averla attorno.

"Se hai bisogno di me, sono nel retro."

Shannon alzò un dito, aveva l'unghia rossa. "In realtà, zuccherino, ho qualcosa da dire."

Sierra giunse le mani davanti a sé. "Ah sì?"

Gli occhi dell'altra donna si strinsero. Sierra però non si sarebbe tirata indietro. Questa donna non significava altro per lei che il passato di Austin. In effetti, se non fosse stato per Shannon, per quello che era, per il commento mormorato di Sierra quando si erano incontrate per la prima volta, lei e Austin magari non si sarebbero mai incontrati in quel modo. Chissà cosa sarebbe successo, altrimenti?

"Non so cosa ti faccia pensare di poter arrivare nella mia città per comportarti come se fossi l'unica al mondo, ma non sei abbastanza brava per lui. Annoierai Austin in una settimana o anche meno, e poi tornerà da me. Torna sempre da me."

Beh, era una tale stupidaggine, che Sierra non si sarebbe nemmeno preoccupata di contraddirla. "Se è così che la pensi, puoi continuare a pensarlo, *zuccherino*. Comunque mi stai dando noia, quindi puoi anche andare, se non hai intenzione di acquistare nulla. Afferma ciò che ti pare, ma non mi caccerai da dove sono."

Aveva già corso abbastanza, in vita sua.

"Sei una fredda puttana, lo sai?"

Sierra inarcò un sopracciglio. "Me l'hanno già detto un paio di volte, in passato." Dai genitori di Jason in realtà, ma non voleva pensarci. "Se abbiamo finito, ho un'attività da gestire."

Shannon ringhiò e poi uscì dal negozio. Beh, fu una perdita di tempo totale. Avrebbe dovuto dirlo ad Austin, per non sorprenderlo più avanti, ma non ne valeva davvero la pena. Quella donna aveva buttato via qualcosa di speciale e Sierra stava appena iniziando a rendersi conto di cosa poteva avere, se il destino avesse agito a suo favore.

Il destino non aveva girato a suo favore in passato, tuttavia, quindi era meglio non sperarci troppo.

Becky entrò di corsa dalla porta proprio in quel momento, con la faccia rossa. "Eccomi. Sono qui. Il traffico era orribile. Incidente sulla settantesima, ma ora sono qui. Vai sul retro e lavora ai registi, io mi occupo dei clienti."

Sierra sbuffò e poi abbracciò forte la donna. "Grazie, tesoro. Non vorrei pensare ai numeri, in questo momento, ma non ho scelta."

Becky arricciò il naso. "Non vorrei neanche io, ma è per questo che tu sei il capo e io sono l'umile inserviente."

"Inserviente un cavolo." Il campanello suonò di nuovo e Sierra si allontanò. "Divertiti; sto per annegare tra i numeri."

"Meglio tu che io," borbottò Becky, prima di sospirare e di salutare le due donne che erano entrate.

Sierra andò nel suo ufficietto sul retro, si sedette e si tolse le scarpe. Allungò le dita dei piedi e maledì la persona che aveva inventato i tacchi a spillo. Doveva essere un uomo.

Il suo cellulare ronzò e lei lo prese, senza guardare chi era. "Pronto, Sierra"

"Eccoti. Sapevo che avremmo trovato il tuo numero. È inutile nasconderti. Ti troveremo *sempre*, assassina."

Sierra lasciò quasi cadere il telefono per la crudeltà e la rabbia in quella voce.

Era una voce che non avrebbe dovuto trovarla così velocemente, proprio per questo c'era un ordine restrittivo per proteggerla.

"Marsha, sai che non dovresti chiamarmi." Deglutì a fatica, i palmi umidi, la vista offuscata.

"Credi che mi importi cosa dice un pezzetto di carta? Hai ucciso mio figlio, piccola puttana. Lo hai ucciso, eppure te ne vai in giro, libera di aprire il tuo negozietto come se non ti importasse. Non eri abbastanza per Jason, e l'hai trasformato in un mostro con i tuoi modi da cogliona."

Sierra chiuse gli occhi, cercando di trovare la forza di non rispondere gridando, avrebbe dovuto solo riattaccare e chiamare il suo avvocato. Marsha e Todd non potevano più farle del male. Non potevano prendere nient'altro che non avesse già perso, a causa di quell'azione incurante.

"Devi lasciarmi in pace, Marsha. Jason è morto e non possiamo riportarlo indietro. Ma non l'ho ucciso io." Se avesse continuato a dirlo, forse ci avrebbe creduto.

"Hai ucciso mio figlio!" Marsha gridò al telefono e Sierra non riuscì a riattaccare.

Si meritava una parte dei segni su di lei. Le cicatrici sul suo corpo non erano sufficienti.

L'eco familiare di pensieri che credeva di aver distrutto tornò a riflettersi dentro di lei.

Assassina.

Puttana.

Pazza.

Corrotta.

Zoccola.

Tutte le parole che Marsha aveva usato più e più volte quando avevano perso il figlio non sarebbero mai state bandite dalla memoria di Sierra, non importa quanto si sforzasse di eliminarle.

Sarebbe sempre stata sporca.

Sfregiata.

"Sierra, sono Todd."

Trattenne un singhiozzo alle parole del padre di Jason. L'uomo non aveva mai urlato, non aveva mai mostrato altre emozioni se non una chiara indifferenza.

"Sì, Todd?" Dio, perché si stava sottomettendo a lui? Perché stava permettendo a quell'uomo e quella donna di rovinarle di nuovo la vita?

Non se lo meritava. Aveva provato a dirselo... ma non riusciva a crederci.

"Marsha ha preso la sfortunata decisione di permettere alle sue emozioni di dominare la sua telefonata di oggi; tuttavia, niente di ciò che ha detto è falso. Sei tu che hai fatto false affermazioni sulla memoria di nostro figlio. Sei stata tu a guidarlo lungo il sentiero oscuro della malattia del dominio e della sottomissione. Ora mi rendo conto che sei veramente malata, se hai bisogno di un uomo che ti dica cosa fare, per vivere bene. Per farlo, hai rovinato il nostro ragazzo. Gli hai fatto credere che doveva colpirti e, così facendo, gli hai fatto del male. Sarebbe stato già abbastanza crudele, ma poi l'hai ucciso quella notte."

Il corpo di Sierra tremava, quel ritornello trito la colpiva come un fendente letale. Non importava che non credesse alle parole di Todd. Il fatto che quell'uomo e sua moglie ci credessero le rendeva importanti.

"Non è finita, Sierra. Non sarà finita finché non avremo giustizia."

Poi riattaccò e Sierra fissò il suo telefono, il suo corpo stava diventando insensibile. Credeva di essere così al sicuro, così libera. Aveva cercato di trovare un posto da chiamare suo, un uomo che fosse suo.

Eppure non bastava mai.

Accidenti. Non era quel tipo di persona. Non era una debole, su cui sputare perché le persone non la capivano. Ciò che pensavano era sbagliato, maligno, delle macchie contro cui combattevano.

Dopo essersi asciugata la faccia con una sciarpa che aveva nel cassetto, chiamò il suo avvocato, pronta a combattere. O almeno pronta a fare una faccia coraggiosa, mentendo a se stessa.

Una donna rispose al telefono e Sierra si schiarì la gola, trattenendo le lacrime che avrebbero preso il sopravvento, se non avesse trovato il modo di essere più forte della persona che gli altri credevano fosse.

"Dovrei parlare con il signor Trust", disse Sierra, sorpresa che la sua voce fosse così chiara. Piatta forse, ma non traballante.

"Al momento è in riunione. Vuole lasciargli un messaggio?"

"Sì, gli dica che ha chiamato Sierra Elder e che ho bisogno di parlargli immediatamente."

"Oh, signorina Elder, il signor Trust mi ha detto che poteva chiamare in qualsiasi momento. Ha detto di passare subito la telefonata. Per favore, resti in linea."

Beh, sembrava che Rodney si aspettasse la sua chiamata. Cosa poteva fargli pensare questo? Ma certo. Stava succedendo qualcosa, significava che Jason e il suo passato erano tutt'altro che finiti.

"Sierra, dannazione. Volevo chiamarti dopo aver ottenuto maggiori informazioni, ma da questa chiamata, immagino di essere in ritardo?"

Rodney era un uomo di mezza età che non si era mai sposato perché aveva sposato il suo lavoro molto tempo prima. Poteva essere ingrassato un po' sulla pancia, ma a parte questo, portava bene i suoi anni. Era stato dalla sua parte sin dall'inizio, era stato il suo unico amico, quando tutto era andato a puttane.

Se fosse stata pronta ad avere un amante quando si erano incontrati per la prima volta, sapeva che si sarebbero ritrovati a letto. Quando fu pronta, però, erano passati allo stadio in cui avevano bisogno l'uno dell'altra più come amici che per un'avventura casuale.

Quell'uomo lavorava come un cane e l'aveva protetta quando nessun altro l'avrebbe fatto.

Ora sembrava che avrebbe dovuto farlo di nuovo.

"Marsha e Todd mi hanno chiamato", sussurrò. Non doveva sembrare forte per Rodney... proprio come non ne aveva bisogno vicino ad Austin.

Avrebbe affrontato quel pensiero più tardi.

"Accidenti. Ma c'è l'ordine di protezione."

Lei scosse la testa. "Non importa. Non hanno chiamato

dal loro numero e io non l'ho registrato. Cosa posso fare? Non mi interessa più, Rodney. Voglio solo andare avanti."

Emise un sospiro e Sierra avrebbe voluto lanciare il telefono. "Non sarà facile, tesoro."

"Cosa stanno facendo ora?"

"Hanno provato a fare cause penali fino alla nausea, e non ha funzionato. Non hanno altre carte da giocare. Ora stanno attraversando i tribunali civili e stanno cercando di trovare un modo per fartela pagare. Se non riescono a farti finire in prigione, cercheranno di toglierti tutto quello che hai."

"L'Eden," sussurrò lei.

"L'Eden. Accidenti. Mi dispiace. Sto lavorando quanto posso, ma non so se riuscirò a impedire che la cosa finisca in tribunale. Se si basano sul danno emotivo a se stessi piuttosto che su quello che è successo a Jason e trovano un giudice comprensivo, potrebbero finire per portarti via l'Eden."

Il suo stomaco si ribellò, ma Sierra riuscì a tenere dentro il pranzo. Oddio, il suo pranzo? Sembravano passati secoli da quando si era seduta con Austin e aveva visto il suo viso e quegli splendidi occhi azzurri.

"Cosa faremo?"

"Cercherò di trovare un modo per risolvere questo problema, Sierra."

"E se non puoi?"

"Solo perché potrebbero portarlo in tribunale - onestamente, non hanno più carte legali da giocare - non significa che vinceranno."

"Hanno perso il figlio, Rodney."

"Anche tu l'hai perso," ribatté. "Hai perso molto di più." Emise un respiro. "Mi dispiace. Ci sto lavorando e ti terrò aggiornata. Vivi la tua vita, Sierra. Prova a trovare un modo per farcela. Va bene?"

"Ci proverò." Si salutarono e chiusero la conversazione.

Sembrava che il passato non l'avrebbe mai abbandonata. Sarebbe sempre stato in agguato dietro l'angolo, come un'ombra. Abbassò lo sguardo sui suoi registri e scosse la testa. Quella sera non sarebbe stata in grado di pensare. Avrebbe dovuto rimandare all'indomani.

Sarebbe andata a casa, si sarebbe fatta un bagno, avrebbe bevuto un bicchiere di vino e avrebbe cercato di dimenticare i suoi problemi per un momento. Un momento, no, non poteva farlo. Austin l'aspettava a casa sua.

"Sierra?"

Parli del diavolo e ne spuntano le corna.

Alzò lo sguardo su Austin e perse il controllo. Le lacrime le scesero lungo le guance e si lasciò sfuggire un singhiozzo. Lui le fu vicino in un istante.

"Oh, piccola, cosa c'è che non va?" La prese in braccio come una piuma, la tenne al petto prima di sedersi sulla sua sedia. La sedia cigolò, Sierra pregò che non si spezzasse sotto il loro peso.

Austin cercò di farla calmare, Sierra piangeva, mentre lui la baciava dolcemente e faceva scorrere le mani lungo il suo fianco.

"Mi dispiace", gli sussurrò, quando ebbe finito di piangere.

"Piccola, dimmi cosa c'è che non va."

"Io…" Avrebbe capito. Gli avrebbe detto tutto. Aveva visto le sue cicatrici, ma non gliel'aveva mai chiesto. Si era fidato di lei, glielo avrebbe detto prima o poi, era arrivato il momento giusto.

"Non voglio parlarne qui. Andiamo a casa tua e poi possiamo parlare."

Austin le scrutò il viso e poi annuì. "Non voglio che

guidi, va bene? Quando avranno finito, Maya e Jake porteranno la tua macchina a casa, se ti va bene. Prenderemo la tua roba e poi andremo a casa mia."

Lei annuì, sentendosi svuotata. "Te lo dirò, Austin. Ti dirò tutto."

Li le spostò una ciocca di capelli dietro l'orecchio. "Va bene, allora. Andiamo a casa."

Casa.

Le piaceva quel suono.

Pregava solo che, dopo aver raccontato ad Austin tutta la sua storia, lui non le avrebbe chiesto di andarsene.

Il mondo poteva anche essere andato in frantumi intorno a lei, in passato, ma se Austin l'avesse mandata via, sapeva che non sarebbe più stata la stessa.

Capitolo 11

AUSTIN LASCIÒ CHE IL SAPORE DI LUPPOLO DELLA SUA birra gli scendesse in gola, mentre guardava Sierra fuori sulla sua veranda che si appoggiava all'apertura delle porte scorrevoli di vetro. Era in piedi vicino la ringhiera, i capelli sciolti e mossi dal vento. Il sole stava tramontando e l'arancione e il rosa nel cielo ricordarono ad Austin perché amava la sua casa e la sua città.

Era circondato dalla natura, ma poteva fare due minuti di auto e trovare la civiltà.

In quel preciso momento, avrebbe voluto stringere Sierra al suo fianco e proteggerla dal mondo. Qualcosa l'avesse spaventata, quel giorno. Qualcosa di così brutto che le aveva fatto perdere il controllo. Non aveva battuto ciglio, quando lui le aveva portato via le chiavi della macchina e l'aveva accompagnata a casa sua. Aveva impacchettato le sue cose mentre lei gli diceva quello che voleva. Austin le aveva impedito di alzare anche solo un dito.

Il fatto che lei lo avesse ascoltato la diceva lunga.

Ordinarono cinese e se lo fecero consegnare a casa,

entrambi mangiarono solo il proprio cibo. Austin non voleva farle pressioni per farsi dire cosa l'avesse spaventata, dopo pranzo, ma se Sierra non cominciava a parlare, lui avrebbe insistito.

Austin era un dominante in camera da letto, non nella vita di tutti i giorni, ma dato che lei sembrava così persa, così affranta, lui avrebbe fatto tutto il necessario per tenerla al sicuro.

Sierra Elder era arrivata a significare per lui più di quanto avesse ritenuto possibile, in così poco tempo.

Al diavolo.

Posò la birra sul tavolo e poi la raggiunse. Quando le appoggiò la fronte alla schiena, abbracciandola, lei si appoggiò a lui. Sierra alzò la testa e lui le prese la bocca in un bacio tranquillizzante.

"Cos'è successo dopo pranzo, piccola?"

Sierra si voltò tra le sue braccia e poi gli mise le proprie intorno alla vita. Lui non esitò, l'abbracciò forte, appoggiandole la guancia sulla testa.

"Non so come iniziare."

Austin si tirò indietro, poi le tirò la mano, prese la sua birra e la condusse in soggiorno. Lui si sedette sul divano e la prese in grembo.

"Inizia da subito dopo pranzo. Chi ti ha infastidito?"

Lo guardò sbattendo le palpebre, poi sbuffò. "Oh, beh, prima che mi addentri in quella, diciamo, parte negativa, qualcuno è entrato dopo pranzo e mi ha infastidito."

Austin strinse gli occhi. "Chi?" ringhiò.

"Ora non impazzire perché ho gestito questa parte da sola. Pensavo solo che dovessi saperlo."

"Chi?"

"Shannon."

"Quella fottuta puttana. Cosa ti ha detto?" Merda. A questo punto avrebbe chiamato la polizia e ottenuto un ordine restrittivo. Lui poteva sopportare Shannon benissimo, ma a nessuno era permesso disturbare Sierra. A nessuno.

"Si è messa a spifferare che eri suo e tutte stronzate del genere. Non mi ha dato fastidio, a parte che era nel mio posto di lavoro. L'ho gestita io, Austin. Onestamente penso che sia solo annoiata e se ne andrà quando troverà qualcosa di nuovo. Ha solo bisogno di qualcosa da fare - o in questo caso di qualcuno da farsi. Non preoccuparti."

Austin le accarezzò la guancia con il pollice, incazzato che il suo passato stesse venendo fuori a disturbare il suo presente. "Non ho così tante ex, ma sembra che una stia cercando di rovinare tutto."

"Ci prova, ma non ci riesce." Si annoierà quando verrà ignorata e andremo avanti. A questo proposito, hai altre ex di cui dovrei sentir parlare?"

Austin arrossì leggermente. "Ehm, non proprio. Non ho notizie da nessuna di loro. Penso che Maggie sia in città, ma sono passati anni dall'ultima volta che l'ho vista. La maggior parte di loro sono sposate, credo. Voglio dire sposate adesso. Non che fossero sposate quando stavamo insieme. Insomma, hai capito."

Sierra gli baciò la guancia barbuta. "Capisco." Poi fece un sospiro e Austin si irrigidì. "Ora, riguardo al mio ex."

"Jason?"

Lei annuì. "Jason. Accidenti. Ok, quindi conosci un po' il mio passato con lui in termini di relazione, e hai visto le mie cicatrici."

Sierra chiuse gli occhi, Austin rimase immobile. Se si fosse mosso o avesse fatto anche il minimo rumore, lei avrebbe potuto smettere di parlare, mentre Autin sapeva che doveva farla parlare.

Non solo per lui, ma anche per se stessa.

"C'è un legame."

"È lui che ti ha fatto questo?" gridò Austin.

Gli occhi di Sierra si aprirono e lei scosse la testa. "Non nel modo in cui pensi. Abbiamo avuto un incidente. Ed è stata colpa mia. L'ho ucciso."

Il cuore di Austin si fermò.

"Tu cosa?" Lui scosse la testa. "Dimmi tutto. Raccontami cos'è successo e perché pensi di averlo ucciso. Dimmi come tutto questo si collega al modo in cui ti ho trovata nel tuo ufficio, oggi."

"Aveva una vecchia Harley che amava", disse poi si leccò le labbra.

"In moto", mormorò. "Oh dannazione."

"Si. Dannazione."

I loro occhi si incontrarono e lui dovette trattenere un respiro. La forza che le vide nell'animo gli fece desiderare di tenerla stretta per non lasciarla andare mai più. Sierra poteva anche sentirsi debole, ma si sbagliava. Austin avrebbe fatto tutto ciò che era in suo potere per assicurarsi che lei lo capisse.

"Andavamo in moto ovunque", proseguì Sierra. "Eravamo giovani, innamorati, spensierati. Sai com'è."

Non proprio, ma il groppo ardente di qualcosa in cui avrebbe preferito non entrare iniziò a stringersi dentro di lui. "Quanti anni avevi?"

Gli fece un sorriso triste. "Diciannove." Quando i suoi occhi si spalancarono, lei sbuffò. "Si. Lo so. Diciannove anni e innamorati. Eravamo entrambi al college e ci stavamo per laureare in economia. Lui avrebbe lavorato per suo padre e io avrei aperto la mia boutique, avremmo avuto dei bambini e avremmo fatto dei giri in moto al tramonto. Dannazione, quei sogni erano così grandi, per due adolescenti, ma pensavo che si potessero realizzare. Pensavo davvero che avremmo potuto conquistare la nostra parte di mondo e vivere felici e contenti."

Jason a quell'epoca era al centro della sua vita. Sierra era di nove anni più giovane di lui, qualcosa a cui Jason non aveva mai veramente pensato, ma era innamorata e viveva in un modo che Austin non avrebbe mai capito.

Ora che era nella sua vita, però, Austin stava appena iniziando a comprendere quel tipo di sentimento, quel tipo di bisogno, ma non era il momento di soffermarsi su questo, non quando era immersa nel passato, con l'uomo che aveva amato prima di lui.

"Stavamo bene insieme. Almeno così pensavo."

"Cosa intendi?"

"I miei suoceri, beh, quelle persone che consideravo miei suoceri, anche se con Jason eravamo solo fidanzati e non sposati, loro mi odiavano."

Le prese il viso. "Come potrebbe qualcuno odiarti?" L'ironia che anche lui aveva cercato di odiarla prima ancora di incontrarla non gli sfuggì, ma quello era stato il suo stesso pregiudizio.

Alzò gli occhi al cielo. "Non ero abbastanza brava per il loro prezioso bambino. Avevano soldi. Un sacco di soldi. E io no. Vengo dalla classe media. I miei genitori si davano da fare per procurarmi i soldi per il college, e io lavoravo anche per pagare vitto e alloggio. L'Università del Colorado è costosa."

Austin annuì. Lo sapeva, anche se non era mai andato al college. Tutti i suoi fratelli e le sorelle che erano andati avanti con la scuola erano andati lì. Lui aveva preso lezioni di economia alla University of Colorado Denver, la sezione locale della stessa università, in preparazione all'apertura della Montgomery Ink, ma niente di più. Non aveva mai sentito il bisogno di studiare di più e, onestamente, ancora non lo aveva.

"I miei genitori erano più grandi quando mi hanno avuto e sono morti circa cinque anni fa. Mio padre ha avuto un attacco di cuore e mia madre tre mesi dopo ha avuto un aneurisma cerebrale. Quindi ora sono tutta sola, ma sono andata un po' fuori strada."

Austin le prese il viso. Così tante perdite in così poco tempo. "Mi dispiace piccola. Mi dispiace tanto."

Lei chiuse gli occhi e si chinò su di lui. "Sto bene adesso. So che stanno insieme e avevo iniziato ad andare avanti, ma ora sto divagando." Fece un respiro profondo. "Allora Jason. Lui. Uscivamo insieme nei fine settimana quando non lavoravo. Lui non doveva lavorare poiché i suoi genitori si prendevano cura di lui. L'ho odiato un po' in quel momento, dato che poteva andarsene a fare quello che voleva mentre io dovevo farmi il culo facendo la cameriera, ma non mi dava molto fastidio. Il denaro non mi importava, dovevo solo risparmiare un po'. Jason era sempre un po' viziato, lo capisco ora, ma non poteva farci niente. Non con il tipo di genitori che aveva." La sua bocca si contorse in un sorriso ironico.

"Mi odiavano. Mamma mia, come mi odiavano Marsha e Todd. Ancora oggi mi odiano. Non solo pensavano che non fossi all'altezza di loro figlio, ma proprio prima che morisse, hanno scoperto la nostra relazione dominante/sottomessa."

"Merda," mormorò. Poteva solo immaginare come avessero reagito. Molte persone non capiscono quello stile di vita. Lui non usciva allo scoperto, a meno che non si fidasse delle persone, perché non voleva danneggiare la sua famiglia e i suoi affari.

"Si. Merda. Mi hanno chiamato puttana e hanno detto che stavo abusando di lui. Dissero che ero una pervertita malata che doveva essere picchiata, quindi dovevo aver contagiato il loro povero figlio e averlo costretto a frustarmi. Sono persino andati dalla polizia dicendo che l'avevo costretto a tagliarmi e soffocarmi." Fissò Austin stringendo gli occhi. "Non ho mai avuto la passione per giochi di soffocamento o di sangue. Non mi incuriosiscono nemmeno oggi, ma sono andati dalla polizia con le cose più tabù che potevano trovare su Internet e hanno cercato di escludermi dalla vita di Jason."

"Fottuti bastardi." Prendere qualcosa di così prezioso tra un dominante e un sottomesso e renderlo pubblico in quel modo? Cazzo, non sapeva cosa avrebbe fatto, ma non sarebbe stato carino.

"Infatti. I poliziotti non potevano fare niente, per fortuna. Jason e io siamo stati aperti e onesti con loro, e siamo stati fortunati nel fatto che anche uno dei poliziotti fosse un dominante. Si è preso cura di noi e ha tenuto gli occhi aperti, nel caso Marsha e Todd provassero una tattica diversa."

"Grazie a Dio."

"Esatto, vero? Quindi, ecco la parte negativa." Scosse la testa come se cercasse di ripulire le ragnatele. "Ci siamo presi un giorno libero per andare fino al confine di Pike's Peak. Non ci piaceva andare fino in fondo, perché era dannatamente pericoloso e freddo, ma ci piaceva il viaggio attraverso le sorgenti e cose simili."

"Capisco." Continuando a farla parlare, alla fine sarebbe arrivata alla parte brutta e poi al motivo per cui era andata fuori di testa, quando l'aveva trovata nel suo ufficio. Gesù, anche con quello che gli aveva detto, era abbastanza per far venire un crollo a chiunque.

"Quindi eravamo sulla via del ritorno e il sole era tramontato, avevamo le luci accese e gli occhiali con la visione notturna, per il vento e contro l'abbagliamento. Avevamo persino i caschi, anche se Jason odiava il suo. Non l'avrei mai fatto salire sulla moto senza casco o senza tuta protettiva, durante un lungo giro. Allora ero un po' insolente, quindi facevo a modo mio."

Lui non le fece notare che era ancora fatta così, ma a lui piaceva così. Non voleva una donna zerbino nella sua vita; voleva una donna fuoco e ghiaccio.

"Cos'è successo, piccola?"

Sierra chiuse gli occhi e sussultò, come se stesse rivivendo qualunque cosa fosse accaduta. La avvicinò, appoggiando le labbra sulla sua fronte. Con la mano le accarezzò la schiena, facendole sapere che era lì.

"Eravamo in una strada laterale, andavamo verso l'autostrada, non volevamo affrontare tutte le strade secondarie al buio. C'erano un paio di macchine, ma non così tante, dato che non era l'ora di punta ed era il fine settimana. Era stata una giornata meravigliosa, un viaggio fantastico. Ci eravamo fermati a pranzo e avevamo persino fatto l'amore nella foresta durante il tragitto. Ci hanno quasi beccati ma siamo stati fortunati. Era davvero una giornata perfetta. Avevo appena avvolto il mio braccio intorno alla sua vita e gli avevo gridato che lo amavo. Sai che non non si sente nulla controvento, così l'avevo gridato. Proprio nel suo orecchio."

Fanculo. Non voleva sentire il resto perché questo significava che lei avrebbe dovuto raccontarlo, ma entrambi dovevano andare fino in fondo.

"Jason si è girato verso di me e glielo ho urlato di nuovo. Non avrei dovuto, ma non stavamo pensando. Eravamo solo... felici."

Una lacrima solitaria le scivolò lungo la guancia e lui la baciò. Non voleva vederla piangere, non voleva vederla soffrire, ma non poteva portare via la sua sofferenza con un bacio.

"Non abbiamo visto i binari del treno se non quando era ormai troppo tardi."

"Cazzo, hai…"

"Non c'era un treno, ma i binari erano in diagonale

rispetto alla strada. Quindi, invece di superarli in trasversale, dato che la moto andava forte, abbiamo attraversato i binari nel modo sbagliato e hanno catturato le ruote. La moto è caduta e siamo volati via entrambi. Io ho slittato lungo il lato destro della strada e mi sono strappata la tuta. Jason è finito nel traffico in arrivo."

Buon. Dio.

"Un camion diretto verso l'autostrada lo ha colpito a tutta velocità. Non aveva via di scampo. Le gomme posteriori hanno sbattuto contro la moto e hanno causato un'esplosione. Mi ero appena girata per guardare il mio fidanzato che moriva, investito da un camion, quando delle parti della moto in fiamme mi sono arrivate contro il fianco. Era solo una parte della moto, ma le ustioni e l'impatto... tre costole schiacciate e uno dei polmoni lacerato. Non ricordo molto dopo."

"Oh piccola, ma cazzo." La tenne dolcemente stretta, come se fosse ancora distrutta come il giorno dell'incidente, dieci anni prima.

Sierra lo avvolse con le braccia e si tenne stretta, più forte di quanto lui la tenesse. Prendendolo come un incoraggiamento, Austin la strinse più forte, non volendo mai lasciarla andare.

Le spalle di Sierra tremavano, mentre singhiozzava tra le sue braccia, Austin sentì le lacrime che gli rigavano il viso, fin nella barba. Era così giovane e così fottutamente fortunata ad essere sopravvissuta a quell'episodio. Per dover guardare il suo fidanzato morire in quel modo... diavolo... non sapeva come fosse sopravvissuta.

"Sei così fottutamente forte, Sierra. Sei sopravvissuta e sei ancora qui. Per farlo... piccola, sei così fottutamente forte," ripeté.

Lei si tirò indietro, con lo sguardo confuso, prima di baciarlo dolcemente. "Grazie. Non lo sento sempre, e allora credevo di essere debole. Questo è quello che continuavo a ripetermi più e più volte. È quello che dicevano Marsha, Todd e i loro avvocati."

"Non sei mai stata debole."

"Grazie", sussurrò, poi si schiarì la gola. "Jason è morto sul colpo nell'impatto contro il camion. Era ancora vivo quando arrivava il camion, perché ricordo che mi guardò un'ultima volta, ma morì subito dopo, secondo i medici. Io sono stata tenuta in coma farmacologico per quattro giorni, prima di svegliarmi."

Austin le fece scorrere la mano su e giù per la schiena, sentendosi impotente. Non sapeva come sopportare quel dolore, ma poteva fare del suo meglio per confortarla.

"Ci sono voluti mesi di interventi chirurgici, innesti cutanei e agonia, prima che potessi lasciare l'ospedale e senza un'infermiera a casa. A quel punto, avevo lasciato il college ed ero tornata a vivere con i miei genitori."

Sierra si morse il labbro e poi scosse la testa. "Alla fine ci sono tornata e mi sono laureata, ma ci è voluto molto più tempo di quanto avessi programmato. I miei genitori sono morti prima che potessero vedermi laureata."

"Oh, piccola."

"Lo so, ma sono stati presenti quando ne avevo davvero bisogno. Non solo per la guarigione e per la riabilitazione. Vedi, è stato un incidente, secondo i poliziotti. All'inizio."

Incontrò il suo sguardo e Austin trattenne una maledizione.

"Te l'avevo detto che Todd e Marsha avevano tanti soldi. Bene, hanno usato quei soldi per curare il loro dolore e hanno trovato un giudice che ha esaminato il loro caso. Hanno fatto tutto il possibile per farmi accusare, ritenendomi responsabile della morte di loro figlio. Hanno anche tentato di citare in giudizio il pilota del camion, anche se non aveva fatto nulla di male. Lui ha chiamato la polizia e mi ha salvato la vita, facendo pressione sulle mie ferite, ma ai genitori di Jason non importava. In effetti, penso che abbiano incolpato quell'uomo per avermi salvato la vita."

"Ma stai scherzando?"

Lei scosse la testa. "No. Non sto scherzando. Hanno detto apertamente che sarei dovuta morire io in quell'incidente, non lui. Hanno sostenuto, convincendo il giudice, per soldi o per idiozia, che se non avessi costretto Jason a seguire il mio stile di vita, avrebbe avuto la mente sufficientemente lucida per non morire in moto. Hanno spifferato a tutti quelli che potevano che dovevo aver fatto qualcosa, sul retro della moto - un atto sessuale o violento, a seconda di chi era dei due a parlare, Marsha o Todd - per causare l'incidente. Sono andati avanti incessantemente, cercando di farmi condannare."

"Niente di tutto ciò poteva riportare in vita loro figlio", disse Austin.

"Lo so. Anche poliziotti lo sapevano. Tutti gli altri giudici lo sapevano. Non siamo mai andati in tribunale, grazie a Dio. Non avevano basi legali. Ci sono voluti anni e molte minacce, ma finalmente sono riuscita ad andare avanti. A quel punto, i miei genitori erano morti e avevo cicatrici sul mio corpo che non erano profonde quanto quelle del mio cuore. I poliziotti sulla scena hanno stabilito che si trattava di un incidente e, nonostante le loro conclusioni, a me è servito molto tempo per accettarlo. In effetti, ogni tanto mi capita di non crederci ancora oggi. Mi sento ancora come se fossi stata io ad ucciderlo."

Austin le prese il viso tra le mani, la rabbia gli scorreva nelle vene per la situazione e per l'idea che lei potesse avere quei pensieri, incolpandosi per qualcosa di così fuori dal suo controllo, era pazzesco.

"Non hai fatto niente di sbagliato. Amavi un uomo e avete avuto un incidente."

"Non è tutto", sussurrò, il suo sguardo cupo costrinse Austin a trattenersi.

"Che cosa?"

"Ero incinta quando siamo caduti."

"Cazzo," grugnì lui, poi la strinse a sé. "Oh, piccola. Mi dispiace così tanto."

"Non lo sapevo in quel momento e ho perso il bambino a causa del trauma. Quando i genitori di Jason lo hanno scoperto - ero stata drogata a causa del dolore e mi è sfuggito - hanno incolpato me anche per quella morte. Ho perso il nostro bambino e Jason nello stesso giorno, poi i suoi genitori hanno aggravato l'intera situazione."

"Mi dispiace così tanto, Sierra. Non ci sono parole, eppure tutto quello che voglio fare è stringerti e cercare di alleviare la tua sofferenza."

"Lo so. E il fatto che tu sia qui a stringermi la allontana, in qualche modo. Non ne ho mai parlato a nessuno, non alle ragazze al lavoro, nemmeno a Hailey, anche se lei sa qualcosina." Si guardarono negli occhi, Sierra tirò indietro le spalle. "Non so se potrò rimanere di nuovo incinta, Austin. Non so se ci saranno bambini nel mio futuro."

Austin emise un respiro tremante. Sì, voleva dei bambini, e più tempo trascorreva con Sierra, più pensava che fosse quella giusta per lui, ma c'erano altri modi.

"Quando e se arriveremo a questo, ce ne occuperemo", disse dolcemente. "Ci sono altri metodi per avere figli e non ti lascerò a causa di qualcosa che potrebbe non accadere. Mi hai capito?"

"Ti capisco", sussurrò.

"Bene. Ora dimmi come questo si collega a come ti ho trovata al lavoro oggi."

Sierra sospirò, poi gli raccontò della telefonata e di ciò che aveva detto il suo avvocato. Ogni nuova informazione faceva sempre più arrabbiare Austin, che dovette dar fondo a ogni sua energia per non stringere troppo i pugni, finendo per far male a Sierra nel perdere il controllo.

"Mi stai prendendo in giro."

"No. Non è finita e questo mi fa incazzare."

"Bene, una Sierra arrabbiata è meglio di quella che pensa di non poter fare nulla. Mi piace quando sei tutta ghiaccio e hai il mento alzato. Allora puoi affrontare il mondo."

Gli occhi di Sierra si riempirono di lacrime e Austin desiderò per un attimo rimangiarsi quelle parole. Forse era stato troppo onesto.

"Questa è una delle cose più belle che mi hai detto." Lei sbuffò. "So che suona folle, ma il fatto che tu creda in me significa così tanto."

La baciò dolcemente, poi si ritrasse in modo che fossero faccia a faccia. "Certo che credo in te. Hai sopportato così tanto e non ti sei mai arresa. E una cosa, non sei sola. Hai capito? Hai me e i Montgomery dalla tua parte. Non lasceremo che questi bastardi ti feriscano. Sei mia, Sierra Elder, e non ti lascerò andare."

Non aveva mai detto quelle parole a un'altra persona prima, sapeva che un giorno, presto, le avrebbe detto anche le altre tre parole che non aveva mai detto a qualcuno che non fosse la sua famiglia.

"Io... grazie", sussurrò Sierra.

"Qualsiasi cosa per te, Sierra. Sappilo. Farò qualsiasi cosa tu abbia bisogno che io faccia." Compreso uccidere quei bastardi che pensavano di poterti ferire.

Lo guardò dritto negli occhi, sollevando il mento. "Rendimi tua, Austin."

Si bloccò. "Che cosa?"

"Hai fatto così tanto per me, ma io non ho mai fatto niente per te."

"Sierra, il solo fatto di essere te stessa è abbastanza per me."

Lei scosse la testa. "No, voglio dire che non ti ho mai servito. Voglio portare la nostra relazione al livello successivo. Voglio prendermi cura di te nel modo in cui entrambi abbiamo bisogno. Voglio che anche tu faccia ciò di cui hai bisogno. Voglio trovare quella fiducia e lavorare per qualcosa di più."

Nessuna parola era stata più dolce per le orecchie di Austin.

C'era solo una cosa da dire.

"Inginocchiati"

Capitolo 12

SIERRA FU SORPRESA PER UN ISTANTE - NON AVERLO FATTO
per così tanto tempo era scioccante - prima di scivolare
dalle ginocchia di Austin sul pavimento. Lui le aveva ordinato di inginocchiarsi, e solo quella parola le aveva fatto
venire i brividi lungo la schiena.

Sierra si era aperta a lui come non aveva fatto con
nessun altro, e adesso voleva qualcosa di più. Dallo
sguardo che aveva Austin, si capiva che anche lui lo voleva.

Paura e ansia avrebbero dovuto scorrerle nelle vene, al
pensiero di donare il suo corpo e la sua anima a un altro
uomo, ma non era così. Al contrario, erano la voglia e il
desiderio che ardevano dentro di lei ad aver acceso quella
torcia che pregava non si estinguesse mai.

Ancora vestita, affondò le sue ginocchia sul pavimento,
con le gambe divaricate e i palmi delle mani sulle cosce.
Aveva il mento sollevato e lo sguardo rivolto verso il basso.
Normalmente, sarebbe stata nuda, ma visto che era la
prima volta che avrebbero fatto qualcosa di questo genere
insieme, avrebbero iniziato un passo alla volta.

Le sue tette dolevano per il tocco di Austin, la sua figa

era bagnata e pronta per lui non appena l'avesse voluta. Sierra pensava che, dopo tutto quello che gli aveva appena detto, non sarebbe mai stata pronta per lui in così poco tempo, ma era più forte di lei.

Sierra voleva Austin Montgomery.

E lo voleva adesso.

Austin si alzò in modo da trovarsi davanti a lei. Le prese la guancia, portandole lo sguardo su di lui. "Sei bellissima, Sierra. Con il regalo che mi hai fatto... mi prenderò cura di te. Capisci?"

Sierra annuì.

"Hai capito?"

"Sì, Austin. Ho capito."

"Bene. Hai detto che volevi servirmi, giusto? Dimmi esattamente cosa intendi con questo. Durante questa prima volta, visto che ci stiamo ancora conoscendo, parleremo di ogni cosa prima di farla. Prima o poi ci conosceremo talmente bene che le parole non saranno più necessarie, ma per adesso, ho bisogno che tu mi dica cosa vuoi."

"Sì, Austin." Sierra si leccò le labbra. "Voglio leccarti il cazzo e servirti."

Austin non sorrise, ma nei suoi occhi si leggeva chiaramente la sua eccitazione. "Bene. Voglio la tua bocca sul mio cazzo. Cos'altro desideri? Cosa vuoi che faccia con il tuo corpo?"

Tutto? No, non poteva rispondergli così. Doveva essere specifica.

"Voglio che giochi con i miei capezzoli."

Austin spostò la mano sul seno di Sierra, afferrandolo delicatamente, ma tenne lo sguardo puntato su di lei. "Posso farlo senza problemi. Vuoi fare qualcosa di più forte?" Sierra annuì. "Bene. Ti metterò le pinze ai capezzoli. Voglio vedere i tuoi capezzoli arrossati. Voglio vedere le tue pupille dilatate come se te li stessi strappando e se dovessi succhiarli per lenire le ferite."

Buon Dio, quest'uomo era bravo a dire delle porcate.

"Cos'altro vuoi, Sierra?"

"Io… voglio che tu mi frusti."

Ecco. L'aveva detto. Dopo tutto quello di cui avevano parlato, Sierra aveva bisogno di sentire il cuoio sulla sua pelle. Austin le aveva detto che era un Dio con la frusta, ma non l'avevano mai fatto fino ad allora. Oh quanto voleva la sua attenzione unicamente su di lei, mentre la frustava dolcemente.

Austin ringhiò leggermente, e lei si bagnò ancora di più.

"Voglio vedere i miei segni sul tuo corpo." Le pupille di Sierra si allargarono, mentre lui stringeva gli occhi. "I segni che ti lascio non sono come le tue cicatrici, Sierra. Il mio segno sarà qualcosa solo per noi, qualcosa da desiderare, da *sentire*." Sierra lasciò andare un sospiro e lui annuì. "Frusterò la tua schiena, i tuoi fianchi, il tuo culo. Voglio vedere quanto rossa diventi prima che lenisca il tuo dolore scopandoti forte. Farò tutto ciò, dopo che tu mi avrai succhiato il cazzo e avrai ingoiato il mio sperma." Austin ritirò la mano dalla sua guancia e lei si sentì smarrita.

"Slaccia i miei pantaloni e tira fuori il mio cazzo. Prendilo in mano, ma non lasciare che le tue labbra lo tocchino."

Nervosa, Sierra guardò oltre le finestre aperte che coprivano il muro dal pavimento al soffitto.

La mano di Austin affondò nei capelli di Sierra, avvolgendoli nel suo pugno. Li tirò. Forte. "Non guardare le finestre. Non ti ho detto di farlo. Ti ho detto di tirar fuori il mio cazzo. Nessuno può vederci, anche se fuori è buio e ci sono le luci accese. Le finestre sono oscurate in modo che noi possiamo vedere fuori, ma gli altri non possono vedere dentro. Se pensi che possa lasciar qualcun altro vederti inginocchiata davanti a me, mi manchi di rispetto."

I suoi occhi si riempirono di lacrime al pensiero di aver già rovinato tutto. Non era più abituata a quel tipo di cose, e Austin era così diverso da Jason.

Merda.

Jason non poteva essere ancora nei suoi pensieri. Lui non c'era più, e lei voleva servire Austin. Così, gli slacciò velocemente il bottone dei jeans e aprì la zip. Indossava dei boxer attillati, e visto che aveva già avuto un'erezione, non voleva fargli del male.

Gli posò le mani sulla cinta dei jeans e li fece scivolare sotto il suo culo, per avere una migliore visuale. Poi prese i suoi boxer e fece lo stesso. Il suo cazzo saltò fuori, quasi colpendole il viso.

Se la situazione fosse stata diversa, avrebbe riso, ma tutto quello che voleva era assaggiare il suo cazzo e sentirsi riempita da lui. Amava il cazzo di Austin. Amava la sua forma, la sensazione che le dava quando era nelle sue mani, nella sua figa. Voleva scoprire il suo gusto. Non le aveva ancora permesso di farlo, e ora ne avrebbe avuto la possibilità.

Sierra si leccò le labbra e poi mise la mano sul suo cazzo duro. Quando vide che il suo pollice e il suo dito medio non potevano toccarsi, le sue pupille si dilatarono. Sapeva che era grande, lo aveva sentito, ma diavolo, era notevole.

"Brava ragazza. Adesso muovi la tua mano su e giù. Senti ogni centimetro del mio sesso. Dopo metti l'altra mano sulle mie palle."

Desiderosa di accontentarlo, fece quello che lui le aveva ordinato, adorando quella sensazione morbida ma dura allo stesso tempo.

"Metti la punta del mio cazzo sulla tua lingua. Solo la punta."

Sì. Era proprio quello che le era mancato. Aprì la sua bocca e fece posare la punta del suo cazzo sulla sua lingua. Continuò a tenere le sue mani sul suo cazzo, visto che lui non le aveva detto di smettere.

"Succhiamelo."

Sierra chiuse la sua bocca e iniziò a succhiarlo, facendo scorrere la punta della lingua sull'estremità del suo cazzo e, poi, lungo la sua fessura. Austin trattenne un respiro e lei capì che a lui piaceva.

"Ingoialo più che puoi e poi ritirati. E poi continua. Fammi diventare duro più che puoi, fino a quando starò per venire. Servimi."

Sierra trattenne un gemito e poi aprì la bocca, lasciando la mascella aperta. Ingoiò il suo cazzo per quanto poteva, prendendolo giù fino alla gola, ma non riuscì a metterlo tutto in bocca. Quando si ritirò, lasciò che i suoi denti lo accarezzassero delicatamente, non troppo forte. Austin sibilò, e lei trattenne un sorriso.

"Non ti viene da vomitare?" grugnì lui.

Lei si tirò indietro, lasciandolo andare con uno schiocco. "Non proprio."

"Cazzo, ci divertiremo tantissimo."

Sierra incontrò il suo sguardo e sorrise. "Ci conto."

Lui le avvolgeva ancora i capelli con la mano, l'avvicinò ancora di più al suo cazzo. Sierra lo prese come un comando, e così lo ingoiò di nuovo e poi si ritrasse. Lo leccò, lo mordicchiò e lo baciò, prima di ricominciare tutto di nuovo. Poi spinse il suo cazzo su contro la sua pancia per avere un migliore accesso alle sue palle. Le alzò e le mise nella sua bocca una alla volta, rotolandole sulla sua lingua. Quando Austin gemette, ritornò sul suo cazzo e continuò a succhiarlo. Aumentò il ritmo e strinse le guance, usando tutto quello che poteva per farlo diventare ancora più duro. Quando il primo schizzo di sperma le toccò la lingua, Sierra strinse il suo cazzo con il pugno e poi aprì ancora di più la bocca. Lui gridò il suo nome e le venne in gola. Lei bevve il suo sperma, facendo uscire qualche goccia dalla bocca, senza badarci. Le goccioline le scivolarono lungo il mento, non si era mai sentita più provocante.

Beh, magari sì, ma in quel momento non le importava.

Quando Austin finì di venire, l'allontanò e poi si tolse la maglietta. La usò per asciugarle il mento e poi si chinò per baciarla.

Un bacio potente.

"Sei una brava ragazza, Sierra. Sei mia."

"Tua, Austin."

Rimase in piedi e poi si rimise i boxer, tendendo la mano verso Sierra. Lei mise la mano in quella di lui e poi si alzò. "Seguimi".

La condusse nel seminterrato, ogni passo che faceva le mandava scosse di brividi e piacere dalla spina dorsale al clitoride. Quando lui la portò in una stanza che non aveva mai visto prima, Sierra trattenne un sussulto. Austin aveva tutto quello di cui avrebbero avuto bisogno nel suo piccolo arsenale privato. Non sembrava chic o costoso, ma sembrava sicuro e così sexy.

"Resta al centro della stanza mentre ti spoglio."

Così fece, stringendole le mani. Il suo petto le faceva male per quanto forte le batteva il cuore. Lui le tolse la maglietta, e lei alzò le braccia per aiutarlo. Poi slacciò il suo reggiseno e le tolse le mutandine, lasciandola nuda sotto il suo sguardo.

Le camminò intorno, esaminandola. Lei non si era mai sentita così nuda con qualcun altro, ma allo stesso tempo così curata e al centro dell'attenzione.

Quando finì di girarle intorno, si fermò davanti a lei,

sorridendole. "Sei bellissima, piccola. Adoro il fatto che non ti radi la figa, ma tagli solamente i peletti. Le tue cicatrici ti fanno sembrare ancora più forte. E i tuoi seni? Cazzo, non vedo l'ora di vederli nelle pinze."

A lei tremavano le ginocchia, mentre lui si allontanava per prendere le pinze da uno dei cassetti su un tavolino. Quando tornò, Sierra ebbe la sensazione di poter raggiungere l'orgasmo in quell'istante. Austin abbassò la testa, mettendosi un capezzolo in bocca. Lo succhiò e stuzzicò fino a quando non fu così duro che lei lo sentì quasi esplodere. Quando ci mise attorno la pinza, lei trattenne un respiro. Oddio, faceva male, ma nel miglior modo possibile. Fece la stessa cosa all'altro capezzolo, e lei si dovette trattenere dal dimenarsi. Era così bagnata che se solo lui avesse guardato, se ne sarebbe accorto. Solo quello la poteva far venire.

La baciò di nuovo, in uno spettacolo di forza e premura allo stesso tempo, mordendole il labbro inferiore mentre si ritraeva. "Vai e mettiti davanti alla croce, verso il muro. Vuoi che ti ci leghi? O sarai così brava da restare ferma?"

Tutte e due le idee la eccitarono. "Posso restare ferma."

Lui alzò un sopracciglio. "Se non lo farai, sarai punita."

In quel momento, avrebbe accettato la punizione, ma voleva vedere se poteva farlo.

Così andò verso la croce e mise le sue braccia sulle doghe, verso il muro. Poteva sentire che Austin stava cercando qualcosa, ma non si poteva girare per guardare. Lui non le aveva dato il permesso.

Quando la coda di qualcosa di morbido e l'odore di pelle le accarezzarono la schiena, sospirò, ma non si mosse dalla croce.

Austin le si mise di fianco e le prese il mento per poterla guardare in faccia. "Questa è la nostra prima volta, quindi invece di sorprenderti o di dirmi cosa cosa ti sto facendo solo al tatto, te lo mostrerò. Questa frusta è fatta con pelle di alce ed è estremamente morbida." Alzò una frusta gialla che sembrava quasi nuova. Doveva aver fatto trasparire qualcosa dal suo sguardo e lui annuì. "È nuova. Ogni cosa con la quale ti toccherò sarà nuova. Sei la prima donna che porto qui in dieci anni."

Lei annuì, i suoi occhi erano pieni di lacrime.

"Oggi ci andremo piano. Non ti lacererò la pelle e non userò nient'altro di ciò che è nella mia mano adesso. Ti ricordi la parola di sicurezza?"

"Sì, Austin."

"Brava ragazza. Girati verso il muro."

Sierra si girò e sentì che lui si spostava dietro di lei. Chiuse gli occhi, in attesa.

Il primo tocco di cuoio contro la carne della sua spalla la sbalordì, seguito dal veloce bruciore del dolore, che piano piano si trasformava in piacere. Austin fece la stessa cosa all'altra spalla, e poi sul fondoschiena, sul culo e sulle sue cosce. Aumentò il ritmo, non colpendo mai lo stesso punto due volte di seguito. Il dolore le dava così tanto calore che arrivava dritto al suo clitoride. Sierra rallentò il respiro, sapeva di avere le pupille dilatate, mentre il dolore si trasformava in piacere.

Ben presto, non si ricordava nemmeno quanto tempo fosse passato, finché non sentì le mani di Austin sulla schiena, sul culo.

"Muoviamoci dalla croce," sussurrò lui.

Sierra si mosse e ondeggiò sui piedi, appoggiandosi sulla presa di Austin. Lui la calmò, baciandola dolcemente, facendo scorrere le mani sul suo corpo. Le tolse le pinze da ogni capezzolo, succhiandoli nella bocca prima che il dolore si facesse sentire.

"Dai, piccola. Sei stata così brava. Sei così sexy adesso con i miei segni su di te."

La prese e la spinse sul suo petto. Lei chiuse gli occhi, lasciando che il suo corpo si rilassasse ancora di più in questa coccola. Quando la mise a letto, lei si distese, le gambe le si aprirono da sole.

Si sentiva così *bene*.

Austin tornò e la pulì con un panno fresco, prendendosi cura di lei come se fosse la cosa più importante al mondo. Le portò anche un bicchier d'acqua, che lei bevve avidamente.

"Non ho mai visto qualcosa di così bello come la tua sottomissione, Sierra. Voglio riempire la tua figa e farti venire. Sei pronta?"

Lei sbattè le palpebre, la sua mente ritrovava pian piano la concentrazione. Non era ancora venuta perchè lui non le aveva ancora toccato il clitoride.

"Sì, Austin. Fammi venire."

Si abbassò, la baciò, e poi le cosparse il corpo di baci fino a raggiungere il suo clitoride. Lo leccò una sola volta e Sierra venne.

Aveva gli occhi spalancati, si dimenava sul letto. Lui la tenne ferma e bevve tutti i suoi umori. Era così bagnata che poteva sentire Austin che le mangiava la figa. Era tutto così eccitante, tanto che Sierra stava quasi per venire un'altra volta. Austin le morse la figa, aprendola con la lingua prima di fotterla con le dita.

Sierra venne di nuovo e quando Austin premette sul suo punto G, i suoi muscoli interni si chiusero attorno alle sue dita.

Quando Austin tolse le dita, lei piagnucolò.

"Mettiti a faccia in giù e sulle ginocchia. Voglio vedere il tuo culo in aria."

Sierra si girò e lui andò a prendere un preservativo. Quando Sierra appoggiò la guancia sul materasso, afferrò la coperta con le mani. Prima di potergli chiedere qualcosa, lui la riempì in un sol colpo. Gridarono entrambi e si bloccarono.

"Cazzo, sei così stretta. Ti scoperò forte. Sei pronta?"

Lei gemette e mugolò, lui le schiaffeggiò il culo. "Hai capito?"

"Sì, Austin."

"Brava ragazza."

Tirò fuori il cazzo e poi lo rimise dentro. Lei urlò il suo nome, la sua figa si stringeva attorno a lui. Austin andava dentro e fuori, tenendola stretta alle cosce. Prima che potesse venire, la alzò per un momento e la girò sulla sua schiena. Sierra rimbalzò, e quando toccò il letto, lui era di nuovo in lei.

"Austin!"

Mise di nuovo il cazzo dentro di lei, Fissandola negli occhi. "Di' ancora il mio nome. Dillo."

"Austin. Austin. Austin," disse il suo nome, poi mugolò nella sua bocca quando lui si appoggiò per baciarla.

Austin diede un altro colpo coi fianchi e lei venne, con il corpo che tremava sotto quello di lui. Austin gettò la testa all'indietro e gridò, riempiendo il preservativo. Quando potè, riposò la sua testa su quella di Sierra, entrambi respiravano rumorosamente.

"La miglior volta. Di sempre," sussurrò.

"Sì, Austin," concordò lei.

Austin sorrise contro la guancia di lei e la strinse forte, avvicinandola. "La mia brava ragazza."

Sì, lo era. Lei era sua.

E niente poteva cambiarlo.

Niente.

Capitolo 13

"Ancora," gridò Austin. "Dì ancora il mio nome."

"Austin," ansimò col corpo curvato, mentre veniva un'altra volta sul suo cazzo.

Le mani di Austin raggiunsero i seni di Sierra, facendo girare i suoi capezzoli tra le sue dita. "Sei mia, Sierra. La tua figa è come una morsa sul mio cazzo e io sto per venire. Sei pronta?"

"Per favore, ti prego, vieni dentro di me."

Austin spinse il suo cazzo dentro di lei ancora una volta, e lei sospirò mentre lui le riempiva la figa. Questa volta senza preservativo. La prima volta senza.

Restarono svegli per ore dopo la loro prima volta nel seminterrato, facendo l'amore e parlando. Parlarono insieme di diversi metodi di contraccezione, e visto che lei prendeva la pillola e nessuno dei due aveva delle malattie, erano pronti a farlo senza. Oggi Austin l'aveva svegliata facendola sedere sul suo cazzo.

Sierra era caduta sulla sua sua punta, e le braccia di Austin l'avevano circondata. Una mano la prendeva per i capelli e l'altra per i fianchi.

"Amo essere dentro di te senza preservativo, spilungona. È la miglior sensazione di sempre."

Lei gli sorrise. "Lo amo anche io."

Era la prima volta che usavano quella parola e lei non lo diede per scontato.

"Lasciami stare dentro di te per un po', poi uscirò e ti pulirò."

"Posso giusto entrare in doccia."

Lui la sculacciò, il dolore la fece sussultare. "Lascia che mi prenda cura della mia donna."

"Sì, Austin."

"Brava ragazza."

I loro scambi erano quasi diventati uno scherzo tra di loro, il modo in cui lei lo pregava. Quel gioco era diventato qualcosa di più sexy dentro di lei, e sapeva che presto si sarebbe dovuta concentrare su quella sensazione. Non in quel momento però. Per ora, non voleva fare nulla, solo godersi il suo giorno libero.

Infatti, aveva già un piano per quel giorno, ma doveva trovare il coraggio di domandarlo ad Austin. Non era qualcosa di negativo, solo qualcosa di monumentale nella sua vita. Come se qualcosa di importante potesse essere "solo" qualcosa di monumentale.

Finalmente, Austin si alzò, facendo uscire il suo cazzo da lei. Sierra tenne le gambe chiuse, cercando di non farlo andar via. Non aveva senso, ma qualche istinto primario la spingeva a volerlo dentro di lei. Che strano.

Tornò nella stanza con un asciugamano caldo e la pulì, con lo sguardo fisso su di lei. "Ti senti bene?"

Sierra sorrise. "Sì. Ti prendi veramente bene cura di me. Lascia che prepari la colazione dopo averti aiutato con la doccia."

Lui si sbilanciò in avanti e la baciò sul lato della bocca. "Anche tu ti prendi bene cura di me, spilungona."

Lei si riscaldò sentendo le sue parole, mentre lui la portava in bagno. Si fecero una doccia *molto* minuziosa, poi lei lo lasciò andare a fare qualche chiamata di lavoro e si diresse in cucina per preparare la colazione. Non era la miglior cuoca al mondo, ma poteva soddisfare i bisogni del suo uomo.

Tutti i suoi bisogni.

Diventò rossa in viso pensando a cosa lei e Austin avevano fatto la sera prima. Non si era mai lasciata andare così, non si era mai fidata di un'altra persona, dopo Jason, dieci anni prima. Anche allora, tuttavia, non era sicura di essersi lasciata andare del tutto.

Se doveva essere onesta con se stessa, avrebbe detto che non si era mai aperta del tutto a Jason. C'era sempre stato quel risentimento residuo tra loro due. Jason non aveva mai avuto un lavoro, ma ne aveva uno pronto da quando era nato. Lei aveva dovuto economizzare ogni centesimo solo per andare a scuola, per permettersi un futuro diverso, per non essere una cameriera per il resto della sua vita.

Nonostante la distanza che Jason metteva tra loro e i suoi genitori, c'erano sempre degli screzi tra le due parti. Jason non aveva mai tagliato i ponti perchè non ne aveva mai avuto il bisogno. Sierra non si fidava di lui a tal punto da considerarlo un punto di arrivo. Adesso che ci pensava, sapeva che tutto ciò avrebbe messo a dura prova la loro relazione fino al punto in cui si sarebbero lasciati. L'idea che potessero portare un figlio in quelle condizioni la spaventò, ma si sarebbe fatta carico del dolore per avere indietro il suo bebè. Doveva sapere che qualcosa non funzionava tra lei e Jason, perchè non si era mai fidata di lui o non si era mai donata a lui come aveva fatto con Austin in una sola notte.

Questo avrebbe potuto spaventarla, ma l'avrebbe presa con calma.

L'aveva trovato.

Non doveva più correre di qua e di là.

Era una ragazzina con Jason, ma non lo era con Austin.

Delle braccia forti le avvolsero la vita, e lei si appoggiò al suo uomo. "Buongiorno," sussurrò, mentre lui le baciava il collo, con la sua barba che la grattava leggermente.

"Buongiorno," mormorò nel suo orecchio. "La colazione ha un profumo fantastico. Omelette?"

Lei annuì e poi si staccò dalla sua presa per non bruciare nessuna omelette, stava finendo di impiattare il tutto. Non poteva concentrarsi quando era nelle braccia di Austin.

"La tua macchinetta del caffè può farne solo uno alla volta, così non ho ancora fatto il tuo. Ho comunque già messo la tua tazzina, così l'unica cosa che devi fare è premere il bottone."

Austin le sorrise e premette il bottone. "Pensi sempre a tutto. Quindi, cosa facciamo oggi? So che devi riempire i registri e anche io devo fare qualcosa legato a delle scartoffie di lavoro, ma non voglio passare l'intera giornata chiuso in casa."

Sierra portò i loro piatti sul bancone e poi si sedette, mentre Austin le spostava la sedia. "Ci stavo proprio pensando. Cosa ne dici di lavorare per qualche ora visto che sono solo le sei? Ci siamo svegliati presto e possiamo lavorare fino alle otto, otto e mezza, prima di uscire."

Austin prese un boccone dell'omelette e gemette. "Che buona omelette, spilungona. Ti dovrò tenere qui solo per queste."

"Vivo per servirti," disse seriamente, poi quasi si soffocò con il caffè, per il modo in cui lui l'aveva guardata.

"Buono a sapersi," sussurrò.

Sierra si schiarì la voce. "In ogni caso, verso le nove più

o meno, se sarai pronto, pensavo che sarebbe una bella idea andare a fare un giro in moto a Estes Park."

Sierra guardò il suo piatto piuttosto che Austin, in modo da non vedere la sua reazione. Il ricordo di come era impazzita la prima volta che lui glielo aveva chiesto al negozio non era ancora svanito.

La grande mano di Austin le si posò sul collo, e lei trattenne il fiato.

"Sei sicura di volerlo, spilungona?"

Lei annuì. "Penso di sì. Voglio dire, lo sapremo ancora prima di lasciare il vialetto, giusto?"

"Non devi dimostrarmi niente."

Lei sorrise. No, non doveva. Non con Austin. Lui l'accettava per come era e lei non avrebbe cambiato quella cosa con niente al mondo. "Lo so. Devo dimostrare qualcosa a me stessa. In più, mi manca andare in moto, Austin. Una volta, ci andavo tutte le settimane, e ora non ci vado da dieci anni. Sono pronta."

Lui cercò di guardarla negli occhi, lei non sapeva perché, ma lui doveva averlo capito. "Ok allora. Non ho così tante scartoffie da trattare, quindi posso preparare la moto mentre finisci. Un giro in moto a Estes Park non è così lontano, ma non è neanche dietro l'angolo."

"Lo so. Voglio ricominciare in grande."

Lui si sporse in avanti e strofinò con le labbra quelle di Sierra. "Ce la faremo, piccola. Ho un casco in più che mia sorella usa quando andiamo in moto, e sono sicuro che ti andrà bene. Dovremo fermarci da Maya e ci faremo prestare una giacca in pelle per te, perchè potrebbe essere freddo in montagna in certi punti."

Sierra pensò alla sorella di Austin e al fatto che le sembrava di non piacere a quella donna. "Perchè Maya?"

Austin ammiccò. "Perché è la persona che vive più vicino a me, e visto che so che non è a casa oggi perchè lavora in negozio, possiamo semplicemente andare a casa sua e prendere quello di cui abbiamo bisogno."

Sierra alzò le mani. "Oh no. Non ruberò mai niente a tua sorella. Una sorella alla quale non piaccio."

I suoi occhi si aprirono. "Perchè lo pensi?"

"Eh, perchè è sempre un po' sarcastica con me."

"Lei è Maya. Lei vive di sarcasmo. È come ossigeno per lei. Le piaci. Se non le piacessi, non ti avrebbe fatto venire nel retro con me," le disse sorridendo. "Non che avessi pensato che potesse bloccarti. Hai un bel caratterino."

"Se è questo ciò che pensi, va bene. Ma perchè dobbiamo rubare la sua giacca?"

Austin alzò le spalle e poi mangiò un altro boccone. "Perchè non le interesserebbe. Le manderò un messaggio per verificare, ma le andrà bene. Non l'ha usata oggi perchè Jake non è in città, quindi non è andata in moto."

"Pensavo che Maya volesse una moto tutta sua." Sembrava il tipo di donna che voleva quel tipo di potere tra le gambe. Infatti, nel passato, l'idea di Maya sulla moto aveva già sfiorato l'immaginario di Sierra. Non era sicura di essere pronta, a quel punto. "Sognerebbe ad occhi aperti per non dover avere a che fare con la guida e quel tipo di cose. Vedo quello sguardo sul tuo viso. Vorresti possedere una moto?"

Sierra abbassò gli occhi e sospirò. "Ne avevo una un tempo. Comunque, non sapevo se a Jason sarebbe piaciuto."

Austin mise una mano umida sotto il suo mento. "Se ti senti in grado di poter guidare una moto, allora prendine una. Vediamo prima se sei capace di fare un giro in moto quando guido io. Poi, l'idea che tu possegga una tua moto è fottutamente sexy, a dir la verità. Non sono un uomo delle caverne."

"Di certo non lo sei."

"Io Austin. Io volere te."

Sierra lasciò cadere la testa all'indietro e scoppiò in una risata. "Oh mio Dio. Non farlo mai più. Per favore. Ti prego."

Austin fece roteare gli occhi e poi la sculacciò. "Vai a lavorare mentre io lavo i piatti. Manderò un messaggio a Maya e vedrò se possiamo prendere la sua giacca. Se non possiamo, ho altre due sorelle e una mamma che potranno prestartene una. La sola senza una giacca è la moglie di Alexander, ma visto che non è neanche mai montata su una moto, non c'è nessun problema."

Sierra colse il suo tono e alzò un sopracciglio mentre prendeva i registri. "Non ti piace, vero?"

Lui scosse la testa. "Non la sopporto. È una puttana, e dato che cerco di non chiamare nessuna donna con quel nome, questo ti può far capire quanto la odio. Tratta Alex come una merda e pensa che la nostra famiglia sia un branco di perdenti. Tra lei e il marito di Meghan, Richard, i Montgomery non hanno avuto molta fortuna con gli sposi."

Detto ciò, smise di parlare, e lei gliene fu grata. Se Austin avesse fatto un'altra battuta, Sierra avrebbe potuto dare di matto. Non stavano insieme abbastanza a lungo per sposarsi, ma l'idea di passare il resto della sua vita con lui non la spaventava.

Lavorarono fianco a fianco per un'ora, e sorprendentemente, la presenza di Austin non la deconcentrò. Sierra aveva preso la sua borsa con lei quando andavano a casa sua, quindi aveva tutto ciò che le serviva per lavorare. Visto che erano tutti e due indaffarati, non aveva tempo di preoccuparsi di essere nervosa. Si sentiva… a suo agio.

E bene.

Austin la lasciò sola per un momento per andare a

preparare il loro giro in moto. Sierra finì una serie di numeri e si sentì a posto per la giornata. Così, impacchettò tutto e poi guardò i suoi vestiti. Grazie a Dio aveva dei jeans, una canotta e degli stivali, così sarebbe stata ben vestita in moto. Le mancavano solo un casco e una giacca e sarebbe stata pronta.

Eppure il suo stomaco tentò di ribellarsi.

Poteva farlo.

Non avrebbe ceduto.

Non ci sarebbero stati fuoco, dolore e urla.

Avrebbe fatto un giro in moto con Austin e sarebbe stata al sicuro.

Austin sarebbe stato al sicuro.

Lui entrò nella stanza, i suoi stivali scricchiolavano sulle piastrelle della cucina. "Possiamo tirarci indietro, Sierra. Non siamo obbligati a farlo."

Lei scosse la sua testa. "No. Sono pronta. Mi sto solamente facendo un discorso di incoraggiamento. Dobbiamo portare qualcosa?"

Austin le diede un'occhiata e le porse la mano. Lei andò verso di lui senza pensarci, affondando la mano in quella di lui. "Ho cibo, acqua e riserve extra nelle bisacce. Non sarà un giro lungo, ed è un'area turistica, quindi potremmo prendere qualcosa per pranzo e farci un giro. Abbiamo avuto un inverno duro, quindi il fiume e i ruscelli saranno in piena. Avremo una bella vista. Ho anche la macchina fotografica in borsa, in caso volessi fare qualche foto."

Quell'uomo aveva pensato a tutto, e stava facendo del suo meglio per rendere perfetto ogni momento, una volta arrivati a destinazione, piuttosto che concentrarsi sul tragitto per arrivarci.

"Andiamo."

"La mia moto è fuori. Tutto quello che dobbiamo fare è montarci sopra e partire."

Sierra fece un respiro. "Ok."

Lui le prese la faccia tra le mani. "Sarò lì con te e non toglierò il mio sguardo dalla strada. Capito?"

Lei sorrise gentilmente. "Capito."

"Ok allora. Andiamo."

Lei lo seguì fuori dal garage, mentre lui diede un colpo al lato del portone per chiuderlo. Austin le mise il casco e poi indossò il suo. Quando entrambi misero gli occhiali da sole, Austin si sporse in avanti e la baciò velocemente.

"Andremo prima da Maya e poi a Estes Park." Montò prima lui e accese la moto in modo che lei dovesse solo montarci sopra. Il suono degli scarichi che ruggivano non la mandò fuori di testa, quindi lo prese come un buon segno. E la sua moto era così sexy. Tutta nera e cromata con il logo di Montgomery Ink inciso sul lato. Era proprio tipico di Austin.

Sierra fece un respiro profondo, prima di montare sulla moto, attenta a non toccare i tubi caldi. Mise una mano sulla spalla di Austin e poi fece un altro respiro.

Poteva farcela.

Lui era Austin.

L'avrebbe protetta.

E lei si sarebbe protetta.

Mise un piede sul poggiapiedi e poi alzò la gamba velocemente per non far rovesciare la moto. Non doveva preoccuparsi di questo, visto che Austin aveva i piedi ben ancorati a terra.

Non appena si sedette dietro di lui, sentì le vibrazioni della moto. Se temeva di essere spaventata, era al contrario rinvigorita.

Dio, le era mancato.

Le era mancata la sensazione della moto potente tra le

gambe. Le era mancato avvinghiarsi ad un uomo mentre andavano in moto. Le era mancata l'aria sul viso.

Anche se l'ultima cosa che si ricordava in moto era di essere stata avvinghiata ad un uomo, in quel momento stava facendo esattamente la stessa cosa, ma con Austin.

Il mondo non era finito.

Lei non era morta.

Grazie a Dio.

Austin le accarezzò la mano, ma non si voltò.

Lei si stava innamorando di lui e non voleva smettere.

La moto avanzò lentamente sul vialetto e poi nel quartiere. La sua presa si fece più forte mentre si muovevano. Era passato molto tempo da quando era andata in moto, ma era come andare in bicicletta.

Sorrise mentalmente a quel pensiero, lasciò che il suo corpo si ricordasse i movimenti. Si allineava con le curve, non si sbilancaiva, e lasciava che Austin avesse il controllo, proprio ciò di cui aveva bisogno.

La delusione di doversi fermare da Maya a prendere la giacca la sorprese, ma non dovette aspettare a lungo. Austin corse dentro a prenderla, e poi partirono verso Estes Park.

La strada che stavano percorrendo e le montagne verso ovest calmarono Sierra in un modo che non avrebbe mai pensato possibile. Si appoggiò a Austin per parte della corsa, il suo corpo era caldo, grande e confortevole. Lui non si girò mai verso di lei, non guardò mai le montagne o i dintorni. Normalmente ci si poteva guardare intorno, ma Austin non lo fece.

Mantenne i suoi occhi sulla strada, per loro due.

Per lei.

Sierra sorrise, trattenendo le lacrime, questa volta erano di gioia. Quando si sporse indietro - le sue mani erano ancora su Austin perchè, sinceramente, non poteva smettere di toccarlo - lasciò scivolare indietro la sua testa, e il sole e l'ombra danzarono sulla sua faccia.

Le era mancato così tanto, ma non aveva mai realizzato *quanto* fino a quella mattina. Sì, il suo stomaco era ancora un po' agitato, e sapeva che questa cosa non sarebbe cambiata presto. Quando imboccarono l'autostrada per Boulder, Sierra era tesa. Non solo perché Boulder era il posto in cui il suo passato non sarebbe mai cambiato, ma dei camion li avrebbero sorpassati e avrebbe avuto dei flashbacks. Grazie a Dio, Austin non tolse le mani dal manubrio per calmarla, e non si guardò mai alle spalle, anche quando si fermarono a un semaforo nel bel mezzo della città. Si tirò indietro, premendo il suo corpo contro quello di Sierra, mostrandole che era lì.

Austin sapeva realmente come prendersi cura di lei, e il fatto che lei pensasse di non essere abbastanza brava gli diede lo spunto di impegnarsi ancora di più. Lui era il suo dominante. Non c'erano altri modi di dirlo. Lei si fidava di lui a letto e non, e lui si prendeva cura di lei. Lei doveva essere totalmente la sua sottomessa. Non che volesse fare esattamente ciò che lui diceva fuori dalla camera da letto e inginocchiarsi a lui quando erano seduti in salotto - non erano così - ma si voleva assicurare di essere il meglio per *lui*.

Doveva solo lavorarci su.

Quando avanzarono attraverso le montagne, Sierra fu grata di aver rubato - o preso in prestito - la giacca di Maya. Il sole batteva ancora forte, ma il vento era più freddo e l'aria più fina. C'era ancora un po' di neve sulle cime più alte. Quando arrivarono a Estes Park, Sierra sospirò.

Quel posto era un vero sogno.

C'era un grande fiume, con ruscelli dovunque. La città aveva un ruolo importante sia per i turisti che nella storia, quindi tutti i palazzi erano così caratteristici che le venne voglia di tornarci molte altre volte. Austin parcheggiò velocemente, e lei scese dalla moto con le gambe un po' doloranti.

Austin tolse il casco a Sierra e poi si abbassò per baciarla. "Brava, spilungona."

Lei gli sorrise. "Grazie. Non ce l'avrei fatta senza di te."

Lui mosse la testa mentre metteva via i loro caschi e prendeva due bottiglie d'acqua. "Questo non lo so. Sei forte anche da sola, ma mi piacere essere qui se hai bisogno di me."

Sorridendo, lei gli mise la sua mano sul petto e gli si avvicinò. Lui abbassò la testa per strofinare le labbra su quelle di Sierra. "Grazie," sospirò lei.

"Non c'è di che. Ora che ne dici di pranzare e di fare una passeggiata?"

"Mi pare un ottimo piano."

Austin le prese la mano e la portò al negozio di caramelle. Sapeva esattamente ciò che lei voleva.

Certamente lo sapeva. Lui era Austin.

Ora Sierra doveva solamente capire cosa avrebbe fatto.

Capitolo 14

Se un altro figlio di puttana fosse entrato nel suo negozio, Austin gli avrebbe tirato addosso una fottuta sedia. Quella mattina c'erano stati un coglione dopo l'altro e tutti volevano dei tatuaggi di merda. Questi deficienti erano veramente determinati a rovinargli il morale, dopo il giro in moto con Sierra, il giorno prima.

Fottuti stronzi.

La prima persona che era entrata quel giorno non aveva un appuntamento, e normalmente non sarebbe stato un problema. Ogni persona dello staff si teneva libera un'ora o due al giorno per i clienti senza appuntamento o per le emergenze. Se in quelle ore non facevano niente, potevano sempre disegnare o lavorare su altre mille cose. Quello di cui avevano bisogno era una dannata segretaria, ma a quanto pare non riuscivano a tenerne una per più di un mese.

Non sapeva perchè, ma il fatto che non ci fosse una segretaria stava scombussolando la sua agenda.

Il primo cliente della giornata voleva un drago sulla schiena. Certo, Austin avrebbe potuto farlo, ma quel ragazzino voleva farlo subito. Per fare un drago intero ci sarebbero volute tre o quattro sessioni di tre ore ciascuna. Probabilmente ancora di più, visto che il ragazzino non faceva altro che muoversi. Non stare fermi durante un tatuaggio significava per Austin doversi fermare e ricominciare più e più volte, o spaccare la testa del ragazzino.

Non che l'avesse mai fatto sul serio, ma ci aveva pensato più volte.

Il ragazzino aveva urlato e protestato per un disegno da un centinaio di dollari. Sì, certamente non l'avrebbe mai tatuato. La seconda cliente della giornata era una ragazza magrolina che voleva farsi tatuare dei coniglietti di Playboy sulla parte inferiore dei seni rifatti.

Austin non l'avrebbe neanche toccata.

Così, per essere sicuro di non dover più avere a che fare con lei, le aveva mostrato gli utensili con cui l'avrebbe tatuata. La donna era impazzita alla vista degli aghi ed era scappata dal negozio. Considerando tutti gli aghi che dovevano aver toccato la sua pelle quando si era fatta operare per avere un corpo così, la sua fobia non aveva senso.

Oltretutto, come pensava che l'avrebbero tatuata? A mani nude?

Era andata avanti così, cretino dopo cretino, fin quando Austin ne aveva avuto abbastanza e si era rinchiuso nel retro. Avrebbe disegnato fino a pranzo e poi si sarebbe occupato dei clienti che avevano un appuntamento. Sierra non era disponibile a pranzo, doveva sostituire Jasinda, che aveva scoperto che il suo malessere non era dovuto a una influenza, ma a una gravidanza.

A dir la verità, Austin voleva solamente andare a casa, far montare Sierra sulla sua moto e dimenticare tutti i suoi problemi.

Ma non sarebbe andata così.

Suo papà doveva fare delle cure quel giorno, e Austin

non poteva andare a casa dei suoi fino all'indomani. I suoi genitori non volevano una calca di gente a casa, e visto che c'erano così tanti Montgomery, ci sarebbe stata una folla *sicuramente*.

Gesù.

Non pensava di poter sopportare un'altra notizia bomba, non dopo la storia di Sierra e quella di suo papà e il suo brutto male. Tutti i suoi fratelli e le sorelle erano alle prese con i loro problemi, e il loro stress lo appesantiva.

Austin chiuse gli occhi e si mise la mano sulla curva del naso. Doveva smettere di angosciarsi per delle cose che non poteva controllare. Non poteva sistemare tutto, anche se ci avrebbe voluto provare. Inspirò e poi espirò lentamente.

Avrebbe fatto quello che era venuto a fare qui nel retro.

Lavorare sul tatuaggio di Sierra.

Aveva un'idea per le margherite sulle sue cicatrici, e visto che ora conosceva molto bene il suo corpo, partiva avvantaggiato. Il tatuaggio veniva dopo la nuova boutique di Sierra e la loro relazione appena nata, ma non vedeva l'ora di iniziarlo. Avrebbe potuto richiedere un paio di sessioni, visto che non sapeva come la sua pelle avrebbe reagito all'inchiostro. Avrebbero dovuto vedere come si sviluppava e andarci piano.

Sperava solo che non le avrebbe fatto troppo male. Ne aveva già patito troppo.

Non appena si abbassò sul foglio per disegnare, Maya aprì violentemente la porta. "Che cazzo ci fai qui nel retro? Abbiamo un sacco di clienti e ho bisogno che tu muova il culo e che lavori."

"Vaffanculo, Maya."

"No. Non ci vado a fanculo. Tu sei qui imbronciato per qualche cazzata e io non posso gestire tutto lì fuori da sola."

"Pensa un po', tu che dici di non poter fare qualcosa. E non sei sola. C'è Sloane lì fuori."

Maya cercò di smuoverlo, ma lui non si alzò. "Cos'hai che non va?"

"Cos'ho che non va? Ho dovuto avere a che fare con dei coglioni l'intera mattinata, non posso vedere Sierra molto probabilmente fino a domani, e papà ora è in quel fottuto ospedale e sta facendo dei trattamenti che potrebbero ucciderlo prima che lo faccia il cancro. Quindi scusami se non sono dell'umore giusto per avere compagnia."

Maya singhiozzò, e Austin si fermò. Sua sorella non aveva *mai* pianto.

"Oh, dolcezza, mi dispiace. Sono una merda. Vieni qui." Austin aprì le braccia e Maya ci si fiondò.

"Papà non può morire, Austin. Non può. È lui quello forte. Beh, oltre a mamma, ma loro sono una coppia. Capisci?"

Austin le baciò la fronte, accarezzandole la schiena. "Lo so, Maya. Lo so. Starà bene. Sto solamente impazzendo e mi sono sfogato con te."

"Cosa pensavi che stessi facendo?"

Lui sbuffò e poi le strinse la mano, prima di lasciarla andare. "Siamo delle belle valvole di sfogo l'uno per l'altra."

Maya alzò gli occhi al cielo e poi si asciugò le lacrime. "È per questo che ci troviamo così bene insieme. Possiamo urlarci contro e picchiarci senza offenderci. Scusami per aver pianto. So che detesti vedere una donna piangere."

"È vero, ma se hai bisogno di piangere, fallo. Sono una buona spalla su cui piangere."

Maya inclinò la testa. "Sierra?"

"Non posso parlarne, Maya. Se vuoi sapere qualcosa in

più su di lei, magari dovresti conoscerla, invece di lanciarle occhiatacce ogni volta che entra in negozio."

"Pensavo non fosse alla tua altezza."

"Veramente? Che cazzo dici, Maya? Al contrario, io non sono abbastanza per lei. Hai una bella faccia tosta."

"Ehi, non ho detto che lo penso ancora, giusto? Ti rende felice, Austin. Ogni persona con due occhi può vederlo. Se ti ferirà, le farò il culo, ma per ora mi sembra ok."

"Sierra ti piacerebbe anche di più, se passassi qualche minuto con lei senza essere sarcastica."

Maya alzò ancora gli occhi esasperata e poi gli diede un pugno sulla spalla. "Ci proverò. Visto che continuerà ad essere da queste parti per un po', penso proprio che dovrò conoscerla."

Austin incrociò lo sguardo con quello di Maya e annuì. "Penso che sarà da queste per molto tempo, Maya."

Sua sorella si sbalordì. "Davvero?"

"Davvero."

"Quindi… uh… non pensa che la tua perversione sia strana? Come pensava Maggie?"

Austin chiuse gli occhi e gemette. Come Maya poteva esserne al corrente, non lo sapeva. Men che meno voleva parlarne con lei. "Siamo ok su questo aspetto, Maya. E questa è l'ultima volta che io e te ne parliamo."

"Cosa? Tutti abbiamo delle perversioni." Maya ammiccò.

Austin si mise le mani sulle orecchie. "Non ti ascolto. *La la la.*"

"Sei uno spasso. Ti lascerò qui a lavorare, ma poi torna di là. Dovremo rifiutare nuovi clienti per un po', dato che i matti sembrano aver invaso le strade."

"Grazie, Maya."

"Di niente, fratellone."

Maya lo lasciò a disegnare, e lui si sentì meglio solamente per aver detto tutto ciò che lo turbava ad alta voce. Sua sorella lo capiva meglio di chiunque altro, e lui sapeva che avrebbe dovuto dirle subito cosa gli passava per la mente.

Austin voleva che le margherite scendessero lungo il fianco di Sierra, delicate come la sua pelle. Le avrebbe fatto male, ma Austin si sarebbe fatto perdonare. Magari si sarebbe fatto aiutare a disegnare il suo prossimo tatuaggio. In quel modo sarebbe sempre stata una parte di lui.

Sempre?

Quella parola gli piaceva. Gli faceva paura, ma gli piaceva. Poteva vederla al suo fianco mentre invecchiavano, quando crescevano i loro figli - adottati o concepiti normalmente. Anche se, un mese fa, non avrebbe mai creduto di trovare qualcuno con cui passare il resto della vita. Ovviamente, aveva voglia di sistemarsi perchè i quaranta si avvicinavano velocemente, ma era solo un sogno, non qualcosa di così concreto come l'idea di Sierra che diventava una Montgomery.

Forse si sarebbe anche tatuata l'iris dei Montgomery come il resto della famiglia. Richard e Jessica non si erano mai fatti il tatuaggio. Richard perchè non si considerava un Montgomery - e perché era un coglione. Jessica perchè era contro i tatuaggi - ed era una puttana di prima categoria.

Visto che ci pensava, portare Sierra tra i suoi parenti era solo una buona cosa. Avrebbe fatto ingrandire la loro famiglia in un buon modo, non come avevano fatto Alex e Meghan.

Beh, era un po' crudele come idea. I suoi fratelli e le sorelle avevano trovato qualcuno che amavano; solo perché i rispettivi partner non si erano integrati alla famiglia, non erano per questo delle cattive persone. Secondo Austin, era il modo in cui trattavano la loro dolce metà che li rendeva loschi e non all'altezza della sua famiglia.

Sierra lo trattava bene e gli aveva affidato il suo passato e il suo corpo. Aveva il sentore che lei si fidasse di lui anche con il cuore e con l'anima, anche se nessuno dei due aveva mai affrontato il soggetto. Quel momento sarebbe arrivato; ne era sicuro. Erano sulla buona via, e pregava che niente li portasse mai fuori strada.

"Eh, Austin, hai una visita."

Austin si sorprese alle parole di Sloane e scosse la testa, schiarendosi le idee. Cazzo, doveva smettere di avere la testa fra le nuvole. Non avrebbe mai finito il bozzetto per Sierra, di questo passo.

Aspetta. Una visita? Se fosse stata Sierra, sarebbe andata direttamente nel retro, quindi chi poteva essere?

Un nodo si formò nel suo stomaco. Merda, sperava non fosse...

"Ciao, Austin," sussurrò Shannon.

"Io me ne vado," disse Sloane mentre usciva.

Bastardo.

"Cosa vuoi, Shannon?"

Shannon rimase davanti all'ingresso, nel suo vestito troppo stretto, con uno sguardo troppo luminoso. Non aveva voglia di averci a che fare, era grato di non esserci più insieme.

"Volevo chiederti scusa."

Austin si pulì quasi l'orecchio alle sue parole. Non poteva aver capito bene. Scusa? Veramente?

"Veramente? Ti dispiace?"

Shannon sporse il labbro inferiore e fece il broncio. "Sì. Non avrei dovuto andare dalla tua ragazza così. Non ha fatto niente di male, tranne prendere il giocattolo che volevo, e per questo mi sono comportata come una ragazzina viziata."

"Mi hai appena chiamato giocattolo?"

Shannon arrossì. "Sto usando le parole che ha usato Tony."

"Tony?" Quello che diceva non aveva senso, e Austin la voleva fuori dal suo ufficio, ma se Shannon avesse ottenuto quello che voleva, probabilmente non avrebbe più dovuto averci a che fare. Avrebbe sopportato quel piccolo dolore, per tornare ad essere libero.

"Il mio nuovo uomo."

Beh, si era rimessa in fretta. Ed era esattamente quello che Sierra aveva predetto, dicendo che le serviva un altro uomo per togliersi Austin dalla testa. Doveva darle un bacio quando l'avrebbe vista, perchè aveva ragione. Un bacio molto passionale.

"Buon per te," mormorò.

Shannon sorrise. "Grazie. Tony è così… Beh, tanto non ti interessa, e non ti voglio rubare più tempo. Quindi ti chiedo scusa per essermi presentata qui, per averti chiamato e per aver infastidito la tua ragazza. Non mi piace essere da sola, e mi sono sfogata su di te. Quindi scusa se sono stata una stronza."

Austin espirò. "Non eri una stronza, Shannon. Eri solamente… appiccicosa."

Shannon inspirò e scosse la testa. "Sono una stronza, e lo so. Nel futuro proverò a smettere di esserlo."

Austin non era sicuro che avrebbe potuto smettere di essere una puttana così velocemente, visto che erano passati due giorni da quando si era comportata così. Non poteva stare con Tony da tanto tempo, ma se lui l'avesse cambiata in meglio, allora buon per lui.

Buona fortuna, Tony.

"Grazie per le tue scuse," disse Austin. Non c'era veramente nient'altro da dire, e avrebbe preferito che se ne fosse andata. Poteva essere una merda, ma ormai era andato oltre a quella storia.

"Grazie per avermi ascoltata. Andrei a chiedere scusa alla tua ragazza, ma non penso che nessuno di voi due lo apprezzerebbe."

Lui annuì. "Le passerò le tue scuse."

Stanco di stare seduto alla scrivania e di non concludere niente, la seguì fuori dall'ufficio; voleva assicurarsi che Shannon uscisse davvero. Chiamatelo cinico, ma non si fidava di molte persone, in quei giorni. Apparentemente Maya aveva lo stesso sentimento, visto che aveva tenuto gli occhi su Shannon fino a quando non era uscita dal negozio. Quando la porta si chiuse dietro di lei, tutti nella stanza fecero un grande respiro - inclusi i clienti sulle sedie.

"Se n'è andata una volta per tutte?" chiese Maya, concentrata sul braccio del cliente davanti a lei.

"Sì. Così ha detto, ma questa volta potrebbe essere la volta buona. Si è scusata."

"Lo sappiamo," disse Callie ammiccando. Era seduta vicino a Sloane e lo guardava mentre lavorava su delle ombreggiature. "Abbiamo abbassato la musica così abbiamo sentito cosa doveva dirti."

Austin aprì la bocca per gridare, ma poi la richiuse, sospirando e scuotendo la testa. Se fosse stato in loro, avrebbe fatto la stessa cosa. Il personale della Montgomery Ink era pieno di curiosi.

"Curiosa," sussurrò Maya a Callie sbattendo le ciglia.

"Ci provo."

Austin ritornò alla sua postazione e iniziò a prepararsi per il prossimo cliente. Quando finì, ci fu una strana pausa senza clienti in attesa sulle sedie. La grande massa successiva di appuntamenti sarebbe stata di lì a poco, ma in quel momento c'erano solo lui, Callie, Sloane e Maya.

La porta si aprì di nuovo, Austin contò fino a tre prima

di girarsi. Se fosse stata Shannon o un altro idiota, avrebbe urlato.

Al contrario, un uomo in giacca era immobile all'ingresso, con una valigetta. Oddio, Austin sperava di non essere stato denunciato per qualche tatuaggio. Non gli era mai successo, ma era successo ad altri tatuatori. Certe persone non erano mai contente nonostante gli sforzi dei tatuatori.

"Chi è il signor Montgomery?" domandò l'uomo.

Austin aggrottò la fronte. Beh, merda. "Sono io Austin Montgomery. Ci sono parecchi Montgomery in giro, quindi dovrà essere specifico."

L'avvocato annuì. "Sì, è lei quello che sto cercando. È stato un po' difficile trovarla, signor Montgomery."

Un brutto presentimento gli attraversò la schiena. "Cosa intende?"

Maya andò al suo fianco, con le braccia incrociate. Sloane si alzò con Callie al fianco. Erano uniti contro ogni cosa fosse arrivata, ma Austin aveva il presentimento che non sarebbe bastato.

"Le ho mandato una lettera nella quale le dicevo che dovevo parlarle."

Austin si scervellò poi imprecò. C'era stata quella lettera dagli avvocati che aveva messo da parte perchè non aveva riconosciuto il mittente. Le cose erano state così frenetiche con papà e Sierra che se ne era dimenticato. Merda. Cosa si era perso?

"Mi scusi, per me è un periodo frenetico. Cosa posso fare per lei?"

"Non abbiamo neanche potuto contattarla telefonicamente perchè sembra che il suo numero sia cambiato negli ultimi dieci anni."

Dieci anni? Di cosa si trattava?

"E ora le circostanze sono cambiate, quindi dovevo

vederla di persona, piuttosto che parlarle per telefono o via mail."

"Vada al sodo," sussurrò Maya.

"E lei sarebbe… signorina?" chiese l'uomo, alzando il sopracciglio.

Sì, erano tutti pazzi tatuati ai suoi occhi, ma a chi importava. "Lei è mia sorella Maya e loro sono i miei colleghi Sloane e Callie. Anche loro fanno parte della famiglia, quindi dica quello che deve dire. Non deve aspettare che se ne vadano."

"Se ne è sicuro. È una questione abbastanza personale."

Lo stomaco di Austin si contrasse, ma lui non mostrò il suo nervosismo. Almeno così sperava. "Sono la mia famiglia, quindi lo sapranno in ogni caso. Che succede? Perché è qui per me?"

L'avvocato annuì e si avvicinò, mettendo la sua valigetta sul bancone. "Probabilmente è meglio che si sieda, signor Montgomery."

"Mi chiami Austin. Il signor Montgomery è mio papà, e sto bene in piedi."

"Va bene, allora, signor Mont... volevo dire Austin." Si schiarì la voce, e Austin era pronto a strozzarlo. "Si ricorda della signorina Maggie Forrester?"

Maggie. Cazzo, aveva sentito spesso il suo nome nelle ultime settimane.

"Sì, me la ricordo. Uscivamo insieme più di dieci anni fa. Non ho più saputo niente di lei, né le ho parlato. Cosa le succede?"

La mano di Maya gli toccò la schiena, e lui realizzò che il suo corpo stava tremando. Qualcosa non andava, e non era sicuro di voler sentire cos'era.

"Mi dispiace dirle che Maggie Forrester è morta tre mesi fa."

Austin sobbalzò, uno strano shock attraversò il suo corpo. Non aveva pensato spesso a lei, da quando l'aveva lasciato, chiamandolo pazzo, ma gli faceva comunque male sapere che era morta.

"Dannazione. Mi dispiace. Cos'è successo?"

"Un incidente automobilistico. È morta sul colpo."

"Ancora una volta, mi dispiace, ma non so come possa essere collegato a me. Non la vedevo da anni."

"Beh, Maggie si è lasciata dietro qualcosa, Austin."

Maggie gli aveva lasciato qualcosa? Perché l'avrebbe fatto? Non aveva alcun senso. Gli si poteva leggere la confusione in faccia, visto che l'avvocato sorrideva.

"Austin, Maggie ha lasciato un figlio."

Austin sussultò e poi fece un passo indietro, poi un altro. Sloane si fece avanti e lo aiutò a sedersi su una delle sedie.

"Un figlio?" disse, con voce completamente roca. No, non poteva essere. Maggie glielo avrebbe detto se avesse avuto un figlio. Perchè non l'avrebbe fatto?

Le immagini della faccia di Maggie quando gli gridava contro e lo chiamava violentatore gli riempirono la testa, così imprecò. Forse no. Magari glielo aveva nascosto perchè era spaventata.

Porca puttana.

"Posso dedurre dalla sua faccia che mi ha capito. Leif ha dieci anni e secondo il suo certificato di nascita, è suo figlio. Mi sta dicendo che non ne era al corrente?"

"Certo che non lo sapeva, stronzo" si intromise Maya. "Pensa che sarebbe stato in disparte, se solo avesse saputo di avere un figlio?"

"Ho visto molte cose tremende nel mio lavoro, signora Montgomery."

"Beh, il suo lavoro fa schifo," disse Callie, con la voce spezzata.

"Leif?" chiese Austin con la voce roca.

"Sì, il suo nome completo è Leif Forrester Montgomery."

Montgomery. "Gli ha dato il mio cognome? Perchè?"

"Non posso entrare nelle decisione che prendono le persone, Austin. Ora, non abbiamo un DNA che certifichi le affermazioni di Maggie, ma visto che il suo nome compare sul certificato di nascita, ha dei diritti."

"Diritti? Aspetti. Dov'è? Dov'è Leif? È con la sua famiglia?"

L'avvocato scosse la testa. "Ho paura che siano morti quando Leif è nato."

"Quindi è stata da sola tutto questo tempo. Crescendo un figlio, mio figlio, tutto questo tempo. Che cazzo, perchè non me l'ha detto?"

Le lacrime gli riempirono gli occhi, provò a fare i conti con quello che l'avvocato gli diceva, ma non riusciva a capire nulla.

"Dov'è Leif?" chiese di nuovo.

"È in una casa famiglia per adesso. A meno che lei non lo rivendichi - e non è così semplice come sembra - dovrà trovare una famiglia d'accoglienza e seguire il sistema d'adozione. Come ho detto, è veramente una sua scelta. Visto che il suo nome è sul certificato di nascita, possiamo facilitare il processo. In ogni caso, non voglio che lei prenda una decisione ora. Si prenda il suo tempo, ma si ricordi che c'è in gioco la vita di un bambino."

Austin non poteva respirare. Non poteva pensare.

"Ci dia il suo numero e il modo in cui possiamo contattarvi," disse Sloane, prendendo il comando della situazione. Tutti gli altri erano sotto shock. "Austin prenderà una decisione e vi faremo sapere. Ha bisogno di qualcosa adesso, per il test del DNA?"

"Possiamo fare un tampone ora e iniziare il processo per il test."

"Austin?" chiese Sloane, in piedi davanti a lui.

Austin sussultò. "Ok, sì. Facciamolo." Il figlio era suo. Lo sapeva in fondo all'anima, anche se non l'aveva mai conosciuto.

L'avvocato gli prelevò un campione dalla bocca, mentre lui rimaneva seduto tranquillo. L'avvocato disse che sarebbero rimasti in contatto e se ne andò, lasciandosi dietro un'atmosfera guastata e confusa. Ad Austin non piaceva l'idea di Leif in una casa famiglia quando lui a casa aveva così tante stanze vuote, ma le cose non si erano ancora connesse nella sua testa. Doveva dirlo alla sua famiglia, doveva dirlo a Sierra.

Merda. Sierra.

Dio santo.

Cosa le avrebbe detto?

"Cosa farai, Austin?" gli chiese Maya. "Vuoi che chiami Sierra?"

Lui scosse la testa. "No, lasciala lavorare. Ho bisogno di tempo per pensare."

"Sei sicuro che sia la miglior cosa da fare? Questo interessa anche lei."

"Lo so, ma devo prendere tempo per respirare. Non posso lasciare mio figlio, se è veramente mio, lì da solo, quando posso portarlo a casa con me, ma cosa ne so io di bambini? Merda."

Maya scosse la testa e poi camminò fino alla porta, chiudendo il negozio. "Callie, chiama i clienti che avevano un appuntamento e spostali. Adesso portiamo Austin a casa e vediamo cosa fare. Quando sarai pronto, Austin, chiameremo la famiglia. Mamma e papà saranno a casa, e saranno forti, nonostante i trattamenti che sta facendo papà."

"Merda, la cura di papà."

"Lo so, fratellone, ma possiamo farcela. Un passo alla volta, papà."

Papà.

Si passò la mano sulla testa. Papà? Cosa avrebbe fatto? C'era solo una cosa che *poteva* fare.

"Devo chiamare Sierra."

Maya aggrottò la fronte. "Attraversa la strada e vai a vederla."

"No, non posso vederla ora. Non posso... devo parlarle, ma ho bisogno di tempo."

Sapeva che stava complicando le cose, ma era in difficoltà. Compose il suo numero e sospirò quando sentì subito la segreteria telefonica. Magari era meglio così. Sierra aveva già abbastanza cose da gestire, senza i problemi di Austin.

Austin aveva un figlio.

Tutto quello che aveva sempre voluto, e ora tutto si era frantumato. La vita certamente sapeva come prenderlo a pugni, solo che Austin non sapeva se sarebbe riuscito a risollevarsi, dopo quel colpo. Non questa volta.

Capitolo 15

Austin non l'aveva ancora chiamata. Le aveva lasciato uno strano messaggio in cui diceva che si sarebbero visti più tardi e, dopo quella prima chiamata, non le aveva più telefonato per tutta la serata. Sierra non voleva pensare che fosse un brutto segno, ma era sicuramente preoccupata. Erano passate dodici ore da quella telefonata e lei aveva un cattivo presentimento.

Era successo qualcosa, lo sapeva, ma Austin non le aveva risposto, quando l'aveva chiamato, quindi ora non sapeva cosa pensare.

Il giorno prima, aveva passato moltissimo tempo in piedi per gestire una calca di clienti che avevano reso felice il suo portafoglio, ma non la pianta dei suoi piedi, poi era andata nel retro, a lavorare chinata sui registri.

Essere un'imprenditrice non era per persone dal cuore debole.

Beh, essere un'imprenditrice di successo, chiaramente. E lei voleva dannatamente avere successo.

Quando fu sera, anche se avrebbe dovuto lavorare per qualche altra ora, era andata a casa con un inizio di mal di testa. Lei e Austin avevano un piano incerto, lui doveva raggiungerla, ma non avevano confermato niente, perché lei aveva un sacco di lavoro.

In seguito, il suo mal di testa si era aggravato, e si era distesa sul letto sofferente, prima di prendere sonno.

Proprio in quel momento, non aveva risposto alla chiamata di Austin e lui le aveva mandato quello strano messaggio.

Ora era mattina. Mentre Jasinda e Becky gestivano il negozio, lei sarebbe andata da Hailey a prendere un caffè e poi ne avrebbe portato uno al suo uomo. Non voleva solo vederlo, voleva soprattutto accertarsi che stesse bene.

Non parlargli per un giorno intero l'aveva turbata, e quel timore, a sua volta, l'aveva fatta andare un po' fuori di testa. La loro relazione era diventata seria in poco tempo, ma ciò non le dispiaceva. Austin l'aveva fatta sentire di nuovo completa. Non che avesse bisogno di lui per sentirsi una persona realizzata. Era più una questione di completezza: le mancava qualcosa, nella vita. Lui aveva visto forza e bellezza nelle sue cicatrici, e lei gli aveva creduto. Austin si era arrabbiato per il suo passato e l'aveva aiutata a mantenere la calma, per percorrere i passi che doveva compiere per andare avanti.

Lui era presente, per lei, e adesso lei voleva esserci per lui. Pregava solo che qualunque cosa gli stesse succedendo non fosse troppo seria, grave. Dio, se fosse stato suo papà? Sapeva che papà Montgomery aveva avuto il suo primo trattamento il giorno prima, e pregava non ci fossero state complicazioni.

Sierra espirò. Doveva essere un problema legato in qualche modo a suo padre. Magari Austin era andato nel pallone perché suo padre era troppo malato. Dannazione, lei non era stata presente per aiutarlo. Era rimasta a letto con il mal di testa, invece di essere al suo fianco, come doveva.

Beh, non sarebbe mai più successo. No, la prossima volta l'avrebbe aiutato, a costo di avere una borsa del ghiaccio sulla testa tutto il tempo.

Lui l'aveva aiutata a superare il dolore, e si sarebbe maledetta se non l'avesse aiutato a superare i suoi problemi.

Spalle indietro, salutò le sue ragazze e attraversò la strada fino al caffè di Hailey. Lanciò un'occhiata alla Montgomery Ink, vide un giovane ragazzino seduto sugli scalini all'angolo, pensò che fosse il figlio di qualche cliente. Era presto, ma l'aria fresca della rugiada mattutina pungeva ancora. Sperava che il bambino si mettesse al caldo, infatti lei stessa non sarebbe stata fuori a lungo, per il freddo. Anche se era piena estate in Colorado, all'ombra, prima che il sole fosse davvero forte, le montagne influivano molto sul clima.

Avrebbe chiesto a Austin chi era quel ragazzino non appena fosse stata al negozio. Forse avrebbe fatto il giro lungo, piuttosto che passare per la porta che connetteva il Taboo e la Montgomery Ink, come aveva l'abitudine di fare. In quel modo avrebbe potuto vedere se il ragazzino aveva bisogno di qualcosa. Onestamente, non sapeva perchè le importasse così tanto di quel ragazzino, che probabilmente aveva due genitori che lo aspettavano dentro o che si prendevano cura di lui, ma non poteva evitare di esserne in qualche modo attratta.

Non appena entrò al Taboo, sorrise a Hailey, che si stava dimenando dietro il bancone, danzando al ritmo della musica mentre serviva dei caffè.

Non c'era molta coda, quindi Sierra non avrebbe dovuto aspettare a lungo. Normalmente, la mattina, andava al caffè vicino all'Eden perché era sempre di fretta, ma quel giorno voleva vedere la sua amica, e valeva la pena fare la coda.

"Hey, ragazzina, buongiorno," disse Hailey continuando a danzare.

Sierra sbuffò senza trattenersi. "Sei di umore allegro."

Hailey scosse la testa e poi fece due caffellatte per Sierra e per Austin. "Non proprio. Ho solamente tanta caffeina in corpo. Ho provato una nuova qualità di caffè, e ti dà veramente la carica."

A Sierra si illuminarono gli occhi. "Oh davvero? Continuerai a usare quel caffè, allora?"

Hailey annuì. "Sì. Sarà perfetto per i clienti della mattina. In più, non ha un aroma bruciacchiato come quella di *alcuni* bar."

Sierra arrossì. "Sai che quando vado all'altro bar, penso solamente a te. Ci vado perchè è più veloce."

Hailey alzò gli occhi al cielo. "Questo è quello che dicono tutti, bella. Due caffellatte da asporto. Saluta Austin da parte mia."

"Come sapevi che stavo andando a vedere Austin?" chiese Sierra con un espressione glaciale. "Ho solamente ordinato due caffellatte. Uno poteva essere per Jasinda o Becky."

Hailey sbuffò. "Può darsi, ma sei venuta qui la mattina, quando devi lavorare all'inventario, ai tuoi registri e ad altre cose da proprietaria del negozio, quindi doveva essere qualcosa di importante. E c'è solo una persona che mi viene in mente. Salutalo da parte mia." Hailey smise di danzare e lanciò un'occhiata a Sierra, che non capì cosa volesse dirle.

"Cosa succede?" Cazzo. Qualcosa stava succedendo, e non poteva sbarazzarsi di quel sentimento.

"Non lo so, dolcezza. Sta succedendo qualcosa alla Montgomery Ink. Ieri hanno chiuso il negozio prima dell'orario ufficiale, Sloane sembrava ancora più solenne del solito." Le guance di Hailey arrossirono mentre parlava di Sloane, ma Sierra non poteva pensarci, in quel momento.

"Hanno chiuso il negozio?" domandò Sierra, con il cuore a mille. "Non lo fanno *mai*, vero?"

Hailey scosse la testa e iniziò a servire una tazzina di caffè al cliente seduto al bancone. "No, non capita mai. Forse per un'emergenza familiare, ma non so." Hailey trattenne le lacrime e scosse la testa. "Vacci e assicurati che tutto sia ok con Harry, ok? Sono preoccupata. Lo so che prima stavo ballando, ma sto cercando di non pensarci, capisci? Visto che sono inchiodata qui."

Sierra annuì, deglutendo a malapena. Si schiarì la gola e poi prese i due caffellatte. "Scoprirò cosa sta succedendo. Sono sicura che stanno tutti bene."

Hailey le sorrise tristemente. "Sì. Sono sicura che ci stiamo solamente facendo delle pippe mentali. Vai a vedere i Montgomery, adesso."

Sierra la salutò e si diresse verso la porta che collegava i due locali, ma si fermò e tornò indietro alla porta principale. Anche se la sua mente era impegnata a pensare cosa non andasse con Austin, non si era dimenticata totalmente del ragazzino. Voleva assicurarsi che stesse bene. Gli avrebbe preso una cioccolata calda o qualcos'altro, ma visto che non era suo figlio, non voleva essere invadente. Magari il bambino era anche allergico allo zucchero o a qualche altra cosa. Era un dettaglio importante. Giusto?

Cavolo. Come poteva il fatto di aver preso due caffè farla andare così fuori di testa? Adesso c'era un bambino del quale non sapeva di doversi occupare - e per il quale molto probabilmente non doveva preoccuparsi - e un uomo a cui teneva, che aveva bisogno di lei. Beh, almeno questo era quello che pensava. Poteva anche darsi che stesse ingigantendo tutto, magari lui avrebbe solamente riso e l'avrebbe chiamata pazza spilungona, quando gli avrebbe chiesto cosa non andava.

Sì, sarebbe andata così.

Ma avevano chiuso il negozio...

No. Non avrebbe perso la testa per quello. Non ancora.

Il bambino era ancora seduto sul gradino principale, quando Sierra si avvicinò. Aveva i capelli marroni, erano scompigliati, come se non se li fosse pettinati da tempo, e aveva solo una giacca leggera e dei jeans bucati. Per quanto ne sapeva Sierra, quello era lo stile dei ragazzi della sua età, ma la profonda tristezza sul suo viso non era tipica di quell'età.

Aveva le braccia avvolte intorno alle gambe, il mento appoggiato sulle ginocchia. Guardandolo bene, vide che non era esattamente seduto sul gradino davanti al negozio. Era più sul spostato, sotto le vetrine, quindi nessuno alla Montgomery Ink poteva vederlo.

Anche se sperava che la famiglia del bambino fosse dentro, aveva la sensazione che quel ragazzo avesse dormito fuori, quella notte. Non aveva visto nessun letto di fortuna lì vicino, nessun'altra prova evidente, ma era una sensazione che non si poteva scrollare di dosso.

Cosa doveva fare?

Beh, parlargli con calma sarebbe stato il primo passo da fare. Anche se era una sconosciuta, e probabilmente lui non avrebbe dovuto parlarle, non poteva passargli davanti senza fare niente.

Così Sierra sorrise e cercò di non sembrare un'assassina o qualsiasi altra figura spaventosa il bambino potesse immaginare.

"Buongiorno," disse Sierra, vivacemente.

Il bambino, che aveva lo sguardo perso, sobbalzò e poi

si girò verso di lei. "Buon… buongiorno," mugolò e poi si zittì velocemente, come impaurito di dire qualcos'altro.

Oh, povero ragazzo. Aveva sicuramente qualcosa. O lo aveva appena spaventato a morte. In ogni caso, doveva rimediare.

Sierra si mordicchiò le labbra e poi si disse *Al diavolo!* Attenta a non versare i suoi caffellatte, inspirò e poi si sedette sul gradino, vicino a lui. Il bambino sembrò spaventato per un momento, poi fece spallucce come se non gli importasse.

"Allora, cosa fai qui davanti alla Montgomery Ink questa mattina?" Troppo diretta? Oddio, non sapeva come comportarsi, con i bambini. Il fatto che questo bambino avesse più o meno la stessa età che avrebbe avuto bambino che aveva perso era… Beh, non voleva pensarci. Non poteva pensarci.

Il bambino singhiozzò. "Sono venuto a vedere mio papà."

Venuto? Come se non fosse venuto *con* i suoi genitori? Era un fuggitivo? Oh merda. Questo era un rischio fuori dalla sua portata. Aveva bisogno di Austin e forse della polizia.

"Oh?"

"Sì." Si guardò attorno come se si stesse nascondendo. E cazzo, *si stava* nascondendo. "Non so se gli piacerebbe che sono qui, sai?"

No, non sapeva, ma non lo avrebbe lasciato fuori sui gradini per scoprirlo. "È… è nel negozio?" Quella era l'unica domanda possibile, visto il posto in cui il bambino si nascondeva. Una strana sensazione le percorse la schiena, quando il bambino pensò prima di rispondere.

No. Certamente no. Ci doveva essere un cliente lì dentro. O magari Sloane. Vero?

"Lui è lì dentro. Penso. Questo è quello che dicono le carte."

Avrebbe chiesto delle carte dopo. Adesso almeno il ragazzino parlava. Non voleva spaventarlo.

"Vuoi entrare?" domandò Sierra, con la gola secca.

Lui incrociò lo sguardo di Sierra e deglutì. Aveva gli occhi azzurri. Conosceva *quegli* occhi, ma doveva sbagliarsi. Tante persone avevano gli occhi azzurri e i capelli scuri. Ce n'erano molte. Era solo una coincidenza.

"Penso di sì," sussurrò il bambino. "È per questo che sono qui."

Sierra annuì, la sua mente era vuota. "Come… come ti chiami?"

Il ragazzo si leccò le labbra e poi si passò una mano tra i capelli, alzando le spalle. "Leif. Leif Montgomery."

Montgomery.

Oh merda. Si sentiva male.

Austin aveva un figlio. Ci doveva essere una risposta. Merda. Non le avrebbe mai tenuto nascosto qualcosa del genere, non qualcosa di così importante, ne era certa. Questo voleva dire che o Austin non sapeva di avere un figlio o lei si sbagliava completamente.

Ieri.

Oh, Dio. Lui lo *sapeva*.

Lo sapeva e non glielo aveva detto.

Almeno non ieri sera. Era per quello che aveva lasciato quello strano messaggio. Era per quello che avevano chiuso prima il negozio. Dio santo. Cosa doveva fare? Come doveva reagire? Cosa avrebbe fatto Austin?

Non le aveva parlato, ma onestamente, se lei si stava agitando così, lui doveva fare lo stesso. L'aveva chiamata subito dopo averlo scoperto, se aveva capito bene il corso degli eventi, o almeno ci aveva provato. Era già qualcosa.

Sierra inspirò. Impazzire per qualcosa di cui non era

sicura al cento per cento non l'aiutava. Avrebbe scoperto cosa succedeva e poi avrebbe deciso il da farsi. Non aveva scelto di restare vicina ad Austin a prescindere? Questo era un vero test di cosa lei provasse per lui, e scappare o essere arrabbiata per qualcosa fuori dal suo controllo non avrebbe aiutato nessuno.

Chiaramente non avrebbe aiutato quel bambino con quello sguardo triste.

Domande su come era arrivato lì, su chi fosse la sua mamma, ecco specialmente *questa* domanda le risuonava in testa, ma lasciò tutte le domande da parte. Prima aveva bisogno di conferme. Poi avrebbe gestito il resto.

"Oh. Bene." Cosa poteva dire? "Sei davanti alla Montgomery Ink, quindi devi essere nel posto giusto." A meno che tutto quello non fosse un errore. Un grande errore.

Il ragazzo, Leif, annuì. "Sono al posto giusto. È questo che dicono le carte. Mio papà lavora qui e ora sono qui per vederlo."

Sierra deglutì. "Ok allora. Andiamo dentro e vediamolo. È un po' freddo fuori questa mattina per restare seduti su un gradino, non è vero?" Era vero, ma era una qualsiasi scusa per entrare.

Leif fece spallucce. "Sono stato qui fuori e in strada tutta la notte, quindi per me adesso fa più caldo. Ma certo, entriamo. Volevo cercare le parole giuste, ma ho detto tutto a te, quindi va bene. Vero?"

"Vero." Vero? Nelle strade di Denver? Leif era fortunato ad essere lì, allora. Denver non era una delle città più pericolose, ma era una metropoli e Leif era pur sempre un bambino.

Sierra trattenne un brivido al pensiero di quello che sarebbe potuto succedergli. Avrebbe fatto le giuste domande e sarebbe arrivata al fondo di tutto una volta dentro. Doveva solo vedere Austin e sarebbe stata bene.

Magari tutto si sarebbe distrutto tra di loro, ma non l'avrebbe scoperto, se non entrando.

Si alzò, le gambe le tremavano, i caffellatte freddi in mano. "Ok allora. Entriamo."

Leif annuì e poi rimase dietro di lei. Mise le mani sui fianchi prima di guardare Sierra e i suoi caffellatte. Così corse verso la porta e l'aprì per lei. Beh, aveva delle buone maniere, questo voleva dire qualcosa.

Vero?

Oddio.

Visto che Leif le teneva la porta, Sierra entrò prima di lui e si guardò intorno nel negozio, sperando disperatamente di vedere Austin. Non era in negozio. Maya era al bancone, stava disegnando qualcosa, mentre Sloane si era appena alzato da dietro il bancone.

Si congelò vedendo Sierra… o Leif.

I suoi occhi si dilatarono e Maya mormorò qualcosa.

Evidentemente la sensazione di Sierra era corretta.

Almeno così sembrava.

"Sierra," disse Austin dietro Sloane, uscendo dal retro.

Le sue braccia tremavano e non poteva muoversi. Sloane si avvicinò velocemente a Sierra per prendere i caffellatte, posandoli sul bancone. Lei gli sorrise. Beh, almeno pensava di averlo fatto. Dallo sguardo sul sul viso di Sloane, probabilmente il suo sorriso era più una smorfia.

"Austin," disse dopo essersi schiarita la voce. "Buongiorno."

Lui corrugò la fronte, la sua faccia era sempre più bianca. Anche lui aveva visto il bambino. Non poteva non vederlo. Cosa avrebbero fatto? Cosa avrebbero *potuto* fare?

"Chi… chi è il tuo amico?" le domandò, con un tono di voce basso.

Sierra esitò, poi agì d'istinto. Gli porse la mano e Leif

l'afferrò velocemente. Questa cosa sorprese tutti e due. Leif si avvicinò, come se lei potesse aiutarlo.

Oh, piccolo, se solo fosse vero.

Sierra incrociò lo sguardo di Austin. Le altre persone nel negozio oltre a lei e Leif erano Austin, Maya e Sloane - loro erano la sua famiglia, sia per sangue che per scelta. A giudicare dallo sguardo, anche loro avevano un sentore di cosa stesse succedendo.

Non si lasciò ferire - o almeno ci provò, pur sentendo una piccola lama trafiggerle il cuore. Dovevano essere stati presenti, quando lui l'aveva scoperto. Dopotutto, lui aveva *provato* a chiamarla. Una volta. No, non sarebbe stata meschina. L'avrebbe aiutato. Non c'erano altre possibilità.

Sierra abbassò lo sguardo verso Leif, che aveva lo sguardo puntato su Austin, con gli occhi ben aperti, mordendosi le labbra che erano diventate una linea sottile.

"Lui è Leif," disse piano, i suoi occhi su Austin. "Ha detto che è qui per vedere suo papà."

Delle lacrime fecero capolino dall'angolo dei suoi occhi, ma non pianse. Non in quel momento. Avrebbe avuto tempo di sfogare le sue emozioni più tardi.

"Leif," disse Austin, uscendo da una sorta di trance nella quale era. "Leif."

Sierra strinse le spalle di Leif. Era il momento di essere forte e su col morale. "Penso che ci dobbiamo sedere e parlare di cosa sta succedendo. Non so niente, ma posso immaginare. Cosa ne dite?"

Leif si avvicinò ancora di più a lei, con il corpo tremante.

Sierra si inginocchiò, per essere al livello dei suoi occhi. "Dimmi cosa succede, piccolo. Non posso aiutarti se non mi aiuti," disse a Leif, rivolgendosi anche a Austin.

Leif incrociò il suo sguardo e annuì, parlando solo a lei. "Sono scappato dalla casa famiglia. Erano cattivi lì.

Non voglio più vivere lì. So che mamma è… morta… ma questo non vuol dire che devo vivere lì. Vero? Voglio dire, mio papà è qui." Non guardò Austin, ma quelle parole furono come un pugno nello stomaco.

"Sei scappato?" chiese Austin, all'improvviso più vicino di prima.

Sierra girò lo sguardo per trovare Austin inginocchiato vicino a lei e Leif.

Grazie a Dio.

Leif diede un'occhiata esitante. "Sì. Allora?"

Austin scosse la testa. Dovevano risolvere questa cosa. Risolvere tutto. "Sei il figlio di Maggie?"

Maggie. Austin aveva già fatto quel nome quando avevano parlato di ex. Non aveva detto che era stata una cosa seria. Evidentemente erano stati seri abbastanza.

"Non saresti dovuto scappare, Leif," disse Austin gentilmente.

Gli occhi di Leif si riempirono di lacrime e Sierra trattenne un'imprecazione, chiaramente verso Austin.

"Aspetta. Volevo dire che qualcuno ti starà cercando. Saranno preoccupati. Non che non volessi incontrarti, perchè volevo farlo bimbo. Cavolo." I suoi occhi si spalancarono. "Penso di non dover imprecare."

"No, non dovresti," mormorò Sierra, trattenendo un singhiozzo quando Austin le mise la mano dietro la schiena.

Era già qualcosa.

"Quindi… tu sei Leif," disse Austin, come se non sapesse cosa dire.

Questo valeva per tutti e due.

Leif si girò verso Austin e Sierra trattenne il fiato. "Non voglio più vivere lì. Mamma ha detto che eri mio papà perchè ho il tuo stesso cognome. Se non mi vuoi, bene. Ma non voglio tornare lì. Vivrò in strada come ho fatto ieri notte.”

Le lacrime riempirono gli occhi di Sierra, che guardò Austin... aveva la stessa sua espressione in volto.

“In strada?” sussurrò sopra la testa di Leif.

Sierra scosse la testa. Avrebbero gestito quella cosa dopo.

Maya si incamminò verso di loro con il telefono in mano. “Dobbiamo chiamare l’avvocato e l’assistente sociale. Devono sapere che sei al sicuro.”

“Non ci vado con loro!” Leif avvolse le sue braccia a Sierra e si strinse su di lei.

Sierra ansimò, non era pronta al suo peso, ma Austin l'aiutò a stabilizzarsi. Così, Sierra avvolse le sue braccia attorno al piccolo corpo di Leif, calmandolo, visto che non riusciva a smettere di piangere.

“Oh tesoro,” mormorò. Austin mise la mano dietro la schiena di Sierra, ma non toccò Leif. Sierra non lo biasimava. Non conosceva neanche tutta la storia.

Austin si avvicinò, baciandole la tempia, prima di sussurrarle, “Ti dirò tutto presto. Ti fidi di me?”

Sierra si scostò per incrociare lo sguardo di Austin, e disse l’unica cosa che poteva dire. “Sì. Sempre.”

Le spalle di Austin si rilassarono un po’. “Non lasciarmi, ok?" mormorò di nuovo.

“Mai,” sussurrò stringendo Leif. “Ok, dolcezza. Dobbiamo chiamarli, come ha detto tua zia Maya.” Leif diventò di ghiaccio e poi alzò il suo sguardo.

Merda. Non voleva dirlo, era stata una cosa spontanea. Beh, merda, stava affrontando tutto in modo sbagliato, ma non c’era una guida per gestire il momento in cui il figlio dell’amore segreto del tuo fidanzato esce allo scoperto dal nulla.

Almeno non pensava.

"Poi troveremo una soluzione," disse come se non avesse fatto alcun errore.

"Ok," mormorò Leif e Sierra prese fiato.

Austin non riusciva a smettere di guardare Leif, e Sierra lo aveva sentito. Non aveva la minima idea di cosa stesse pensando o pianificando, ma sapeva che non l'avrebbe lasciato.

Non poteva.

Non amandolo.

Leif la strinse più forte e il suo cuore agonizzò.

Poteva essere anche una cosa improvvisa, ma non sarebbe scappata via. Non di nuovo. Ne aveva abbastanza di scappare.

Capitolo 16

Due settimane.

Due settimane e tutto nella vita di Austin era cambiato. Aveva un bambino sotto il suo tetto, una donna che amava, ma alla quale non aveva ancora confessato i suoi sentimenti, e un turbine di emozioni che pensava non sarebbe mai riuscito a districare.

Non appena Sierra aveva preso l'iniziativa, la mattina in cui Leif si era fatto vivo, le cose avevano iniziato ad andare bene. Leif non l'avrebbe lasciata andare, ma quello non aveva bloccato Sierra. Austin era rimasto in disparte, cercando di riprendere il controllo dei propri pensieri e delle proprie emozioni, ma non ci era ancora riuscito. Era sempre stato il tipo di persona che controllava tutto, la persona che sapeva cosa fare, ma le ultime due crisi nella sua vita gli avevano mostrato che non era così stabile come pensava.

Questa sensazione nuova lo spaventava più di quanto avesse pensato.

Molto, molto di più.

Maya aveva chiamato l'avvocato, ma era stata Sierra a

parlarci. La sua donna non aveva neanche sentito l'intera storia, ma aveva preso il controllo della situazione, quando lui non sapeva come comportarsi.

Austin non sapeva cosa avrebbe fatto senza di lei.

Mentre Leif si era aggrappato a Sierra, rifiutandosi di lasciarla andare, lei aveva parlato all'avvocato sul da farsi e poi aveva passato il telefono ad Austin, che doveva comunicare la sua scelta.

Quella telefonata gli aveva cambiato la vita.

"Austin, posso andare fino in fondo e trovare una soluzione che permetterà a Leif di vivere con te adesso, se è quello che volete tutti e due. Ma devi dirmi cosa vuoi."

Austin guardò Leif e Sierra negli occhi e realizzò che c'era una sola cosa da dire.

"Vada fino in fondo. Leif non ritornerà alla casa famiglia, possiamo prendercene carico noi." Maggie aveva messo il cognome di Austin sul certificato di nascita, e questo voleva dire che Austin aveva il diritto legale di avere suo figlio con sé.

Leif espirò, mentre Sierra singhiozzò. Austin si sentiva travolto da una strana insensibilità, quando aveva troppe cose da gestire. Non era sicuro di aver preso la decisione migliore, o almeno la decisione migliore per entrambi, ma aveva preso l'unica decisione possibile.

Le cose erano andate velocemente e al rallentatore, allo stesso tempo. Sierra era dovuta tornare al negozio, ma solo per prendere le sue cose. Aveva lasciato Becky e Jasinda sole all'Eden, e ciò bastava ad Austin per realizzare quanto Sierra fosse pronta a fare per lui. Di sicuro, le aveva lasciate sole prima, ma avevano appena aperto e lei era impegnata al telefono. L'Eden era la sua roccia, il suo bambino, e lei l'aveva lasciato per prendersi cura di Austin e di suo figlio.

Quando i risultati dal test del DNA ritornarono positivi, quattro giorni dopo che Leif si era trasferito da lui, il mondo di Austin fu sconvolto un'altra volta.

Quello era suo figlio.

Il suo bambino.

Non sarebbe stato un caso di accoglienza o un'adozione, era un figlio che ritornava da suo padre. Tuttavia non lo conosceva ancora.

Suo *figlio*.

Merda, quella certezza lo stava scombussolando, ed erano già passate due settimane, nelle quali se l'era detto e ripetuto, per capire cosa stesse succedendo.

La casa famiglia non era stata cattiva con Leif, contrariamente agli scenari catastrofici che invadevano la testa di Austin. Erano solamente a corto di personale e sovraffollati, come capitava spesso coi posti pubblici. Leif non era stato maltrattato, trascurato, affamato, o picchiato.

Ma non era neanche rimasto a casa.

Il bambino si rifiutava di parlare di sua madre, oltre a dire che era morta, e Austin lo capiva. Considerando che Austin stava attraversato il dolore della possibilità della perdita di suo padre, non ce l'aveva assolutamente con il ragazzino.

Austin non aveva neanche la minima idea di cosa fare con un bambino di dieci anni. La sua famiglia e Sierra avevano preso le sue responsabilità e l'avevano aiutato. Aveva costretto i suoi genitori a stare a casa e a non strapazzarsi troppo, mentre il resto della famiglia lo aiutava ad organizzare la casa. Leif non voleva uscire senza Sierra, quindi Austin stava a casa con entrambi, preparò una camera degli ospiti e lasciò che Leif prendesse ciò che voleva. A quel punto, Austin non era sicuro se sarebbe stata una soluzione temporanea o definitiva, ma quello non gli importava. Leif aveva bisogno di una casa, e se a giudicare dall'aspetto Austin era stato sicuro fin dall'inizio che

Leif fosse suo figlio. I risultati del test del DNA erano una formalità, una conferma per gli avvocati e per il tribunale. Avrebbe trovato il modo di far quadrare tutto per tutti. Sierra l'avrebbe comunque aiutato a riorganizzare le idee.

Sua sorella Meghan si era proposta per prima. Aveva due bambini e li aveva portati lì immediatamente. Leif aveva quattro anni in più di Cliff ed era più grande di Sasha, ma i bambini lo distrassero abbastanza da far riposare un po' Sierra e Austin. All'inizio era stato stranissimo, ma Cliff aveva portato i suoi giochi, che potevano essere troppo da bambini per Leif, ma alla fine avevano giocato insieme ed avevano avuto modo di conoscersi.

Non sorprese Austin che sua sorella non ci avesse pensato due volte a presentare i suoi figli al loro cugino.

Cugino.

Merda.

Miranda, Wes, e Storm erano andati a fare shopping per comprare delle cose di cui un bambino di dieci anni aveva bisogno. Leif aveva qualcosa di nuovo, ma fino a quando il giudice non avrebbe detto che si poteva fermare definitivamente, aveva bisogno di vestiti e di qualche altra cosa. Alex era fuori per una missione di lavoro e non poteva essere lì per aiutare. In più, Alex aveva già i suoi problemi, quindi Austin non lo biasimava per non aver abbandonato subito tutto. Maya si occupava del negozio e dell'altra parte della vita di Austin. Griffin aveva aiutato per l'avvocato e per le questioni legali.

Sierra coordinava tutto, mentre Austin le stava affianco cercando di aiutare dove poteva - anche se spesso dava solo il suo consenso o metteva i soldi.

Austin non sapeva cosa avrebbe fatto senza la sua famiglia.

Senza Sierra.

Sierra non aveva detto una parola riguardo al passato

di Austin, aveva semplicemente annuito, alzato le spalle e si era immersa nelle mille cose da fare. Austin aveva discusso della probabilità che Leif fosse suo figlio, ma Sierra aveva scosso la testa.

"Aspetta quando sei pronto per raccontarmi tutta la storia. Se non sei pronto e vuoi solo farmi sentire meglio, allora sappi che non aiuti nessuno."

"Non c'è molto da raccontare,"disse piano. La baciò appassionatamente e poi si rilassò.

Sierra dormiva da lui ogni notte, e praticamente si era trasferita a casa sua. Non avevano fatto l'amore, ma dormivano a cucchiaio, tenendosi stretti per tutta la notte.

Sierra lavorava durante il giorno e aiutava Austin la sera.

Austin aveva cercato un posto per iscrivere Leif a scuola, gestendo gli avvocati durante il giorno, e imparando ad essere un padre la sera.

Prendersi cura dei dettagli e delle pratiche aveva preso il sopravvento sulle loro vite, e ora che era quasi tutto sotto controllo, l'impatto emotivo si faceva sentire.

Adesso lui era un padre, un padre single. Sì, Sierra era sua in ogni modo, ma non avevano ancora avuto un'importante discussione. Sarebbe successo presto, perchè non era sicuro di poter mettere ancora più problemi sulle spalle della sua donna. Si sentiva già un mascalzone, per tutto quello che aveva fatto nell'ultimo periodo.

Sierra era al lavoro quando Austin tornò a casa, trovando Leif seduto in veranda a fissare la catena montuosa. Il suo linguaggio del corpo mostrava che era chiuso. Anche se Austin era preoccupato per la propria vita, per quella di Sierra, e quella della sua famiglia, Leif veniva prima.

Aveva sempre saputo che un giorno sarebbe diventato papà.

Solamente, non si aspettava di saltare i primi dieci anni della vita di suo figlio. Ora aveva un bambino di dieci anni e non aveva nessuna idea di cosa farci. Come poteva conoscere il proprio figlio quando nessuno dei due era molto bravo a parlare?

Vedeva i suoi occhi in quella faccina. Vedeva il suo mento, i suoi zigomi. Leif aveva il naso di Maggie, ma niente di più.

Leif era un Montgomery, tuttavia Austin non sapeva cosa fare.

"Vai anche tu là fuori, figliolo," disse sua madre dall'altra parte. Marie si era presa il pomeriggio libero per andare a prendere Leif all'uscita da scuola, così Austin poteva recuperare un po' di lavoro. Harry stava bene tutto sommato e non voleva che Marie gli stesse addosso. Un nuovo nipote era appena entrato nella famiglia.

Buffo come succedono le cose.

"Non so cosa dirgli, mamma," disse Austin. Non aveva mai avuto la necessità di mentire a sua madre, da adulto. Certo, era stato un idiota da ragazzo, ma ora che era più grande aveva bisogno di consigli e di conforto. Non nascondeva nulla.

Oltre a quello che provava per Sierra, ma era qualcosa che doveva intellettualizzare da solo.

Prima o poi.

"Vai a scoprire quali sono i suoi hobby. Scopri il suo colore preferito. Chiedigli come è stata la sua giornata. Ha finito i compiti, ma puoi chiedergli di cosa si trattava." Marie gli prese la testa fra le mani e Austin singhiozzò. "È un ragazzo brillante, Austin. Sorride quando nessuno lo guarda."

"Lo so. L'ho visto." Lui non lo stava guardando? Non stava cercando di capire cosa fare?

"Lo so, piccolo. Ci stai provando. Questa cosa ci ha

preso alla sprovvista. Mi piaceva Maggie, quando uscivate insieme, anche se non la conoscevo bene. È veramente triste che sia morta."

Austin annuì. "Lo so. Non so come Leif stia affrontando la cosa."

Marie scosse la testa. "Beh, grazie a Dio, Sierra ha fissato un appuntamento con uno psicologo."

Austin singhiozzò. "Ha detto che il suo l'aveva aiutata, e francamente, anche se non mi piace dire i miei sentimenti a degli sconosciuti, se può aiutarlo, tanto meglio."

"Buon per te, figliolo. Questa è una benedizione. Lo so. Il fatto che abbiamo una possibilità con lui ora non è una cosa che possiamo dare per scontata. Mi dispiace solamente di aver perso i suoi primi dieci anni."

La bocca di sua madre si fece più fina, e Austin si pizzicò il naso. Ne avevano già parlato. Nessuno, incluso Austin e Sierra, era contento che Maggie l'avesse nascosto. Infatti, Austin era furibondo. Ma in quel momento, urlare e precipitarsi non avrebbe aiutato Leif.

Non c'era stata nessuna lettera segreta o appunto per Austin, in caso Maggie fosse morta. Non c'era niente, tranne il cognome di Leif e quello di Austin sul suo certificato di nascita. La mancanza di risposte mandava Austin su tutte le furie, ma a quel punto non poteva fare niente, se non andare avanti e trovare un futuro con il figlio che aveva appena ritrovato.

"So che sei turbata, mamma."

Marie espirò. "Mi dispiace parlarne ancora. Proverò a trattenermi, ma ora non ci riesco. Vai fuori in veranda con tuo figlio e inizia a conoscerlo. Non è cattivo e sono sicura che non morde."

Austin fece un sorriso e poi baciò sua mamma sulla guancia. "Ti amo. Grazie per tutto."

Marie Sorrise dolcemente. "Anche io ti amo. Sierra sarà a casa presto?"

Casa. Sierra non viveva lì tecnicamente, ma si era abituato ad averla in casa. Dio, non pensava fosse giusto metterle tutto questo sulle spalle. Sierra aveva perso un bambino e ora stava crescendo suo figlio con lui, un bambino che aveva la stessa età del figlio perso da Sierra.

Non era affatto giusto, e Austin non sapeva cosa fare.

"In teoria sì," disse con un'aria assente.

Sua mamma studiò la faccia di Austin, inarcando le sopracciglia. "Ci vediamo presto, piccolo."

"Grazie, mamma," disse di nuovo, accompagnandola alla porta.

Si mise a guardare Leif in veranda, con le mani in tasca come suo figlio.

Suo figlio.

Non era sicuro che si sarebbe mai abituato a quell'idea.

"Cosa ci fai qui?"

Leif si girò, con lo sguardo profondo. "Sto pensando."

Allo stesso modo, Austin pensava, pensava che non era tanto diverso da lui. Tale padre, tale figlio.

Merda.

"A cosa pensi?"

Leif fece spallucce di nuovo e si sedette in una delle sedie sdraio. "A tante cose. Com'è andata al lavoro, Austin?"

Il bambino lo chiamava Austin, non papà, qualcosa per cui probabilmente non erano ancora pronti - nemmeno lontanamente.

Austin alzò le spalle come aveva fatto Leif. "Bene, penso." Il ragazzo gli fece l'occhiolino e spostò lo sguardo. Ah, sì, forse doveva parlare un po' di più, se voleva che Leif facesse la stessa cosa. Quel bambino era un essere umano, e Austin aveva già parlato con tanti altri esseri umani. Perché doveva essere così difficile?

"Ho avuto due consulenze, oggi. È quando parlo con i miei clienti riguardo il tatuaggio che vogliono."

Leif si rianimò e si girò. "Veramente? Gli fai subito il tatuaggio dopo la consulenza?"

Austin si rilassò per l'interesse di Leif. I tatuaggi erano qualcosa di cui avrebbero potuto parlare. Poteva non assomigliare al papà perfetto, con le braccia tatuate, la barba, e il suo corpo possente, ma i tatuaggi non erano un tabù per lui. Magari li avrebbe anche mostrati a Leif.

"A volte. Dipende dal tatuaggio e dal tempo. Un tatuaggio grande può anche richiedere più di una seduta. In più, mi piace che le persone con le quali lavoro vadano a casa con un bozzetto che amano, per pensarci su. Non voglio tatuarli e vederli sclerare dopo aver preso la decisione sbagliata."

"Perchè i tatuaggi sono per sempre."

Austin annuì, tenendo fuori il suo braccio. "Sì. Posso camuffare certi tatuaggi, e posso anche rimuoverli se ne hanno veramente bisogno, ma fa un po' male - tanto male. In più, sfregi solamente la pelle, quindi non è proprio la stessa cosa."

Leif guardò attentamente il braccio di Austin. "Te li sei tatuati tu?"

"Sì. Tutte e due le braccia. Ne ho fatti alcuni. Maya ha fatto i restanti. Si chiamano tatuaggi a manica."

Leif alzò lo sguardo. "Ti sei tatuato *da solo*."

Austin sorrise. "Sì. Non posso farne troppo grandi da solo, perché il dolore mi stanca, e tanti angoli sono troppo difficili, ma mi piace sapere che ho le mie opere d'arte sul mio corpo."

"Che figo." Leif sporse una mano esitante. "Cos'è questo? È uguale al tuo logo."

Austin inspirò. "È il Montgomery Iris. L'azienda di Wes e Storm ha lo stesso logo. È il logo, anzi, lo stemma della nostra famiglia. Tutti i Montgomery hanno lo stesso tatuaggio, solamente in parti diverse del corpo e in diversi colori."

"Veramente? Anche Marie e Harry?"

Austin sorrise. "Anche Marie e Harry."

"Quindi cosa devo fare per averlo?" domandò Leif con lo sguardo sul tatuaggio, piuttosto che sul viso di Austin.

Austin deglutì. "Far parte della famiglia. E avere diciotto anni."

Leif alzò lo sguardo e sorrise. "Pensi che..."

Austin inspirò. "Penso che quando avrai diciotto anni e lo vorrai, ti tatuerò sicuramente. Ma non in un posto vistoso, se vuoi lavorare in un luogo dove i tatuaggi non sono visti di buon occhio. A noi piacciono e non abbiamo alcun problema, ma certe persone giudicano e spero tu non abbia a che fare con queste persone, quando avrai diciotto anni."

Leif sbatté le palpebre, con gli occhi umidi. Austin sapeva che i suoi erano uguali. Doveva essere l'allergia. "Solo otto anni allora."

Oh merda. Solo otto anni. Si era perso così tanto della sua vita. Sì, faceva schifo, e non doveva biasimare i morti, ma lo faceva. Maggie gli aveva rubato qualcosa di prezioso per una ragione o per un'altra. Aveva messo il suo cognome sul certificato di nascita, quindi sì, Leif poteva essere eventualmente rintracciato, ma gli aveva tenuto lontano suo figlio. Magari, in fondo voleva che sapesse di Leif, ma non sapeva se fosse opportuno. Glielo aveva nascosto. Probabilmente perché pensava che si sarebbe arrabbiato, ma in quel momento non gli importava la ragione. Gli importava soltanto che non era stato presente alla nascita di Leif, si era perso le sue prime parole, i suoi primi passi, il suo primo giorno di scuola.

Si era perso così tante cose, e adesso gliene mancavano ancora di più, perchè avevano una lunga strada davanti per capire cosa sarebbero diventati.

La vita era corta, e Austin non voleva perdere ancora tempo prezioso con suo figlio.

"Ehi, voi due, ho portato la cena," disse Sierra dall'ingresso, con una scatola di pollo in mano.

Austin si fermò e prese la scatola dalle sue mani, abbassandosi per baciarla. "Grazie, spilungona."

Lei gli sorrise e poi guardò Leif. "Hai fame, Leif?"

"Sì sì. Hai preso il pollo con riso e fagioli? È il mio piatto preferito." Dondolò la testa e arrossì.

Santo cielo, Austin si stava innamorando di suo figlio.

Austin guardò Sierra negli occhi, e capì che anche lei si stava innamorando di lui.

Dovevano parlare.

Presto.

"Sì," disse Sierra dopo essersi schiarita la voce. "Ho preso quello con riso con i fagioli. È anche il mio preferito."

"Anche il mio," aggiunse Austin, notando come erano effettivamente una famiglia.

Loro tre.

Non era sicuro di come sentirsi al proposito, ma avrebbe fatto un passo alla volta. Era tutto quello che poteva fare.

"SI È ADDORMENTATO?" domandò Sierra, passandosi le mani tra i capelli.

Austin entrò nella camera da letto, chiudendosi dietro

la porta. Leif aveva preso una stanza al piano di sopra e dall'altra parte dell'ingresso, ciò voleva dire che era la più lontana dalla camera principale di Austin. Non c'erano stati problemi fino ad allora, e sapendo cosa voleva fare Austin quella sera, era grato per quella sistemazione.

"Sì. Si è addormentato subito. Sembra che la giornata campestre a ginnastica l'abbia stancato."

Sierra inclinò la testa di lato. "Sapevamo che aveva la giornata campestre?"

Austin scosse la testa. "No, non lo sapevamo. Non penso che mamma lo sapesse, altrimenti l'avrebbe detto. Leif aveva detto che non è stato niente di che, solo l'ora di ginnastica, non tutto il giorno come facevamo noi quando eravamo ragazzini."

Sierra aggrottò le sopracciglia. "Se ne sei sicuro. Sembra qualcosa che avremmo dovuto sapere, no?"

Austin si passò una mano sul viso. "Onestamente, non ne ho idea, ma lo sappiamo adesso, e penso si stia aprendo abbastanza, se ne avrà una in futuro, lo sapremo." Almeno sperava. A questo punto era una scommessa se fosse riuscito a far parlare Leif della sua vita. La loro chiacchierata sulla famiglia e sui tatuaggi, sul portico, era stata decente, meglio delle chiacchierate che avevano di solito.

Sierra era in piedi vicino al letto, con addosso una delle camice di Austin e un paio di pantaloncini da pallavolo. Degli short che rendevano le sue gambe ancora più sexy. Il cazzo di Austin si rianimò a quella visione, e lui trattenne un gemito. Era passato molto tempo da quando avevano fatto l'amore. Avevano troppa paura di fare qualcosa, con Leif a casa. Certamente, non era un problema per le coppie con dei figli in casa, ma per lui era la prima volta, non voleva fare qualcosa di sbagliato.

Così, lui e Decker avevano eliminato l'arsenale in cantina. Era stato piuttosto facile visto che Austin non aveva molte cose, ma era stato come dire addio ad una parte di lui. Non poteva rischiare che Leif scoprisse quel posto. Quello che lui e Sierra facevano nella loro vita privata erano affari loro, ma sarebbe stato irresponsabile non trovare un modo di proteggerlo da cose che non avrebbe capito. In più, niente era stato formalizzato riguardo al fatto che Leif vivesse lì. Sì, il bambino aveva il suo stesso sangue, ma il tribunale doveva mettere il suo timbro sulla faccenda. Le persone avevano paura di ciò che non capivano, e considerando le ragioni per cui Maggie l'aveva lasciato, non avrebbe fatto niente che avrebbe potuto distruggere la vita di Leif di nuovo.

"A cosa stai pensando?" domandò Sierra, avvicinandosi a lui.

Lui aprì le sue braccia, e lei ci si gettò, riposando la sua testa sul suo petto. "Mi sei mancata," sussurrò.

Sierra si ritrasse, con un sopracciglio alzato. "Sono sempre stata qui, Austin. Come ti sono potuta mancare?"

Austin le mise una mano nei capelli. "Sei stata con me in tutto questo tempo. Non so come ringraziarti." Corrugò la fronte. "Ti ho mai ringraziata? Oppure ho solo dato per scontato il tuo aiuto, la tua guida, e la tua personalità forte?"

Sierra sorrise dolcemente e poi prese le guance di Austin tra le mani. Lui le baciò i palmi delle mani gentilmente. "Mi hai già detto grazie. Sei anche uscito da una situazione quasi impossibile. Hai un *figlio*, Austin. Fa così tanta paura, ma tu hai alzato la testa e hai detto 'ok, affrontiamo questa cosa'."

Lui scosse la testa. "L'ho potuto dire solo perchè eri lì con me. Certamente, non c'era nessun'altra possibilità riguardo Leif. Non l'avrei lasciato in una casa famiglia, con così tante stanze libere a casa mia, ma tu hai fatto lo stesso, Sierra. Hai messo la tua vita in pausa e hai cambiato la tua vita per lui. E per me. L'hai accettato senza discutere. Non so come potrò ripagarti."

Sierra singhiozzò. "Hai anche un posto nel tuo cuore per lui, Austin. Lo penso, anche se non posso vederlo."

Austin deglutì. Non sapeva cosa fare con i suoi sentimenti quando si trattava di Leif. Era una situazione surreale da razionalizzare.

"Posso vedere che non sei ancora pronto, e lo capisco. Per quanto riguarda ripagarmi? Non mi devi niente. Ho la possibilità di vedervi insieme e di capire cosa significa per lui essere qui. Ho tutto ciò di cui ho bisogno."

Santo cielo, era perfetta. Stava rinunciando a così tante cose per lui. Avevano iniziato divertendosi insieme e vedendo dove la loro relazione li avrebbe portati, e ora lei viveva praticamente con lui ed era diventata la famiglia di Leif. Non aveva chiesto niente di tutto ciò, e Austin si sentiva come se stesse aspettando che lei dicesse che ne aveva abbastanza, andandosene.

Non poteva pensarci ora.

Adesso, voleva pensare a qualcos altro.

Si sporse in avanti e strofinò le sue labbra sulle sue. "Sei sicura di avere *tutto* ciò di cui hai bisogno?"

Sierra arrossì, sentendo sulla pelle il suo calore. "Austin…"

"Sono passate due settimane, baby. Leif è dall'altra parte della casa e possiamo essere discreti." Alzò un sopracciglio. "Beh, io posso esserlo. Magari dovrei imbavagliarti per non farti gridare troppo forte."

"Oh davvero? Vuoi imbavagliarmi adesso?"

Non era un fan dei bavagli, perchè gli piaceva quando lei diceva il suo nome, ma… no, non quella volta.

"Voglio entrare nel tuo calore con il mio corpo su di te. Voglio andarci piano ed essere silenzioso, e assicurarmi che tu senta ogni centimetro di me. Cosa ne pensi, spilungona?"

Sierra spalancò gli occhi, le sue pupille si dilatarono, sentendo quelle parole.

"Sei sicura che mi potrai far stare in silenzio?"

Austin gemette e la avvicinò a sé. "Possiamo fare del nostro meglio. Non smetterò di fare l'amore con te perchè Leif è qui. Troveremo un modo."

"Allora facciamo l'amore."

Austin si fiondò con la bocca su quella di Sierra, lasciando che il suo dolce sapore gli invadesse la bocca. Poi la fece camminare all'indietro verso il letto, tenendole le mani nei capelli, sulla faccia, con la bocca su quella di lei. Lei gemette nella sua bocca, e lui le mordicchiò le labbra.

"Silenzio," sussurrò.

Gli occhi di Sierra luccicavano. "Hai un così buon sapore." Con le mani gli prese l'uccello e lui gemette.

"Silenzio," sussurrò Sierra.

Lui sbuffò e fece un passo indietro, prima di spogliarla velocemente. Lei ansimò, sorpresa dalla sua velocità.

"Vai sul letto e mettiti sulla schiena."

Sierra eseguì, con lo sguardo puntato su quello di Austin. I suoi capezzoli rosa si indurirono, e lui sfilò la sua erezione dai pantaloni.

"Apri le gambe."

Quando lo fece, lui trattenne un altro mugolio. "Sei bagnata per me, baby," sussurrò. "Così fottutamente bagnata. Vuoi che ti lecchi prima di penetrarti col mio uccello? Ti toglierà il dolore?"

Lei annuì, mordendosi le labbra.

Austin si spogliò velocemente e poi andò sul letto. Si mise le gambe di Sierra attorno al collo e le leccò la figa con un lungo movimento della lingua.

Quando sentì un grido ovattato, vide che si era messa

un cuscino sulla faccia. Beh, quello era un modo per essere silenziosa. Ritornò a mangiarla, mordendo e succhiando le sue labbra e il suo clitoride. Sierra tremò contro la sua faccia, gemendo piano, mentre lui aumentava la pressione sul suo clitoride. Strofinandosi contro di lei, allo stesso tempo, le riempì il culo con un dito, e lei venne.

Forte.

"Alla mia Sierra piace quando gioco con il suo culo?" chiese, leccandosi le labbra con il sapore di Sierra addosso.

Sierra si spostò il cuscino dalla faccia e annuì. "Sì. Mi piace il sesso anale. Non giudicarmi. Possiamo farlo più tardi però. Adesso per favore, metti il tuo cazzo dentro di me."

Alzò un sopracciglio al suo ordine. Quella sera era diverso tra di loro, e entrambi lo sapevano. Non erano un dominante e una sottomessa. Erano Austin e Sierra che facevano l'amore. Questa era la loro perversione, Austin si sentì fortunato ad aver trovato una donna che aveva gli stessi gusti.

"Ti scoperò il culo più tardi allora, spilungona. Adesso lascia che mi metta un preservativo così possiamo fare l'amore."

Sierra gli prese il polso e scosse la testa. "Nessun preservativo. Mai più. Prendo la pillola e tutti e due non abbiamo malattie. Ti voglio dentro di me."

Lui trattenne un mugolio e la baciò appassionatamente. "Non vedo l'ora di essere nudo dentro di te, baby. Lo so che lo abbiamo già fatto una volta senza, ma questa volta è per sempre. Mi capisci?"

"Allora entra dentro di me."

Austin si posizionò davanti alla sua figa, tenendo lo sguardo su di lei. Quando le mise il cazzo dentro, la bocca di Sierra si aprì in un piccolo gemito. Scivolò dolcemente dentro di lei, centimetro dopo centimetro, fino a quando le palle non le arrivarono al culo, poteva sentire ogni dolce centimetro di lei attorno al suo cazzo.

Austin deglutì, gli tremavano le braccia. "Ti sento così bene, baby," sussurrò.

"Io…Io…" Sierra sbatté le palpebre e poi spostò le mani sulla schiena di Austin. "Muoviti. Voglio sentire ogni parte di te."

Lui annuì e poi uscì prima di scivolare piano di nuovo dentro di lei. Austin tenne gli occhi fissi su quelli di Sierra, mentre faceva l'amore con la sua donna, la donna che amava. Quando vennero insieme, sussurrarono i loro nomi, i loro corpi tremavano.

Austin sapeva cosa Sierra gli stava per dire, prima di dirgli di muoversi. Anche lui lo aveva quasi detto. C'era una ragione per cui non l'aveva ancora detto, ma non poteva più aspettare. Amava Sierra Elder, ma ora che le cose erano cambiate, non era sicuro che sarebbe durata.

Il suo cuore vacillò, e baciò Sierra dolcemente, provando a trovare il modo di allontanarsi. Aveva bisogno di lei più di qualsiasi altra cosa, ma non era sicuro che lei avesse bisogno di lui allo stesso modo.

Quello gli faceva più paura dell'idea di averla per sempre nella sua vita.

Molto di più.

Capitolo 17

"NON RIESCO ANCORA A REALIZZARE CHE TU SIA diventato papà," disse Shep, mentre si sedeva nella veranda dei suoi zii, godendosi una bella birra.

Austin sbuffò dalla sua sedia, giusto affianco a lui. "Ho ancora tanta strada da fare per essere padre."

Shep scosse la testa e bevve un altro sorso della sua birra. "Cosa ne pensi, nonno, ci credi che Austin sia padre?"

Harry, che era seduto dall'altra parte rispetto ad Austin, bevve un sorso d'acqua. "Ci credo, solo perchè vedo Austin in ogni cosa che fa Leif. È buffo quanto quel ragazzo ti assomigli, pur non avendoti visto per dieci anni."

Shep trattenne una risposta cattiva all'affermazione di Harry. Aveva incontrato Maggie una volta, dopo aver definitivamente lasciato Denver per trasferirsi a New Orleans. Era una donna viziata, egoista e completamente diversa da Austin. Si era trattenne per non rispondere male, in fondo si trattava della mamma di Leif. Non era giusto parlare male dei morti, ma aveva privato suo cugino e il resto dei

Montgomery di ricordi e di esperienze che non sarebbero mai più ritornati. E Leif era stato costretto in una casa famiglia, non sapendo cosa gli riservava il futuro, perché lei glielo aveva tenuto segreto. Era un peccato gravissimo secondo Shep, e anche se era morta, non era sicuro che sarebbe mai riuscito a perdonarla, data l'espressione che aveva ora Austin sul viso.

Suo cugino poteva dire che aveva superato quel trauma e che ora guardava verso il futuro, ma Shep la sapeva più lunga. Austin non aveva idea di come comportarsi con suo figlio, e quello era un peccato. Certo, il bambino stava iniziando ad aprirsi, ma non era ancora stato con tutti i Montgomery insieme. Quella situazione poteva fare paura a chiunque, specialmente a un bambino che aveva vissuto solo con la madre per la maggior parte della vita.

"Leif va bene a scuola?" domandò Harry, con le mani che gli tremavano.

Shep trattenne una lacrima. La radioterapia era dura su quell'uomo, tutti potevano vederlo, ma Harry era forte. In più, con Marie al suo fianco, era ancora più forte. La prognosi era buona, secondo Harry; anche se tutti erano preoccupati, Shep sapeva che rimanendo ottimisti ce l'avrebbero fatta.

Non era per niente facile vedere Harry alle prese con il dolore.

Shep incrociò lo sguardo di Austin e vide che suo cugino provava la stessa cosa. Era orribile sentirsi così impotenti per le persone più care.

"È bravo. Ha una verifica oggi e abbiamo studiato insieme ieri sera."

Shep sorrise dolcemente. Quell'uomo si comportava proprio come un papà - anche se sapeva che Austin non si sentiva tale.

Parlarono ancora un pò di Leif, Shep cercò di avere il

massimo di informazioni. Voleva saperne di più sulla vita del bambino e su come stava affrontando la situazione.

"Pensi che sia pronto per la grigliata di domani?" domandò Shep quando Harry si addormentò.

Austin rimase in piedi, coprendo suo padre con una coperta. "Leif? Sì. Penso che se la caverà. Se non sarà il caso, ce ne andremo. Ha già incontrato quasi tutti individualmente, ma non ancora tutti insieme."

"Siamo un po' matti con chi conosciamo, e tendiamo a lasciare soli i nuovi arrivati."

Austin sbuffò. "Anche Sierra verrà, ed è anche la sua prima grigliata con i Montgomery."

Shep si lasciò scappare un fischio. "Stessa cosa per Shea a dir la verità. Almeno avranno l'un l'altra quando non si sentiranno a loro agio."

"Vero. Parlando di Shea, come sta? È già passato un mese, e sembra ancora, non so, un po' distante."

Shep espirò. "Lo so, amico. Anche io l'ho notato e ne abbiamo parlato insieme. L'unica cosa che dice è che sta bene. Bene. Odio quella fottuta parola. Non vuol dire bene. È un campo minato di sventura e lacrime."

"Dannazione. Pensi che sia dovuto a sua madre?"

Shep singhiozzò. Sua mamma era una puttana di prima categoria e aveva già provato a portar via tutto quello che poteva a Shea.

"Spero di no, ma l'ipotesi mi era già venuta in mente."

"Non so cosa dire, Shep. Non ti posso aiutare se non capiamo da cosa è causato il suo malessere."

"Se hai già abbastanza problemi al momento, questo non mi riguarda. Preoccupati dei tuoi problemi e capirò da solo cosa c'è che non va. Dev'esserci qualcosa, perchè lei non sta bene. Tutti e due lo sappiamo. Magari si confiderà e mi dirà cosa c'è, perché mi sta uccidendo sapere che non si fida abbastanza di me per aprirsi."

Austin lo guardò aspramente. "Fiducia? Pensi che sia solo quello?"

Shep si passò una mano sul viso. "Cos'altro potrebbe essere? Pensavo che fossimo aperti l'uno con l'altro su tutto. Ma probabilmente mi stavo sbagliando."

"Shep."

"Comunque. Ora tornerò da Griffin. Shea è lì e sta lavorando su qualcosa, e beh, voglio essere lì con lei." Incrociò lo sguardo di Austin e poi guardò Harry che stava dormendo. "Probabilmente torneremo presto a New Orleans. Siamo stati qui per un mese, e anche se Shea può fare tutto tramite computer e io ho lavorato alla Montgomery Ink, dobbiamo ritornare a casa."

Austin annuì. "Lo so. L'ho capito. Fammi sapere quando te ne andrai, e ti aiuterò se avrai bisogno di me."

Shep abbracciò il cugino e accarezzò la testa dello zio, poi entrò in casa per partire. Qualcosa stava succedendo con Shea. Lei non era felice, e lui poteva solamente pensare che fosse a causa sua.

Deglutì a fatica. Non l'avrebbe mai lasciata allontanare, senza sapere cosa la rendesse così strana. L'amava più di ogni altra cosa al mondo, e doveva sapere come poteva aiutarla.

Anche se gli avrebbe fatto male.

Capitolo 18

"Quanti Montgomery ci saranno?"

Austin non le rispose. Sierra doveva prepararsi e aguzzò il suo sguardo. Il suo uomo le sorrise, con le mani in tasca.

"Senza dubbio, sei sexy con questo vestito, spilungona."

Lei trattenne un sorriso a quelle parole. Quel vestito estivo le stava bene, ma non se la sarebbe cavata con qualche parola gentile. Aspetta. Era forse *troppo* sexy? Si girò di schiena e guardò Austin nello specchio sul retro della porta del suo armadio.

"È troppo sexy?" Cazzo. Voleva fare una buona impressione e non l'avrebbe potuta fare sembrando una puttana in cerca di clienti. Sì, aveva detto puttana. Poteva succedere.

Delle mani forti le lambirono la vita quando Austin spuntò dietro di lei. Lui le inclinò la testa sul lato e le baciò delicatamente il collo. Dei brividi le percorsero il corpo, e le sue ginocchia si afflosciarono. Dannato uomo, dannatamente bravo.

"Sei fantastica, spilungona. Non sei troppo sexy," aggiunse quando lei aguzzò il suo sguardo di nuovo. "Le tue gambe sono sexy, ma lo sono sempre. A dir la verità, il solo modo in cui potrebbero essere ancora più sexy sarebbe aggrovigliandosi attorno la mia vita… o attorno il mio collo." La baciò dietro la tempia. Veramente. Dannato uomo. "Infatti, magari ti dovrei far cambiare, facendoti mettere dei pantaloni o un vestito da suora, così i miei fratelli non potranno guardarti le gambe. Quelle sono mie, baby."

Lei fece lo guardò esasperata. Voleva marcare il territorio? "Possono guardare tutto quello che vogliono, ma quello con cui andrò a casa sarai sempre tu." Oh, cavolo. Quella sembrava più una frase da moglie piuttosto che da fidanzata. Non aveva ancora incrociato lo sguardo di Austin, in caso lui l'avesse presa male. Non voleva rovinare la loro giornata prima ancora che cominciasse. "Allora, non hai ancora risposto alla mia prima domanda. Quanti Montgomery ci saranno?"

Austin indietreggiò e le diede un colpetto sul sedere. "Solamente i miei fratelli e sorelle e i rispettivi compagni. Oh, e Shep, Shea e Decker. Qualcuno potrebbe portare una ragazza o, nel caso di Maya, Jake visto che sono sempre insieme, ma oltre a loro, mamma e papà non volevano inondare te, Shea e Leif con troppe persone sin da subito."

"Sai che visto che siete otto in famiglia sarete *sempre* tanti? Non vi si può prendere a piccole dosi."

La sculacciò un'altra volta, e lei alzò gli occhi al cielo. "Cosa possiamo farci? Ci piace il chiasso. È rassicurante. Adesso finisci di prepararti, visto che so che vorrai essere perfetta - anche se ai miei occhi lo sei già - mentre vado a far preparare Leif. È un po' nervoso."

Sierra si compiacque a quei complimenti, anche se era

preoccupata per quel ragazzino che era entrato nelle loro vite così all'improvviso. "Vuoi che ti aiuti con Leif?"

Qualcosa di strano riempì gli occhi di Austin, ma cambiò subito sguardo. Era strano. "Ce la posso fare. Devo conoscerlo meglio in ogni caso, giusto?"

Huh. Quella reazione era… diversa. Lui la baciò sul lato della bocca e poi lasciò la stanza. Cosa aveva fatto? Detto? Magari stava analizzando tutto troppo in profondità. Dopotutto, le ultime settimane erano state difficili.

Finì di mettersi il mascara abbastanza bene per incontrare la famiglia. L'intera famiglia. Tutta in una volta. Quanta pressione. Grazie a Dio, Shea sarebbe stata nella stessa situazione.

Il suo telefono suonò nella borsetta sul letto, così si avvicinò per rispondere. La sua scarpa si impigliò nella camicia che Austin aveva lasciato sul pavimento, quindi rispose al telefono senza guardare lo schermo. "Pronto?"

"Sierra, sono Rodney."

Il suo cuore accelerò, si sedette tremando sul bordo del letto. Aveva parlato qualche volta con il suo amico e avvocato, dall'orribile telefonata che aveva ricevuto dai genitori di Jason, ma non ci aveva parlato così spesso. Grazie a Dio, non aveva più parlato con Todd e Marsha. In realtà, più ci pensava, più le facevano paura. Se non avevano nessun asso nella manica, la chiamavano e la tormentavano come facevano quando erano a corto di opzioni. Ultimamente l'avevano lasciata in pace. Poteva significare che si erano arresi, ma Sierra li conosceva. Stavano organizzando qualcosa, e non aveva idea di cosa fosse.

Quel nodo di preoccupazione diventò una pietra nello stomaco, Sierra dovette prendere un grande respiro prima di rispondere. "Sì, Rodney. Cosa c'è?"

"Beh, ho una buona e una cattiva notizia."

Sierra deglutì. "Ok."

"La buona notizia è che non abbiamo ricevuto nessun documento dal tribunale riguardo la loro causa. La cattiva notizia è che stanno ancora cercando di creare problemi."

Il suo corpo tremò. "Cosa vuoi dire?"

"Voglio dire che non siamo ancora fuori dal tunnel e che loro stanno cercando un modo per farti causa. Mi dispiace, Sierra."

"Grazie per farmelo sapere. Devo andare adesso."

Sierra chiuse la telefonata prima che l'avvocato potesse dire qualcosa, e poi cercò di ritrovare la calma. Marsha e Todd volevano farle causa e prenderle l'Eden. Non ce l'avrebbero fatta. Non c'era nessun modo per farlo, a meno che le chiedessero un rimborso pari al valore di tutto l'Eden. L'avevano già quasi fatto un'altra volta, e questo la spaventava, ma doveva calmarsi. Doveva andare ad una grigliata in famiglia e Leif aveva bisogno di lei.

Quel bambino non era suo figlio, ma era dannatamente sicura che si comportava come avrebbe fatto il suo.

Rimise il telefono nella borsetta, si sistemò il vestito, e poi uscì dalla camera da letto, allontanando le sue paure, i suoi ma e i suoi se. Avrebbe detto ad Austin della chiamata e di quello che pensava *dopo* la grigliata. Non voleva rovinare la festa e la presentazione di Leif con i suoi problemi. Ce n'erano già abbastanza senza i suoi.

Austin e Leif erano in salotto, tutti e due in silenzio, senza guardarsi. Beh, si guardavano, ma solo quando pensavano di non essere visti. Sapeva che Austin cercava di conoscere suo figlio, ma era difficile. Non sapevano veramente come fare e non ci riuscivano, sotto certi aspetti. Sì, Austin era diventato padre all'improvviso e non aveva respinto Leif, ed era stato Leif in primis ad andare verso Austin, ma non era ancora abbastanza. Erano due estranei in una situazione impossibile.

"Pronti per partire?" disse Sierra, sorprendendoli.

Austin si alzò velocemente, passandosi una mano tra i capelli. Lei trattenne un sorriso quando Leif fece la stessa cosa. Erano così carini che voleva solamente prenderli e non lasciarli mai più.

"Sono pronto," disse Austin goffamente.

"Sono pronto," disse Leif allo stesso tempo.

Troppo... carini.

LA QUANTITÀ di Montgomery in un solo posto era un po' sorprendente - no, opprimente e del tipo 'Oh mio Dio'.

"È come se si moltiplicassero quando sono insieme," sussurrò Shea al suo fianco.

"In modo esponenziale," le rispose Sierra sussurrando, grata per il fatto che Shea fosse lì con lei, anche se sembrava un po' pallida. "Stai bene, tesoro?"

Shea incrociò il suo sguardo, con gli occhi spalancati. "Sto bene."

Ehm, Austin aveva ragione. Shea continuava a dire che stava bene, e nessuno le credeva. Il povero Shep doveva essere fuori di testa.

"Se ne sei sicura."

"Sì, tranquilla. Vado a trovare Shep. Ti posso lasciare?"

Sierra annuì e guardò Shea allontanarsi verso suo marito. Qualunque cosa le stesse succedendo, sperava le sarebbe passata presto.

Un piccolo corpo si appoggiò su di lei, così abbassò lo sguardo verso Leif, mettendogli le braccia attorno alle spalle.

"Cosa succede, piccolo?"

"Mi sto solo guardando intorno," mugolò, mentre Sierra gli grattava la schiena.

Poverino. C'erano molti Montgomery riuniti nel giardino di Marie e Harry. Grazie a Dio, nessuno era venuto con fidanzati o fidanzate, c'erano solo le coppie sposate; solo Maya aveva portato Jake. Sierra non capiva ancora la loro relazione, oltre al fatto che erano ottimi amici e che non andavano a letto insieme. Se andava bene a loro, tanto meglio; in ogni caso, Sierra non capiva ancora i loro strani sentimenti nascosti. Non che fosse nella posizione giusta per giudicarli.

Beh, non era del tutto vero. Austin l'aveva portata lì. Da quando lo considerava come suo marito? Doveva essere stato un lapsus.

Leif e Sierra restarono in piedi in silenzio, guardando gli altri che parlavano e scherzavano. Leif aveva già fatto il giro di presentazioni con Austin. Sierra era rimasta in disparte per non interferire. Si sarebbe presentata più tardi. Non che non li avesse mai incontrati prima - idem per Leif. Questo era solamente il primo evento per loro due con tutta la famiglia.

Quella parola di nuovo.

Famiglia.

Si scrollò quella parola di dosso. Oggi si trattava del futuro di Leif, non del suo. Sierra portò lo sguardo su Harry, seduto sulla sedia da giardino, sorrideva con il viso pallido. Dio, quell'uomo doveva soffrire, ma sembrava quasi si stesse riposando. Apparentemente, stava meglio rispetto a quello che tutti pensavano, quindi era un buon segno. In ogni caso, sapeva che il cancro alla prostata non se ne sarebbe andato in una nottata. Harry stava lottando, era tutto quello che contava.

Austin si diresse verso di lei, fissandola negli occhi, con le sue spalle larghe, il passo deciso. Dio, quanto lo amava. Se solo avesse avuto il coraggio di dirglielo. Non sapeva cosa la stesse trattenendo, ma c'era qualcosa.

Lo sguardo di Austin si spostò da quello di Sierra a quello di Leif, un freddo luccichio passò nei suoi occhi, prima di svanire.

Ecco. Quello. Quello faceva parte del perchè si tratteneva dal dirgli 'ti amo'. Leif era andato verso di lei. Sempre. Lui si fidava di lei e la prendeva come punto di riferimento molto più di quanto avesse mai fatto con Austin… se lo avesse mai fatto.

Oddio. Austin era *geloso* di lei? No, non poteva essere. Si stava solo immaginando delle cose.

"Ehi tu," disse dolcemente, mettendo da parte i suoi sentimenti. Stava ingrandendo le cose. Doveva essere così.

"Ehi." Austin si chinò, strofinandole le labbra con le proprie. Si allontanò, raggiungendo Leif, poi abbassò la mano, quando Leif si avvicinò ancora di più a Sierra.

Lo sguardo distrutto di Austin le ruppe il cuore.

"Vi state divertendo?" chiese Austin, dopo uno strano momento di silenzio.

Leif alzò le spalle.

Un rumore di passi sulla terrazza, era Cliff che correva verso di loro, con dietro Sasha con le scarpe con il tacco, nonostante la sua giovane età. Quella piccola ragazzina non era mai lasciata in disparte da qualsiasi cosa suo fratello maggiore stesse facendo. Sierra non riuscì a non sorridere.

"Ehi, Leif. Vuoi che andiamo a giocare?" Cliff aveva in mano una palla di gomma come quelle che Sierra usava in palestra per giocare a palla avvelenata o a calcio.

"Giochiamo!" disse Sasha battendo le mani.

Le ovaie di Sierra - quelle che considerava morte da tanto tempo - si rianimarono.

Beh, quello complicava le cose.

"Posso andare a giocare?" le chiese Leif. A lei. Non ad Austin.

Sierra incrociò lo sguardo di Austin, impotente. Leif non era suo figlio, per quanto ci provasse. Lei era solo la fidanzata di Austin, non una sostituta di Maggie.

Austin le fece un lieve cenno, a denti stretti.

"Certo, piccolo. Divertiti e assicurati che Sasha non si faccia male giocando."

Leif spalancò gli occhi e l'abbracciò forte, prima di correre via con Cliff, con Sasha che li seguiva. E di nuovo le sue ovaie si attivarono.

"Fai attenzione a Sasha, Cliff! E falla giocare," gridò Meghan, mentre lei e suo marito Richard camminavano verso Austin e Sierra.

Austin si girò, alzando la spalla in modo da prendere Sierra sottobraccio, per farla riposare sul suo fianco. Onestamente, al mondo per lui c'erano pochi posti migliori di quello in cui si trovava in quel momento.

"Hey, sorellina," disse Austin mentre l'altra coppia si avvicinava.

Meghan sorrise e si appoggiò al fratello, baciandogli il mento, prima di andare ad abbracciare Sierra. La famiglia di Austin adorava gli abbracci.

Beh, la maggior parte. Richard non aveva mai neanche incrociato il suo sguardo e non l'aveva nemmeno salutata. Non le era piaciuto la prima volta che lo aveva visto, e quell'impressione non era cambiata.

Non pensava che sarebbe mai cambiata.

"Richard," disse Austin, con un tono di voce più freddo.

L'altro uomo alzò un sopracciglio. "Credo che ci siamo già salutati quando hai portato qui quel bambino venti minuti fa. C'è un motivo per cui lo stiamo facendo di nuovo?"

"Richard," sussurrò Meghan.

Sì. Era una merda.

"Ci piace salutare le persone quando camminiamo verso di loro," disse Austin con disinvoltura, il suo corpo stretto a quello di Sierra. "Sai, parlo di gentilezza e tutte quelle altre cavolate."

"Come vuoi," disse Richard ottusamente e poi si girò verso Meghan. "È la seconda volta che ci incontriamo. Penso sia sufficente per un giorno."

Gli occhi di Meghan pregarono Austin di non dire nulla, e Sierra si dispiacque per lei. C'era qualcosa di cui Sierra non era al corrente, qualcosa che ad Austin non piaceva affatto.

"Vedo Griffin e Alex laggiù. Andiamo a parlare con loro, visto che non li ho ancora salutati, oggi," disse Sierra, facendo l'occhiolino ad Austin.

Austin grugnì, poi sospirò. "Devo andare a chiedere una cosa a mamma, puoi andarci prima tu? Arrivo tra poco." Guardò Richard. "Fammi sapere se ti serve qualcosa, Meghan. Qualsiasi cosa."

"Penso che *mia moglie* non abbia bisogno di niente," disse Richard.

"Sto bene, Austin," disse Meghan, con la voce stanca. "Devo solo dire addio a Richard e poi mi mescolerò alla folla."

"Scusami?" chiese Richard, con le guance rosse.

"Hai ragione, tesoro. Se sei occupato, allora vai a casa. Mi prenderò cura dei bambini, e visto che siamo venuti con due macchine diverse, siamo a posto."

Sierra allontanò Austin dalla coppia, che nel frattempo aveva iniziato a litigare. Meghan si faceva valere, dicendo che lei e i bambini sarebbero rimasti alla grigliata, ma Sierra sentiva che quella litigata non sarebbe finita lì.

"Ucciderò quel bastardo per aver guardato mia sorella così," grugnì Austin.

Sierra lo fermò e poi gli si mise davanti. "Non fare

nulla qui. Non davanti ai bambini. Non davanti a Leif. Ok?" Si mise in punta di piedi e gli baciò la barba sotto al mento.

Austin ringhiò di nuovo e poi la baciò appassionatamente. Proprio lì, davanti a tutta la famiglia Montgomery. "Lo faccio per loro e per te. Se non fosse stato per questo, gli avrei spaccato il culo."

"Non penso che sia quello che vuole Meghan."

"Fanculo quello che vuole Meghan. Quel tipo è una merda."

Sierra sbuffò. "È vero, ma se fai quello che Meghan non vuole ti metterai allo stesso livello di quell'idiota, quindi rispetta la sua volontà."

Austin strinse gli occhi e annuì. "Bene. Devo andare a parlare a mamma, come ti avevo detto. Te la caverai con Griffin e Alex?"

Sierra picchiettò il suo petto e sorrise. "Certamente, sarò a mio agio. Sono i tuoi fratelli."

"È quello che mi spaventa."

La lasciò ridendo, prima che lei andasse da Griffin e Alex, seduti su due sedie a sdraio. C'era una terza sedia accanto a loro, vuota.

"Vi dispiace se mi unisco a voi?" domandò Sierra.

Griffin le sorrise e la invitò a sedersi. "Certo, vieni. Stavamo solo parlando di cazzate."

Alex le fece un cenno con il capo e poi bevve un altro sorso della sua bevanda.

"Quello che Alex vuole dire con quel cenno è 'ciao Sierra, ti stai divertendo?'..."

Sierra cercò il viso di Alex e trattenne una smorfia allo sguardo vitreo negli occhi di lui. Era solo il pomeriggio. Come aveva già potuto bere così tanto?

Non erano affari suoi, ma dallo sguardo preoccupato

negli occhi di Griffin, sarebbe stato presto un problema familiare.

"Ti stai divertendo?" chiese Griffin, dopo un altro strano momento, tipico da Montgomery.

Sierra sorrise. "Sì, siete una famiglia magnifica."

Alex sbuffò ma non disse niente, e prese semplicemente un altro drink.

Griffin singhiozzò e poi si distese. Visto che era dall'altra parte di Alex, doveva parlare con suo fratello in mezzo, per discutere con Sierra. "Hai già sentito qualche buona storia su Austin?"

Sierra si rianimò. "Storie su Austin?"

"Oh sì. Ne abbiamo a decine. Wes e Storm ne hanno di più, visto che hanno la stessa età di Austin, ma anche noi ne abbiamo abbastanza per ricattarlo."

Sierra rise e scosse la testa. "Sei sicuro che Austin voglia che me le raccontiate, se sono materiale da ricatto?"

"Certo che no. È per questo che te le diremo proprio ora."

Sierra si sdraiò e ascoltò Griffin che le raccontava alcune storie di gioventù di Austin, che includevano un giro o due al pronto soccorso. Quel ragazzino poteva anche volersi occupare dei fratelli e delle sorelle più giovani, ma si era messo in un sacco di casini con Shep. Dio, amava veramente quella famiglia. Anche le persone scontrose l'avevano accolta a braccia aperte. Beh, magari non Alex, ma almeno non le aveva sputato addosso. Stavano arrivando alle storie più succulente - l'adolescenza di Austin - quando Wes e Storm si unirono a loro, portando le loro sedie.

"C'è stata quella volta in cui l'abbiamo trovato con quella ragazza di cui non ricordo il nome nel suo pick up vicino alla ferrovia," disse Wes. "Cazzo, come si chiamava quella ragazza?"

Storm sorrise. "Susan. La Susan Lady."

"Lady? Cazzo, me ne ero dimenticato," disse Wes ridendo.

"Di cosa state ridendo?" chiese Maya, mentre gironzolava con Jake al suo fianco. Quell'uomo non parlava molto, ma, cazzo, Maya aveva un amico sexy. Non che Sierra lo stesse guardando.

Troppo.

"Mi stanno raccontando delle storie su Austin," rispose Sierra.

"Anche io ne ho qualcuna," disse Jake, con la voce bassa e profonda.

Maya lo guardò esasperata. "Tutti ne abbiamo. Non c'è molta privacy, in questa famiglia. Quindi, cosa vuoi sapere? Penso che tutti sappiamo la storia di quando perse la verginità, visto che mamma era impazzita."

Sierra alzò un sopracciglio, trattenendo un sorriso. "Sto bene anche senza saperlo."

Maya fece spallucce. "Peggio per te. Hmm, c'è stata quella sera del suo compleanno dei ventun anni in cui era proprio, proprio ubriaco. È stato così divertente."

"Se avete finito di prendere in giro un uomo cho non può difendersi, sono qui per salvare Sierra," disse Decker mentre arrivava.

Sierra inclinò la testa. "Devo essere salvata?"

Decker sbuffò. "No, ma Austin ne ha bisogno. Griffin, amico, mi aspettavo di meglio da te. Cosa faresti se portassi qui una donna e se tutti le raccontassero le tue storie?"

Griffin sorrise. "L'ho fatto. Una volta. Mai più. Oh, che umanità." Rabbrividì, anche se stava ridendo. Sierra si alzò, esasperata.

"Non voglio che Austin si senta male, quindi accompagnami da lui."

Decker piegò il braccio, e lei si mise a braccetto.

"Grazie per tutte le storie, ragazzi. Sono onorata di essere qui."

La salutarono e poi ricominciarono a parlare delle storie di Austin. Apparentemente quando ne finiva una, ce n'erano tre in più da dire. Che famiglia.

"Ti stai veramente divertendo?" le chiese Decker mentre la portava da Austin.

Sierra annuì. "Completamente. La tua famiglia è uno spasso." Trattenne un sobbalzo.

"Va tutto bene, Sierra. Sono la mia famiglia per scelta, non per sangue."

Sierra si rilassò, tenendo un occhio su dove Meghan guardava i bambini. Leif sembrava divertirsi, quindi c'era una cosa in meno di cui si doveva preoccupare.

"Sono onorata di sentirlo," disse Sierra, che poi trattenne una reazione allo sguardo di Miranda. Era in piedi vicino ai suoi genitori, ma aveva sempre lo sguardo puntato su Decker.

Interessante.

Diceva sul serio, amava quella famiglia.

"Ehi, spilungona, ti stai divertendo?" chiese Austin, incontrandoli a metà strada, con una bevanda in mano. "Grazie per averla salvata, Decker."

Decker sorrise e scosse la testa. "Nessun problema. Adesso ritornerò da loro e gli dirò la storia di te e dell'inseminazione artificiale."

Sierra quasi si soffocò con il suo drink. "Inseminazione artificiale?"

Austin arrossì. "Non è quello che pensi."

"Non sono sicura di cosa devo pensare."

Decker rise e li lasciò soli.

"No, davvero, cosa hai fatto con l'inseminazione artificiale?"

"C'era dell'alcool, ma non era niente collegato al sesso. Te lo prometto. Fermiamoci qui."

I pensieri di Sierra andarono in così tante direzioni diverse, che rabbrividì a cosa poteva essere successo. "Esatto. Non voglio sapere cos'è successo."

Austin mise il suo braccio libero attorno Sierra e poi si inchinò, baciandola dolcemente. "Grazie per essere venuta."

Sierra sospirò, chiudendo gli occhi mentre si appoggiava a lui. "Amo tutto ciò."

Austin si irrigidì, prima di rilassarsi, una volta capito cosa gli aveva appena detto. Lei ingoiò il suo dispiacere e lasciò perdere. C'era qualcosa che non andava in lui, e non sapeva cos'era. Ma qualunque cosa stesse succedendo, la spaventava di più di qualunque telefonata intimidatoria e dell'ignoto.

Molto di più.

Capitolo 19

AUSTIN GUIDAVA L'AGO NELLA PELLE DEL CLIENTE, prestando molta attenzione ai dettagli. *Non* voleva rovinare quel tatuaggio. L'uomo sulla sedia, Saint, era un gran figlio di puttana.

E faceva pure paura.

Austin sapeva che faceva parte di un gruppo di rapper locali chiamato Hell's Legion, ma non sapeva niente di più. Non sapeva cos'altro facesse quel ragazzo, e non voleva nemmeno saperlo.

Se Austin era grande, Saint era ancora più grande. Non aveva tanti tatuaggi quanti ne aveva Austin, ma ci andava vicino. Negli anni, Austin gli aveva fatto qualche tatuaggio, e anche se aveva l'abitudine di farlo con gli altri clienti, a lui non aveva mai chiesto il significato.

Teneva troppo alla sua vita.

Non che avesse mai pensato che Saint l'avrebbe ucciso.

O forse sì.

Austin finì l'ombreggiatura di Anubi sul braccio di Saint, ripulendola per l'ultima volta. Quel tizio spaventoso non si era mosso di un millimetro durante tutta la sessione di cinque ore. Quell'uomo non si era mai neanche lamentato, non aveva mai contratto i muscoli.

Austin, quando si faceva tatuare, alle volte faceva una smorfia.

Saint no.

Austin gli spiegò tutte le cure post tatuaggio, mentre Saint era in piedi, con uno sguardo annoiato e da ti-faccio-a-pezzi, che fece capire a Austin che ormai aveva detto tutto quello di cui Saint aveva bisogno.

Era meglio non scherzare con quel tipo.

Saint lasciò delle banconote da cento arrotolate sul bancone principale e poi uscì, mettendosi una giacca in pelle che illustrava il suo ruolo di rapper, senza fare alcuna smorfia quando la pelle della giacca toccò il tatuaggio.

Appena quell'uomo uscì dalla porta, Austin fece un gran respiro. Oddio, non sapeva cosa avesse quel ragazzo, ma Austin non era mai completamente calmo, con lui nei paraggi. Infatti, quando Saint prendeva un appuntamento - o entrava in negozio come se fosse in procinto di farlo - Austin si assicurava di svuotare il più possibile il negozio. Sembrava che l'uomo volesse della privacy, e Austin non voleva mancargli di rispetto.

"Se n'è andato?" chiese Maya uscendo dal retro, con gli occhi puntati sulla porta.

"Sì. Ha pagato in anticipo, anche se non gli avevo ancora fatto un preventivo. Fammi vedere quanto ha lasciato."

Maya singhiozzò. "Quell'uomo è sicuramente ben messo, non mi dispiacerebbe farci un giretto, ma mi spaventa un po' troppo, capisci?"

Austin trattenne un brivido. "Non dirmi mai più che andresti a letto con Saint o con qualsiasi altro uomo. Possiamo essere amici, ma sei anche mia sorella. Oh, e se tocchi Saint, o se ti sfiora soltanto l'idea di toccarlo, ti mando in convento."

Sua sorella sbuffò. "Sì, mi ci vedo bene in un habitat da suora con il mio piercing al sopracciglio e i miei tatuaggi. E comunque posso sempre pensare a Saint maliziosamente senza toccarlo. È sexy e ha quel non so che da serial killer. Hai visto quei suoi occhi azzurri? Freddi come il ghiaccio… non mi tirerei indietro per riscaldarli. Sembra una versione più protettiva e sexy di Spike."

"Spike?" Da dove diavolo tirava fuori queste cazzate sua sorella?

Maya sbuffò esasperata, prima di girarsi per tornare alla sua postazione. "Sai, Spike? Di Buffy? Così biondo e sexy."

"Quindi è come Spike per i suoi capelli?" Austin era confuso.

"No, penso sia più per quel suo fare da maschio vissuto. In ogni caso, Saint è sexy, ma non avrei mai niente a che fare con un rapper. Siamo una famiglia già abbastanza matta senza uno di loro."

"Grazie a Dio," sussurrò Austin mentre metteva in cassa i tremila dollari che aveva lasciato Saint. Aveva pagato molto più del dovuto, come al solito, ma Austin aveva incassato i soldi lo stesso. La volta precedente aveva provato a restituirgli qualche banconota e, allo sguardo di Saint, aveva quasi pianto. Piangere a causa di Saint non lo rendeva di certo meno uomo.

"Allora, cosa c'è in agenda per il resto della giornata? Saint è venuto presto questa mattina, quindi abbiamo ancora il resto del pomeriggio e della serata, giusto?"

Austin annuì, armeggiando ancora una volta con il computer. "Sì. Ho un altro appuntamento questa sera e dovrebbe durare solo un'ora. Il tatuaggio di Saint ha richiesto molto tempo questa mattina, e non voglio farmi male alla schiena facendo un altro tatuaggio lungo."

"Sono contenta di sentirlo," disse Callie mentre entrava saltellando.

"Che ti succede?" chiese Austin.

"Ho appena visto l'uomo più sexy del mondo qui fuori. Era la copia di Spike!"

"No!" urlarono Austin e Maya allo stesso tempo.

Gli occhi di Callie si spalancarono e fece un passo indietro. Quella sua azione fece ridere Austin. "Scusa, tesoro. Non guardare più Spike, ok? Non è il tipo giusto per te."

Callie alzò un sopracciglio. "Veramente? Perchè è figo, e dirmi che non posso averlo me lo fa desiderare ancora di più. O almeno mi fa venir voglia di provarci, visto che, una volta che incontro qualcuno, tutto dipende da quello che voglio, e non da quello che gli altri non vogliono. Vi sembra logico?"

"No," disse Austin, massagiandosi le tempie. Dio, Callie era proprio come Miranda con un po' di Meghan e Maya messe insieme. Chiunque avesse avuto la fortuna di avere Callie al proprio fianco come fidanzata, avrebbe avuto molte cose da gestire.

"Tesoro, non provocare Austin. Saint è un poco di buono. Può anche essere sexy, ma fa paura anche a me. Ok?"

Callie fece spallucce. "Ok. Non l'avrei mai veramente inseguito per farci un giretto... sulla sua moto." Inspirò mentre Austin strinse i denti. "In ogni caso, preferisco un uomo in giacca e cravatta piuttosto che uno vestito di pelle."

"Veramente? Tu?" chiese Maya, con Austin che era evidentemente d'accordo con lei.

"Certamente. Possono avere tatuaggi, piercing e altre

cose divertenti e stuzzicanti sotto la giacca. Ma non c'è niente come un uomo in giacca e cravatta, per risvegliare i miei desideri."

Austin chiuse gli occhi e pregò in silenzio. "Per favore, smetti di parlare di risveglio di desideri. E per l'amore di Dio, Maya, non incoraggiarla. E non parlare di giri in moto. Per favore. Non posso più sopportare queste discussioni. Voi due mi state uccidendo."

"Oh, il povero Austin non può sopportare l'idea della sua sorellina che fa sesso," disse Callie, stuzzicandolo.

"Giuro che ti licenzio, Callie."

"Mi piacerebbe vederti mentre lo fai. Non puoi andare avanti senza di me." Con quello, Callie se ne andò nel retro, canticchiando una canzone che Austin non conosceva.

"Perchè non ho un'apprendista carina con i coglioni e che non mi fa andare fuori di testa?"

Maya sorrise. "Perché Callie è fottutamente forte a fare tatuaggi, e aveva bisogno del tuo aiuto."

"Vero, ma non penso che potrò sentire nessun'altra discussione di sesso per oggi."

"Quindi penso che non ti dovrei chiedere come va tra te e Sierra?"

Austin sospirò e poi andò alla sua postazione, tirando fuori il suo blocco note. Non aveva ancora finito la bozza per il tatuaggio di Sierra. E lei non gli aveva ancora chiesto niente al riguardo. Se ne era dimenticata? O magari ci aveva ripensato?

Per qualche ragione gli sembrava che, una volta finita la bozza, una parte di quello che c'era tra lui e Sierra sarebbe morta. Non aveva alcun senso, ma Austin non poteva veramente capire cosa c'era che non andava. Era orribile pensare che l'impulso iniziale dell'attrazione fosse finito, che al suo posto fosse rimasto un comfort che non aveva mai avuto.

No, non era giusto. Poteva avere ancora un'erezione e aver il desiderio di scoparla contro un muro o una qualsiasi altra superficie, quando la vedeva. Forse era così che ci si sentiva, quando si era in una relazione stabile. Qualcosa di diverso, qualcosa di comodo.

Non aveva alcun senso allora che fosse ancora così dannatamente nervoso.

"Ehi, terra chiama Austin, tutto bene?"

Austin scosse la testa, schiarendo le immagini che non sparivano, per le parole di Maya. "Sto bene. Penso solamente troppo."

Maya avanzò verso di lui. "A cosa? Ho menzionato Sierra, e ti sei fatto tutto serio. Sta succedendo qualcosa con lei di cui hai bisogno di parlare? Posso scherzare e prenderti in giro, ma sei il mio fratellone e ti voglio tanto bene. Se hai bisogno di parlare, sono qui."

Austin mise da parte la bozza incompiuta e sospirò. "Non lo so, Maya. Ho solamente una strana sensazione, o almeno penso."

Maya si sedette sul divanetto vicino alla sedia di Austin, e si rosicchiò il labbro con i denti. "Voi due insieme siete veramente una bella coppia. Voglio dire, sembra che vi completiate a vicenda, capisci?"

Lui annuì, sapendo che sua sorella aveva ragione. "Lo so. È solo che..."

"È successo tutto troppo in fretta?"

Austin espirò, contento che Maya avesse capito la situazione e i suoi sentimenti. "Mi sembra che un attimo critichiamo Shannon e un attimo dopo Sierra vive con me e mio figlio."

"Una famiglia-lampo."

"Cazzo. Sì. Credo. Non è che non *voglia* che succeda,

un giorno. Solamente, non avrei pensato che sarebbe successo due mesi dopo averla conosciuta."

"E l'arrivo di Leif non aiuta."

"Non so cosa fare con lui," sussurrò Austin.

Maya gli diede un pugnetto sulla spalla. "Non starai mica pensando di sbarazzarti di lui? Perchè se lo fai, non ti farò solamente il culo, ma prenderò quel bambino così velocemente che non avrai neanche il tempo di sbattere le palpebre."

"Cosa? No! Non è quello che volevo dire. Non c'è un'alternativa. Non ce n'è mai stata una. Non lo lascerò andare. Solamente, non so cosa fare con lui adesso che è qui."

"Fai il padre, Austin."

Austin ringhiò, gettando il suo blocco da disegno dall'altra parte della stanza. "Lo so, cazzo! Lo so che sono suo papà, non che mi abbia mai chiamato così però. No, mi parla appena. Certamente, parla con mamma e con Sierra, ma con me? Niente. Ho provato a parlarci, e ha anche funzionato un po' quando abbiamo parlato di tatuaggi, ma questo è quanto. Non fa altro che mormorare e guardarmi come se fosse pronto a scappare da un momento all'altro. Non so che cazzo fare."

Maya sospirò, mentre Callie usciva dal retro. Si chinò e prese il blocchetto da disegno, avvicinandolo al petto.

"Non voglio perderlo, ma è mai stato veramente con me? Mi sento come se fossi qui solo per offrirgli una casa affinchè stia al sicuro, ma in questa casa sono solo il maggiordomo. Lui non ha bisogno di me."

"Oh, Austin, ma certo che ha bisogno di te," disse Callie.

"Veramente? Perchè non sembra il caso. Ha sicuramente bisogno di Sierra, ma non ha bisogno di me." Non appena quelle parole uscirono dalla sua bocca, si sentì come uno stronzo.

"Non puoi essere geloso della tua fidanzata, tesoro," disse Maya dolcemente. Il fatto che gli avesse parlato sottovoce e che non lo avesse aggredito, la diceva lunga.

"Dio, sono così geloso, e mi odio ancora di più per questo."

"Leif aveva Maggie prima," aggiunse Callie, stringendo ancora il blocchetto da disegno. "Aveva una mamma e non un papà. Sì, fa schifo che non ne avesse uno prima, ma non è abituato ad avere un uomo nella sua vita. Almeno da quanto ho visto. E, tesoro, ci sono molti uomini Montgomery al mondo. Siete tutti un po' opprimenti."

"Devi parlare a Sierra di tutto ciò," aggiunse Maya. "Non ti giudicherà, ma se tieni questo sentimento per te, finirai per avercela con lei, perché è una donna grandiosa, che non ha a che fare solo con il tuo essere burbero, ma che ha anche aperto le sue braccia a un bambino che non conosceva senza pensarci due volte. Non parlare solo a me e Callie. Parla alla tua ragazza. Lo so che la ami."

"Chi ha parlato di amore?" disse.

"Oh stai zitto," rispose Maya. "La ami e lei ti ama. Solamente perché non ve lo siete ancora detto, non lo rende meno vero. Forse se lo dicessi, potresti superare tutto quello che non ti fa sentire in una relazione seria con lei."

Dio, amava Sierra. L'amava più di quanto avesse creduto di poter amare qualcuno, ma tutto era successo così in fretta. Pensava di essere pronto per l'emozione e tutto quello che avrebbe comportato, provando questo tipo di sentimenti, ma non sapeva che sarebbe stato come farsi spaccare la testa con una trave. Voleva avere una relazione seria, trovare una moglie e fare un bambino. Ora aveva una fidanzata che sembrava già una parte permanente della sua vita e un bambino di dieci anni che non voleva aver niente a che fare con lui.

Cosa diavolo avrebbe dovuto fare?

"Non so cosa fare ragazze," disse alla fine dopo essere rimasto seduto in silenzio.

"Parlaci," disse Callie.

La porta si aprì, e Austin alzò lo sguardo per veder entrare una pallida Sierra con Leif davanti a lei. Austin aprì la bocca per domandare cosa stesse succedendo e poi il suo sguardo cadde sulla faccia di suo figlio.

"Che diavolo è successo?" urlò Austin. "Perchè cazzo ha un occhio nero?"

"Austin, per favore," sussurrò Sierra, scuotendo la testa.

Austin andò di corsa verso entrambi, fermandosi quando Leif si gettò nelle braccia di Sierra. Era come un pugno allo stomaco, e voleva urlare. Deglutì, forzando i suoi pugni a rilassarsi.

"Cos'è successo?" domandò, stavolta con un tono più basso. Si inginocchiò davanti a Leif e gli porse una mano. Quando Leif non battè ciglio, prese il mento di suo figlio e inclinò la testa. "Ahia."

"Digli cos'è successo, tesoro," sussurrò Sierra.

Leif mosse i piedi e singhiozzò. "Un bambino mi ha chiamato bastardo, quindi l'ho picchiato. Gli ho rotto il naso, è per questo che il suo amico mi ha fatto un occhio nero." Singhiozzò. "Ma il primo bambino ha perso molto sangue."

Orgoglio e rabbia lo dividevano. Se fossero stati solo loro due, si sarebbe congratulato con lui per aver picchiato il bambino che l'aveva insultato, ma sapeva che quella non era la giusta reazione.

"Cavolo," sussurrò Austin. "Ti sei già messo del ghiaccio?" domandò, non sapendo cosa dire.

"Me lo hanno messo in infermeria."

"Ehi, amico, andiamo a prendere una borsa del ghiaccio qui affianco," disse Maya dietro di lui. Austin sentì la tensione nella sua voce, quella che aveva quando parlava delle persone che voleva picchiare quando offendevano la sua famiglia, ma non era sicuro che qualcun altro l'avesse sentita.

"Ok," disse Leif prima di girarsi per abbracciare Sierra prima di uscire.

Non si era neanche preoccupato di dire ciao a Austin.

Grandioso.

Fottutamente grandioso.

Austin rimase in piedi, passandosi le mani sulla barba. "Che cazzo, Sierra? Perchè nessuno mi ha chiamato?"

Sierra strinse gli occhi. "Abbiamo provato a chiamarti. Il tuo telefono è spento, e il tuo numero del lavoro continuava a darmi occupato. Non parlarmi così, solo perché ero presente quando tu non potevi. È per questo che abbiamo messo il mio nome e il mio numero nei contatti di emergenza."

Austin imprecò e guardò il suo telefono. "Cazzo. Devo averlo spento accidentalmente."

"E qualcuno ha disconnesso la linea del telefono," disse Callie mentre ricollegava il telefono del negozio. "Che merda."

"Davvero." Si era reso conto che non aveva neanche ringraziato o baciato Sierra, ma non poteva farlo. Il fatto che Leif si era fatto male e che lui non era presente lo faceva andare su di giri. Che razza di padre era? Magari il ragazzino faceva bene a preferire Sierra.

"Se è tutto ok, devo tornare a lavorare. Ero dal mio commercialista, per questo che non mi sono fermata qui prima di andare a scuola, in caso te lo chiedessi. Oh, e tuo figlio è stato sospeso per due settimane, devi incontrare le famiglie degli altri bambini dal vicepreside. Ti ho scritto tutto quello che devi fare." Tirò fuori un pezzo di carta dalla borsetta e glielo gettò. "Mi dispiace che tu ti senta come se l'avessi fatto io al tuo posto, ma non gridarmi contro per averti aiutato. Leif era spaventato, Austin, e non sapevo cos'altro fare."

Cazzo. Austin si sentiva come uno stronzo. "Sierra…"

"No, non parlarmi. Devo tornare a lavorare, e poi vado a casa mia questa sera. Ho bisogno di respirare, e francamente è passato così tanto tempo da quando ho dormito nel mio letto che non so nemmeno se sia ancora lì."

Il panico prese il sopravvento su Austin, che fece un passo verso di lei. Sierra alzò una mano, bloccandolo. "Solo una notte, Austin," disse con la voce tremante. "Dì a Leif che ci vedremo domani."

Sierra se ne andò, e Austin barcollò all'indietro.

"Inseguila, idiota," urlò Callie.

"Non posso. Mi allontanerebbe. Andrò a vederla domani mattina. Lo so che sono un idiota. Non la perderò."

"Avresti già potuto perderla," disse Callie tristemente, mentre si allontanava.

Austin pensò la stessa cosa e poi respinse quell'idea. Non l'avrebbe persa, ma sapeva di aver incasinato tutto.

E di brutto.

Con quel pensiero, si girò verso il caffè di Hailey per vedere suo figlio, un figlio che non lo voleva. Non si sarebbe arreso né per Sierra né per Leif.

Ma ciò non voleva dire che sarebbe stato semplice.

Capitolo 20

Lo stomaco di Sierra si rivoltò di nuovo, e si sforzò per non andare fuori di testa. Non aveva esattamente mollato Austin il giorno prima, ma ci era andata così vicino che i palmi delle mani le diventarono umidi al solo pensiero. Il lavoro l'aspettava, e il suo sorriso teso non era passato inosservato agli occhi di Becky, anche se i suoi clienti non si erano accorti che era a pezzi.

Era già qualcosa.

Le mancava solo qualche ora di lavoro e sarebbe potuta andare a casa - quale casa, mah, non lo sapeva ancora.

Quando aveva ricevuto la chiamata dalla scuola di Leif, aveva mollato tutto, aveva lasciato il suo commercialista con uno sguardo di comprensione sul viso. Fortunatamente, Sierra aveva già quasi finito tutto, quindi non aveva perso molto, ma aveva comunque messo Leif prima dei suoi sogni e delle altre responsabilità.

O almeno, prima del lato economico dei suoi sogni.

E lo avrebbe fatto di nuovo.

Il fatto che Leif significasse così tanto per lei in così

poco tempo aveva peggiorato la situazione tra lei e Austin. Lo sapeva, ma ora doveva risolvere quella situazione. Lo sguardo sul viso di quel ragazzino, quando era entrata nell'ufficio, sarebbe stato impresso per sempre nella sua memoria.

All'inizio era così… *contrariato*. Quello non l'aveva ferita, non nel senso che avrebbe voluto vedere un'altra persona. Leif, nonostante il fatto che non sapesse comunicarlo, voleva che suo papà fosse stato presente. Ma per una serie di circostanze che sembravano contro di loro, Austin non aveva potuto essere lì.

Leif le era sembrato deluso solo per un momento, prima di essere invaso dal sollievo. Almeno era felice di vederla. L'occhio nero l'aveva colpita, ma non ci aveva dato troppa attenzione, chiedendo invece cos'era successo e cosa sarebbe stato fatto agli altri ragazzini. Il bullismo non doveva essere tollerato. La violenza non doveva essere tollerata.

Leif aveva capito la lezione, e lei avrebbe maledetto gli altri ragazzini in caso non l'avessero capita. La scuola era dalla sua parte, ma avevano bisogno di Austin allo stesso modo. Sarebbe stato lì per i prossimi appuntamenti; ne era sicura. Nonostante i telefoni spenti o le strane circostanze che lo tenevano lontano da Leif.

E da lei? Chissà, quello era un'altra questione, tutto sommato.

Lo sguardo negli occhi di Leif quando gli aveva detto come era venuta lì invece…

Dio, non era sicura che avrebbe potuto togliersi quella scena dalla testa.

Non era razionale da parte di Austin essere geloso di lei per come Leif si era legato a lei così velocemente, ma quella non era una valida risposta. Sapeva che qualcosa lo turbava, e che non era ancora stata capace di risolverlo.

Proprio come lui era arrabbiato con lei per quella situazione, anche lei era arrabbiata con lui. Per quello si era sfogata e se ne era andata, determinata a non lasciare che Austin approfondisse, come aveva fatto in passato. Austin poteva aver avuto dei ripensamenti e avrebbe potuto pentirsi di come l'aveva trattata, ma Sierra aveva fatto bene a stare da sola per una notte.

Cazzo, però, era stata dura.

Non aveva dormito senza di lui per un mese, e la parte del letto di Austin era così fredda. Il suo appartamento sembrava sterile e piccolo, vuoto, senza la sua presenza. Vuoto senza il calore e la cura che venivano da Austin.

Anche se gli aveva detto che sarebbe stato solo per una notte, aveva paura che sarebbero state più di una. Non si erano lasciati in buoni termini, e non era sicura di come avrebbe reagito lui, vedendola di nuovo. Francamente, non era sicura di come *lei* avrebbe reagito vedendo di nuovo *lui*.

Avevano litigato anche prima, certamente. Erano due teste calde, ed era solo questione di tempo, prima che entrassero in conflitto, ma questa volta.... stavolta era una grande litigata. Non era qualcosa che potesse essere messa da parte e dimenticata. Infatti, Sierra non era neanche sicura di come avrebbe dovuto parlarne. Far spuntare dal nulla un bambino di un amore segreto in una relazione non avrebbe mai fatto finire la cosa in un modo positivo. Il percorso difficile e scosceso per trovare un modo per vivere con Leif e per capire come Austin e Sierra avrebbero potuto avere un futuro le sembrava quasi soffocante.

Avevano accolto Leif senza pensarci nemmeno un secondo, e ora dovevano trovare un modo per vivere con lui. Lasciare Leif alle strutture di accoglienza non era mai stata un'opzione per Austin, e sicuramente nemmeno per Sierra, ma dover integrare Leif alla famiglia di Austin allo stesso tempo di Sierra,non rendeva le cose facili.

Lei e Austin dovevano parlare.

Beh, parlare era quantomeno un eufemismo da record.

"Signorina? Signorina? Ce l'avete in viola?"

Sierra sbatté le palpebre e poi scosse la testa, provando a schiarirsi le idee. La sua cliente prese il movimento della sua testa come un no alla sua domanda e si morse le labbra.

"Beh, se non ce l'avete nel colore che desidero, penso che andrò in un altro negozio. Avete tutti i colori tranne quello che voglio."

"Oh, mi dispiace, sì, penso che ce l'abbiamo viola nel retro. Qualcuno deve aver comprato l'altro viola che avevo esposto questa mattina."

"Allora perché ha scosso la testa?" chiese la donna. Le tempie di Sierra iniziarono a pulsare.

"Stavo facendo chiarezza tra i miei pensieri, mi dispiace. Mi lasci andare a prenderle il modello viola."

"La ragazza laggiù mi ha detto che è lei la proprietaria," disse la cliente, puntando Becky. "Se starà seduta a sognare ad occhi aperti tutto il giorno, penso che debba cambiare lavoro."

Apparentemente questa donna non aveva nessun problema a dar voce alle sue opinioni e a prenderla a calci mentre stava male.

"Mi dispiace. Mi lasci andare a prenderle la sciarpa. Sarò qui in un secondo."

La donna serrò le labbra ancor più forte. "Sì sì, faccia pure. Poi vedremo se la vorrò ancora. Ho delle cose importanti da fare oggi, cara, quindi sia veloce."

Dio santo, quella donna le ricordava Marsha in così tanti modi che era quasi scioccante. Sierra non era mai stata abbastanza brava, abbastanza bella, abbastanza veloce ed elegante per il prezioso bambino di Marsha.

E ora Sierra continuava ad essere punita per questo.

Wow. Da dove venivano tutti quei pensieri? Aveva fatto del suo meglio per non pensare ai genitori del suo ex, sapendo che non c'era niente che potesse fare, prima che il prossimo passo legale fosse compiuto. In ogni caso, quei due erano sempre in fondo ai suoi pensieri, la perseguitavano come il fantasma di loro figlio. Se l'esperienza le aveva insegnato qualcosa, avrebbe dovuto dare alla donna quello che voleva e farla uscire dal negozio il più velocemente possibile. Era impossibile soddisfare chiunque, e quelle labbra strette non si sarebbero mai rilassate, a meno che altre persone non fossero andate un po' fuori di testa.

Sierra prese velocemente la sciarpa e la diede alla donna, che inspirò più volte e poi si diresse verso Becky, con l'acquisto in mano. Apparentemente quella sciarpa era più importante che disprezzare la proprietaria. Beh, almeno era una buona cosa per il conto in banca dell'Eden.

Appena la donna uscì dal negozio, Becky si affrettò verso Sierra. "Buon Dio, quella donna era insopportabile."

Sierra scosse la testa, accertandosi che nessuno fosse nel negozio. Era tutto tranquillo, visto che avrebbero chiuso tra poco, ma non potevano essere mai abbastanza prudenti.

"Insopportabile è troppo gentile per una persona così," disse alla fine andando dietro il bancone per iniziare a preparare la chiusura.

"Avrei detto qualcosa di peggio, ma avevo paura che mi sentisse dalla vetrina. Non si sa mai, con questo tipo di persone."

Sierra annuì, la sua mente era concentrata sul compito successivo, per non pensare troppo a cosa avrebbe fatto quella sera: andare da Austin o restare da sola.

Sparire e non chiamare per un giorno intero non era la cosa più matura da fare, lo sapeva, ma era l'unica cosa che potesse fare. Lo sguardo di Austin, quando aveva sentito l'intera storia, bastava per metterle il morale a pezzi. Non voleva vedere quello sguardo di nuovo. Le scuse di Austin non sarebbero state sufficienti. Le cose dovevano cambiare, ma non stavano neanche cercando di renderle migliori. Era solamente una situazione difficile e strana che aveva bisogno di tempo per sistemarsi. In ogni caso, questo non significava che Sierra volesse fare il sacco da boxe emotivo quando qualcosa andava male.

Quello avrebbe dovuto cambiare.

Era già la valvola di sfogo per il dolore, per il lutto e per la rabbia di Marsha e Todd. Non poteva esserlo anche per Austin, quando aveva dei problemi di comunicazione con suo figlio.

"Ehi, cosa c'è che non va, tesoro?" domandò Becky mentre chiudeva il negozio.

"Niente, sono solo un po' stanca."

"Beh, sì, oggi hai fatto l'apertura e hai rifiutato di fare pausa. Quindi vai, adesso. Posso finire la chiusura e fare tutto quello che bisogna fare. Avresti dovuto andar via ore fa, ma sembrava avessi bisogno di tenerti occupata."

Con suo sgomento, le lacrime iniziarono a riempirle gli occhi, così sbatté le palpebre velocemente.

"Tesoro, dimmi cosa c'è che non va."

Sierra scosse la testa. "Niente."

"Stai mentendo, ma se non vuoi parlarne ancora, ti capisco. Sappi che sono qui per te. Vai da Hailey se vuoi parlare con qualcuno e io non sono la persona giusta. Avrei detto Austin, ma dallo sguardo sul tuo viso e dal fatto che non sei andata a pranzo con lui oggi, potrebbe essere lui il centro del problema, qualunque sia il problema che stai affrontando."

Sierra si asciugò gli occhi e annuì. "Grazie, Becky. Andrò a casa a riposarmi. Penso di essere stanca."

"Posso gestire l'Eden, Sierra. È per questo che mi paghi. Non lascerò che il tuo 'bambino' fallisca. Potrei organizzare un rave qui stasera, ma quella è un'altra storia, tutto sommato."

Sierra rise, come Becky aveva pianificato, e poi andò a prendere la sua borsetta. Era stata in piedi per più di dodici ore, e poteva sentirlo ad ogni passo, adesso che aveva si concentrava sul suo corpo.

"Buonanotte, amore," disse Becky, Sierra la salutò, dirigendosi alla sua macchina, dietro alla Montgomery Ink. Si era rifiutata di guardare verso il negozio, in caso Austin fosse stato lì. O Maya. O Sloane. O Callie. O chiunque l'avesse vista uscire dal negozio il giorno prima, chiunque potesse sapere quello che era successo.

Dal momento in cui era entrata in macchina e aveva preso l'autostrada, sapeva cosa doveva fare. La casa di Austin era lontana, ma era lì che doveva essere. La notte precedente non era stata capace di dormire senza la sua presenza, e non voleva vivere quell'esperienza di nuovo. Scappare dai suoi problemi non era la risposta: li avrebbe risolti a testa alta, dannazione.

Entrò nel vialetto di Austin e uscì dalla macchina, con le mani tremanti. Austin le aveva dato una copia delle chiavi, quando Leif si era trasferito da lui, il significato di quell'azione era nulla, in confronto a lei che si prendeva cura di suo figlio.

Mise la borsetta sullo scaffale nell'atrio e fece un gran respiro. Nessuno era a casa, il silenzio della casa era assordante. Niente era cambiato da quando era stata lì l'ultima volta. Infatti, era come se non se ne fosse mai andata, ma qualcosa era… spento. Si sentiva come non appartenere più a quel posto. Le scarpe di Leif erano vicino il caminetto, gettate a casaccio vicino una pila di libri che aveva dovuto leggere. Il braccialetto in pelle di Austin, quello che metteva al posto del braccialetto in metallo di tanto in tanto, era sul tavolino da caffè vicino al suo tablet, al blocco per i disegni e alle matite. C'erano i piatti sporchi della colazione nel lavabo della cucina e delle briciole sul piano di lavoro.

Quella mattina era stata la prima in cui Austin aveva dovuto portare Leif a scuola da solo. Si odiava per non esser stata presente, per vedere Leif, il giorno in cui aveva fatto a botte. Con tutti i suoi problemi personali, lo aveva abbandonato. Lo sapeva. Non si era neanche preoccupata di dirgli ciao, perchè se l'avesse aspettato, non sarebbe stata capace di lasciare suo padre nemmeno per una nottata.

Era debole e lo sapeva.

"Sierra?"

Si girò sui tacchi, portò la mano al cuore, il battito era accelerato. "Austin," ansimò.

Lui rimase nell'atrio vicino alla porta del garage, con le chiavi in mano, gli occhi pieni di dolore. Dopo averla guardata per un momento che sembrava eterno, si schiarì la voce. "Ehi, spilungona," disse, con una voce che voleva sembrare calma, "stavo tornando a casa per prendere una borsa per la notte per venire da te."

Sierra si leccò le labbra. "Da me?"

Austin mise le chiavi sulla mensola e poi fece due passi sicuri verso di lei. Le passò una mano tra i capelli, alzandole la testa per incrociare il suo sguardo.

"Mi dispiace così tanto, Sierra. Non avrei dovuto comportarmi così. Non avrei dovuto scaricare le mie frustrazioni su di te."

"No, non avresti dovuto." Avrebbe potuto anche essere sexy con quella sua barba e con quei suoi occhi intensi, ma lei non poteva dimenticare cos'era successo. Non del tutto. Dimenticare non avrebbe fatto bene a nessuno dei due.

"Non posso credere di essere stato geloso di te e Leif.

Perché era così. Era della stupida gelosia, perchè mio figlio ti preferiva."

Sierra scosse la testa. "Non hai visto la sua faccia quando sono arrivata a scuola, Austin. Lui ti voleva lì. Non mi aveva scelto al posto tuo. Solamente, non sa come dire che ti vuole. Allo stesso modo in cui tu non sai fare la stessa cosa con lui."

Le parole di Sierra fecero impressione ad Austin, che annuì comunque. "Io... io non so cosa fare, ma so che ti voglio al mio fianco."

Il cuore di Sierra agonizzava.

"Sei mia. Hai capito? Sono stato una merda, ero spaventato per Leif, così ho mandato a puttane la nostra relazione. Hai fatto bene a lasciarmi da solo in negozio con i miei problemi, ma non dormire con te ieri sera? Amore, è stato orribile. Non voglio dormire senza di te mai più. Capito?"

"Ti capisco," sussurrò Sierra. "Ma non finisce qui. Capito?"

Austin singhiozzò, spostandosi più vicino a lei per riposare le labbra sulla sua fronte. "Lo so. Lo so, piccola."

Qualcosa dentro di lei si rilassò, e così si appoggiò a lui. Magari non avevano chiarito tutto, né si erano detti tutto quello che si dovevano dire, ma era tra le sue braccia e quello era già un passo in avanti.

"Dov'è Leif?" domandò Sierra, dopo essere stata abbracciata ad Austin per qualche minuto in silenzio.

"Da Meghan. Voleva stare con i suoi cugini... e io volevo stare con te. Per parlarti. Per essere semplicemente con te."

Sierra si allontanò leggermente per guardarlo negli occhi. "Sono felice che tu sia qui. Io... io ho bisogno di te."

Non poteva dire i suoi sentimenti a voce alta, non in quel momento. Anche se il suo corpo si fidava di lui, il suo cuore era impaurito di cosa stesse succedendo nella sua mente.

Austin le avvolse il collo tra le mani, e lei inspirò, il suo corpo tremava. "Ti voglio nel mio letto, ma questa notte non per il sesso. Questa notte sarà per te e me che parliamo, saremo solo noi stessi."

Lei annuì, anche se la delusione di non averlo dentro di lei la invase. Voleva sentire la sua voce, sentire la sua barba sul suo collo mentre la stringeva forte. Lui la prese, alzandola e cullandola sul suo petto. Si sdraiarono a letto vestiti, con le gambe incrociate, mentre parlavano della loro giornata, partendo dalle piccole cose e ascoltandosi l'un l'altra.

Le decisioni più grandi sarebbero arrivate, le difficoltà di un uomo che aveva un figlio che non aveva mai conosciuto prima avrebbero trovato un esito positivo. In quel momento, però, Sierra aveva manifestato tutte le sue paure, e poteva respirare di nuovo. Non sarebbe stato facile, ma aveva la voce di Austin, il suo tocco, il suo corpo.

Aveva solamente bisogno del suo cuore.

Capitolo ventitre

Shea percorse il salotto di Griffin, passandosi le mani tra i capelli mentre camminava. Avrebbero lasciato Denver tra tre giorni per tornare a casa, e non si sentiva ancora pronta. Infatti, in cuor suo, sentiva come se tutto fosse andato per il peggio, piuttosto che pensare alla vera ragione per la quale erano venuti qui.

Lo zio di Shep stava bene, ma non era ancora in forma e fuori dalla malattia, ma era vivo e vegeto. E quello era già importante quando si trattava di cancro. Aveva incontrato la famiglia di Shep e i suoi amici ed era stata accolta a braccia aperte.

Se non altro, quello aveva reso la cosa che la turbava ancora peggiore.

Ora aveva un chiaro esempio di come fosse una vera famiglia, paragonata alla farsa nella quale era cresciuta. Sua mamma l'aveva attaccata e abusata emotivamente per tutta la sua vita, mentre suo padre tradiva la sua famiglia e ignorava Shea da quando era una bambina.

Una bambina.

Cazzo. Non poteva pensarci. Non poteva pensare a cosa le stesse succedendo dentro, mentre c'erano cose molto più importanti. Si comportava come una stupida, e non riusciva a smettere. Shep si stava allontanando giorno dopo giorno perchè lei non gli diceva cosa le stava frullando in testa e nel corpo, ma non aveva ancora trovato il coraggio di dirglielo.

Magari una volta tornati a New Orleans, tutto sarebbe stato a posto e sarebbe tornato alla normalità. Se quella doveva essere la risposta, perchè allora non poteva pensare a cosa stava succedendo. Non poteva prendere alcuna decisione, e questo non la rispecchiava. Aveva vissuto facendo quello che gli altri si aspettavano da lei, seguendo la via che gli altri avevano già preparato per lei, prima che si avventurasse da sola. Prima con il suo lavoro, poi quando aveva lasciato il suo ex - l'uomo che sua mamma aveva scelto per lei. Poi aveva voluto farsi un tatuaggio ed era così che aveva trovato Shep.

Il suo lieto fine doveva essere tutto rose e fiori.

Niente dolore, mal di testa, e nervosismo.

"Shea?"

Si girò velocemente, cadendo quasi per la fretta. Shep le porse una mano e la sostenne, con quella paura onnipresente nel suo sguardo.

"Mi hai spaventata." Non poteva sopportare di guardarlo e tenere ancora quel segreto.

"Lo vedo. Dimmi cosa c'è che non va, Shea. Mi stai uccidendo. Cosa ho fatto di male? Cosa posso fare per rimediare? Ti amo così tanto, e tu mi stai allontanando. Per favore. Ti prego, dimmi cosa c'è che non va."

Oh Dio, stava sputtanando tutto. Stava rovinando qualcosa di perfetto perché era spaventata. Spaventata che avrebbe rovinato tutto.

"Io… Io…"

Lui le prese il viso tra le mani, baciandola dolcemente. Lei si appoggiò a lui, lasciando che il suo sapore le si appoggiasse alla lingua. Era ancorato a lei. Era stato il suo primo amore, il suo solo amore, e lei doveva essere onesta e aperta. Non avrebbe dovuto essere spaventata di lui; e in realtà, non lo era.

No, aveva paura di se stessa.

"Dimmi, Shea."

"Avremo un bambino," sbottò, con il corpo tremante. Quella rivelazione doveva arrivare dopo avergli detto la cosa che gli aveva tenuto segreta per troppo tempo, e che non era mai arrivata. Invece, voleva vomitare, e non aveva pensato che era dovuto alle nausee mattutine.

Shep aprì la bocca due o tre volte, come un pesce fuor d'acqua, poi sorrise. "Un bambino?" La sollevò da terra, facendola roteare per la stanza. Lei si aggrappò alle sue spalle, volendo scappare piuttosto che analizzarsi in profondo.

"Avremo un bambino! Oh dio, Shea. Sono così felice. Per tutto questo tempo in cui era spaventata, sapevi che avremmo avuto un bambino? È così?" Il suo sguardo era così eccitato. "C'è qualcosa che non va? Dobbiamo andare dal dottore? Fammi prendere le chiavi." La rimise a terra come se fosse fatta di fine porcellana cinese e poi si tastò il petto e le tasche per trovare le chiavi. "Non dovresti sederti? Vuoi dell'acqua? O dei crackers? Come ti senti?"

Il modo in cui si comportava sarebbe dovuto essere carino. Al contrario, lei poteva sentire nella testa solo sua madre. Sua madre le aveva detto che non sarebbe mai stata qualcuno di importante, qualcuno per bene. La persona che l'aveva sminuita per tutta la vita le faceva venir voglia di scappare, per trovare una fine più permanente a quanto era successo.

Shep le aveva salvato la vita, ma non poteva smettere di pensare a come interrompere quello schema.

Per mettere fine al tormento che l'aveva contagiata per decenni.

Shep le prese la faccia tra le mani di nuovo, e lei sbatté le palpebre facendo scivolare qualche lacrima. "Cosa c'è che non va, Shea? Non parli, e sembri spaventata. Sei pallida, piccola. Dimmi cosa c'è che non va, in modo che possa risolvere questa situazione."

Lei singhiozzò e poi si allontanò. "Non puoi farci niente, Shep. Sto per avere un bambino. Un bambino."

Shep si accigliò. "Lo so, Shea. L'hai appena detto." A un certo punto, sbiancò. "Non vuoi tenere il bambino?"

L'idea di non avere quel bambino la rese di ghiaccio. L'implicazione delle sue parole l'aveva forzata a dire cosa stava pensando, piuttosto che girarci intorno.

"Io… io voglio questo bambino. Ho sempre voluto il *nostro* bambino, Shep. Ma… ma non capisci."

"Non capirò finchè non me lo dirai, Shea. Non so perchè me lo nascondi, perchè eri così spaventata dal dirmelo."

"Se te l'avessi detto, sarebbe stato reale," sussurrò.

"E cosa c'è di male nel farlo diventare realtà? Ci amiamo, e abbiamo detto che volevamo dei bambini."

Si era ricordata di loro due che parlavano, ma quando l'avevano fatto, sembrava più come un sogno. Ora era la realtà. Una realtà alla quale non era preparata. Non aveva abbastanza esperienza di vita per essere una buona madre. Aveva visto il modo in cui la cugina di Shep, Meghan, si prendeva cura dei suoi bambini, come Marie trattava i suoi figli.

Shea non aveva mai avuto quel trattamento prima d'ora.

Come poteva essere sicura di non diventare come sua madre?

"Tutto è stato così veloce, Shep."

La faccia di suo marito diventò di pietra. "Sì. È stato veloce. Abbiamo deciso *entrambi* di sposarci velocemente senza una cerimonia. Abbiamo deciso *entrambi* che avremmo fatto l'amore senza protezione e che avremmo affrontato la situazione se la pillola da sola non sarebbe bastata. Adesso dimmi perchè sei così tanto spaventata, perchè devi essere chiara."

"Non voglio diventare come mia madre."

La faccia di Shep si tranquillizzò, e fece un passo verso di lei. Lei si ritrasse, ma lui non la lasciò andare. Invece, l'avvicinò, stringendosela al petto. Le prese la faccia tra le mani, baciandola appassionatamente.

"Stupidina, donna pensierosa. Ti amo così tanto."

L'irritazione combatté con la rabbia nelle vene di lei. "Non chiamare le mie paure stupide, Shep. Non capisci. Tu hai una famiglia perfetta. E io, cos'ho?"

"Hai me."

Il suo cuore sobbalzò, e singhiozzò. "Shep…"

"No. Ascoltami adesso. Hai paura di diventare come tua mamma? Sono stronzate. Ti sei battuta per te stessa a lungo, prima che entrassi io nella tua vita, ti sei fatta un carattere. Hai visto i danni che tua madre ti ha causato e hai capito che non è così che vuoi creare la tua famiglia. Cazzo, hai la mia famiglia che ti mostra come fare. Non sto dicendo che siamo perfetti perché Dio sa che a volte siamo dei pazzi scatenati, ma non siamo cattivi. Sarai una madre fantastica."

Con le lacrime che le rigavano le guance, Shea corse tra le braccia di Shep. Nella sua testa, sapeva che quelle parole erano giuste, ma in cuor suo sapeva che era diverso.

"Ci sono io dalla tua parte. Non diventerò come tuo padre. Sarò al tuo fianco passo dopo passo. Ti vedrò crescere con nostro figlio, cambiargli i pannolini e aiutarlo a fare i suoi primi passi. Farò sapere ai nostri figli che, nonostante le loro scelte, saremo sempre al loro fianco. Non dovranno conformarsi alle nostre aspettative ma, piuttosto, scoprire cosa sono destinati a fare, da soli. Adesso baciami, Shea. Baciami e dopo dimmi che mi ami."

Lei lo baciò dolcemente, i suoi occhi si chiusero e il suo corpo finalmente si rilassò. "Ti amo," sussurrò. "Sono un'idiota."

"Beh, sì, ma sei adorabile quando sei un'idiota."

Lei gli diede un pugno sulla spalla. Forte. "Troppo paternale?"

"Mi ami. Adesso, lo so che siamo nel bel mezzo di qualcosa di diverso in termini di viaggio e di vita, ma devo dirti che sono felicissimo che avremo un bambino. Se sarà una bambina, potremmo doverla tener lontano da tutti i ragazzi fino a quando non avrà sessant'anni, ma solo perché conosco i ragazzi. Se è un bambino, beh, dovremmo rinchiuderlo ugualmente visto che conosco i miei fratelli."

Lei sbuffò, abbracciandogli la vita. Gli aveva tenuto segreta l'idea del bambino per un mese perché era spaventata delle proprie reazioni, non di quelle di Shep. Era stata egoista e orribile, ma non poteva tornare indietro e cambiare il passato.

Aveva ancora sette mesi per provargli che poteva

farcela. Per provarlo a se stessa. Con Shep al suo fianco, ce l'avrebbe fatta. Non c'erano altre opzioni.

"Stai di nuovo pensando troppo," disse lui, grattandole la schiena; abbassò ancora la mano, fino a quando lei non sbottò.

"Mi dispiace di non avertelo detto."

"Mi dispiace che tu abbia sentito il bisogno di dover gestire tutto da sola. Ma ormai non importa."

"Cos'è importante allora?" domandò ansimando, mentre lui le baciava il lato del collo.

"La cosa importante è che avremo un figlio… e che Griffin non sarà a casa per le prossime ore."

Lei si fece cullare da lui, chiudendo gli occhi, e lui le prese il viso con quelle sue mani magiche. "Cosa mai dovremmo fare?"

Shep si allontanò, sorridendo. "Oh, penso che possiamo trovare qualcosa."

Shea si alzò in punta di piedi e gli baciò il mento. "Mostramelo."

"Sempre, Shea. Sempre."

Capitolo 21

"SE CONTINUI A FISSARE IL CHIODO PIUTTOSTO CHE sbatterlo dentro, starai qui per ore, amico," disse Austin a fianco di Decker, ridacchiando sottovoce.

Decker ringhiò e poi imprecò, si era picchiato quel maledetto martello sul pollice. "Davvero, amico mio? Continuerai a distrarmi mentre sto cercando di riparare il buco sul tuo muro?"

"Tu mi parli quando faccio un tatuaggio, quindi non so quale sia il tuo problema," disse Austin con *nonchalance* mentre tornava al suo sgabello. Griffin si sedette alla postazione con un sorriso in volto.

"Continuiamo dopo a distrarre Austin, va bene?" disse Griffin stuzzicandolo. "Ha un ago nella mia pelle dopotutto."

"Non avresti questo problema se fossi stata io a tatuarti," disse Maya mentre camminava verso di loro.

Decker rise a quel richiamo familiare. Maya e Austin erano tutti e due proprietari quando si trattava della Montgomery tatuaggi impresa di famiglia. A pensarci bene, si comportavano allo stesso modo anche riguardo i suoi tatuaggi.

Che carino.

"Tu hai un braccio, Maya," disse Griffin, con la voce calma anche se Austin gli stava tatuando il braccio, facendo l'ombreggiatura che a volte faceva un male cane. "Austin ha l'altro. Smetti di lamentarti perché è il suo turno."

Maya lo guardò esasperata e sorrise. "Zitto."

"Prima tu."

Ah, ecco com'erano fratelli e sorelle. Lui era figlio unico e ne era grato. Anche se era cresciuto con i Montgomery di tanto in tanto, da ragazzino, quando tornava nella sua città natale era da solo.

Era sempre stato così, e ora che era più vecchio sarebbe andato avanti così. Non era un Montgomery, e nessun tipo di tatuaggio o di desiderio lo avrebbe reso tale.

Si schiarì la gola, scuotendo la testa prima di tornare al lavoro. Doveva tenere la sua attenzione su quello che stava facendo invece di pensare a quello che sarebbe successo, a quello che non sarebbe mai cambiato. Il subbuglio nel suo stomaco non lo rendeva facile, ma doveva conviverci.

Doveva.

Decker tornò al lavoro, cercando di finire in modo da poter tornare a casa e stare un po' da solo. Era tornato a Denver, ma onestamente non sapeva se sarebbe stato capace di gestire tutti quanti i Montgomery insieme *un'altra volta*.

La porta si aprì, e lui singhiozzò. Sperava fosse un cliente, e non un altro Montgomery. Non sapeva se avrebbe potuto gestire un altro membro della famiglia, in quel momento.

"Ehi, famiglia," disse Miranda Montgomery mentre

entrava. Lui si girò velocemente, catturato dal suo sorriso e dal modo in cui ammiccava ai suoi fratelli.

Decker si irrigidì, il suo corpo era teso come una corda, ma si trattenne dall'imprecare. Il suo cazzo premeva contro la zip dei suoi jeans, e in quel momento voleva solo scappare.

Non poteva avere un'erezione per la sorellina di Griffin.

Stronzate.

Lei era Miranda. La piccola Miranda che lo rincorreva in giardino.

Non doveva fargli venire un'erezione.

L'oggetto della sua eccitazione e mortificazione si girò verso di lui e gli sorrise. Il suo cazzo diventò ancora più duro.

Traditore.

"Ehi! Non sapevo che c'eri anche tu."

Ammiccò e poi si schiarì la voce. "Non ci sono. Non sono qui, voglio dire."

Ottimo, Decker. Geniale, ma che cazzo!

Sbuffò, mentre il resto della sua famiglia rideva. "Eh, Decker, tesoro. Ma tu *sei* qui."

Lui scosse la testa, schiarendosi le idee. O almeno ci provava. "Volevo solo dire che sto per andarmene."

Austin si alzò e aggrottò la fronte. "Non hai ancora finito. Cosa succede, Deck?"

Decker raccolse le sue cose velocemente. "Tornerò domani e finirò il lavoro. Si deve asciugare, e non ho portato gli ultimi attrezzi di cui ho bisogno."

Lo sguardo di Austin gli fece capire che non gli credeva affatto, ma Decker doveva uscire di lì. Velocemente.

"Ok, non importa. Grazie per essere venuto e per aver fatto almeno la metà del lavoro."

Decker annuì, prese i suoi attrezzi e corse via, facendo un cenno di testa agli altri mentre correva fuori dalla porta, con la cassetta degli attrezzi davanti al suo cazzo. L'ultima cosa di cui aveva bisogno era che i fratelli maggiori di Miranda vedessero la sua erezione. Aveva visto lo sguardo sorpreso di Miranda mentre se ne andava, ma non voleva pensarci.

Cazzo. Lei era la sorellina del suo migliore amico.

Era veramente *off limit.*

Gli serviva solo una scopata. Non appena mise le sue cose nel pickup, tirò fuori il cellulare. Quando la persona che stava chiamando rispose, lui si innervosì, provò a schiarirsi le idee sui Montgomery, idee che non avrebbe dovuto avere e che non avrebbe mai avuto.

"Colleen, ehi, sei libera stasera?"

Colleen era un porto sicuro. Era carina. E non era Miranda Montgomery.

La combinazione perfetta.

SIERRA CHIUSE l'Eden e si diresse verso la macchina. Era stata una lunga giornata, con molte clienti che non sapevano cosa volevano, incolpando lei e le ragazze per la propria indecisione. In giornate come quella, le clienti più infernali facevano sempre sapere le loro opinioni. E anche molto spesso.

Tutto quello che voleva era andare a casa - a casa di Austin - per rilassarsi. Non sapeva quando aveva iniziato a considerare casa sua la casa di Austin, piuttosto che il suo piccolo appartamento a Edgewater, ma ormai quell'idea era chiara. Le cose andavano bene tra di loro. Molto bene. Lei e Austin parlavano e collaboravano insieme a Leif.

Erano felici, e lei era pronta per dichiarare i suoi sentimenti.

Lo amava più di qualsiasi altra cosa, e voleva un futuro con lui.

Un futuro che ormai credeva di non potere più avere.

C'era sempre quell'idea nel fondo dei suoi pensieri che le diceva che i genitori del suo ex si sarebbero fatti risentire, ma non sarebbe stata sola a doverli affrontare, questa volta.

Il suo telefono squillò mentre entrava in autostrada, e rispose usando il vivavoce della macchina. "Pronto?"

"Sierra, sono Rodney."

Parli del diavolo e ne spuntano le corna.

Le sue mani serrarono il volante, e deglutì. "Ciao, Rodney. Cosa succede?"

Prese l'uscita successiva e accostò al bordo della strada. C'erano solo campi attorno a lei, visto che si dirigeva verso nord, verso casa di Austin, ma in quel momento era più sicuro fermarsi, che essere al volante.

"Hanno respinto il caso, Sierra. È finita. Per davvero, questa volta. Marsha e Todd non hanno altre carte da giocare."

Sierra si illuminò, spense il motore, lasciando la batteria accesa per far funzionare il vivavoce. "Cosa?" Non poteva crederci. Doveva aver capito male.

"Sierra. È finita. Il caso è stato respinto senza possibilità d'appello, e questa era la loro ultima possibilità. Non possono attaccarti di nuovo. Sei libera di vivere la tua vita come vuoi, senza questa spada di Damocle sulla testa.

"Veramente?" domandò Sierra, con voce roca. Dopo tutti questi anni, è finita?

"Veramente. Vai a casa da Austin a festeggiare. Non dovrai più guardarti alle spalle."

Le lacrime le rigarono le guance, mentre chinava la testa. "Grazie, grazie mille. Oddio."

"Di niente, Sierra. Vivi la tua vita."

Dopo averla salutata, l'avvocato chiuse la chiamata, ma lei rimase lì, con il corpo che tremava.

Era libera. I genitori di Jason non potevano più farle del male. Poteva amare Austin liberamente e non temere le denunce e il passato che non le aveva mai tolto gli artigli di dosso.

Era libera.

Dei fari l'accecarono dal lato del guidatore, si voltò, vide una macchina che si dirigeva contro di lei. Alzò le mani, aprì la bocca in un grido, prima che il suono del metallo che si frantumava le riempisse le orecchie. Il buio l'invase, mentre pensava a Austin un'ultima volta.

AUSTIN SI PASSÒ le mani tra i capelli e sospirò. "Odio la matematica, a volte," mormorò, Leif ridacchiò vicino a lui. "Non ridere. Sono i tuoi compiti, dopotutto."

"La matematica fa schifo," concordò suo figlio.

Austin fece una smorfia. A Sierra non sarebbe piaciuto il fatto che insegnava a Leif a odiare delle materie scolastiche. Il fatto che pensasse a Sierra come all'altro genitore lo spaventava ancora un po', ma ci stava lavorando.

"La matematica non fa schifo. Solo che il più delle volte non è la cosa più divertente."

Leif alzò un sopracciglio proprio come faceva Austin e questo lo fece vacillare. Cazzo, Leif era proprio come Austin si era sempre immaginato suo figlio. Il test del DNA poteva servire al tribunale, ma nessuno dei Montgomery aveva mai avuto dei dubbi riguardo al fatto di accettarlo nella loro famiglia.

Sembrava proprio un Montgomery.

"Certo, Austin. Come dici tu."

Austin trattene il dolore per il fatto che Leif continuasse a chiamarlo Austin piuttosto che papà, ma non aveva molta scelta. Non si conoscevano da tanto tempo, dopotutto.

Il suo telefono squillò, Austin rispose, vedendo un numero sconosciuto sullo schermo. "Pronto?"

"Austin Montgomery?"

Un brivido gli percorse la schiena, si aggrappò alla tavola con la mano libera. "Sì? Sono io."

"La chiamo dall'ospedale di Denver. Sierra Elder è qui."

Il pavimento gli crollò sotto i piedi, si sentì sprofondare nella sedia. Sentì delle piccole mani sul braccio e si girò per vedere Leif in piedi, con gli occhi spalancati.

"Cos'è successo? Sta bene? Dove vi trovate? Sto arrivando."

"Signor Montgomery, si calmi. Non posso dirle le sue condizioni o le circostanze al telefono, visto che non fate parte della sua famiglia, ma lei ha chiesto di avvisarla per farla venire qui." La donna al telefono gli comunicò velocemente l'indirizzo, Austin lo scrisse sui compiti di Leif, era l'unico pezzo di carta nelle vicinanze.

"Sto arrivando. Ditele che…" *la amo.* "Ditele che arriverò in fretta."

Si alzò, gli tremavano le gambe.

"Che succede?" domandò Leif, con gli occhi pieni di lacrime.

Merda. Cosa avrebbe fatto con il bambino? Magari poteva chiamare la sua famiglia e chiedere a qualcuno di accudirlo?

"Sierra è all'ospedale." Ecco. Era stato onesto.

Il labbro inferiore di Leif vacillò. "Cos'è successo?"

"Non lo so. Non me l'hanno voluto dire. Ora vado lì

per vederla." Prese il cellulare. "Chiamerò Meghan così ti verrà a prendere o ti lascerò io da lei."

"No. Anche io voglio vedere Sierra. Non lasciarmi."

Austin inspirò e poi diede un colpetto strano sulla spalla di Leif. "Ok allora. Andiamo." Non c'era alcun modo in cui avrebbe potuto gestire le chiamate in vivavoce con Leif seduto dietro. Tremava troppo, in quel momento. "Prendi quello di cui hai bisogno e andiamo."

Leif si alzò velocemente dalla sedia e corse nel retro della casa mentre Austin si passò una mano tra i capelli. Il dottore o l'infermiera o chiunque fosse si era rifiutato di dirgli cosa stesse succedendo. Aveva il diritto di saperlo, ma merda, non potevano almeno dargli un indizio?

Austin prese il portafogli e il telefono, mandò velocemente un messaggio a Wes per dirgli di andare all'ospedale con tutta la famiglia, si sarebbero incontrati là. Gli sembrava meglio fare così, che chiamare tutti quanti e parlare al telefono mille volte. Finì il messaggio scrivendo "non chiamarmi", visto che avrebbe guidato.

Wes gli rispose subito, dicendo che sarebbe arrivato con tutta la famiglia.

Quelli erano i Montgomery. Erano presenti, a prescindere.

Leif tornò con un lettore Kindle nelle sue mani e con le scarpe ai piedi.

"Cosa ci fai con il Kindle?" chiese Austin mentre entrava in garage, con Leif che lo seguiva.

"È di Sierra. Stava leggendo e l'aveva lasciato qui la notte scorsa."

Austin deglutì, annuendo. Quel bambino amava tantissimo Sierra; era più che evidente. Dio, doveva stare bene. Le sue condizioni non dovevano essere gravi.

Guidò più veloce che poteva, senza mettere in pericolo il suo prezioso carico e arrivò all'ospedale, parcheggiò la macchina e corse al pronto soccorso, stringendo la mano di Leif per non perderlo. Gesù, la sua vita era cambiata così tanto da quando Sierra era entrata per la prima volta in negozio. Non poteva perdere tutto in un colpo solo.

Quando arrivò all'accettazione, stava tremando accanto a Leif. "Sto cercando Sierra Elder."

La donna annuì e poi alzò un sopracciglio. "Siete della famiglia?"

"Lei è la mia famiglia," disse istantaneamente. Era vero, solamente non lo era per la legge. "Sono Austin Montgomery. Mi avete chiamato."

Lei annuì di nuovo e poi iniziò a digitare qualcosa sul computer. "Lei è libero di entrare." Poi guardò Leif. "Ma ho paura che lui non possa."

Sapeva che la donna stava solo facendo il suo lavoro, ma che cazzo, voleva passare comunque. "Lui è mio figlio. Viene con me. Mi dica dov'è Sierra."

"Non usi questo tono con me, giovanotto. Sto solamente seguendo la legge."

"Judy, posso occuparmene io," disse un uomo con un camice bianco che camminava verso di loro. Judy sbuffò e tornò al suo computer.

"Dov'è Sierra?"

"Sono il dottor Michaels, Sierra è una mia paziente." Porse una mano ad Austin, che la strinse impaziente. "Sierra ci ha dato il permesso di dirle le sue condizioni di persona, e visto che lui è vostro figlio, siete tutti e due i benvenuti in reparto."

Austin lanciò un'occhiataccia a Judy e poi camminò a fianco del dottor Michaels. Leif gli strinse forte la mano, e Austin se lo avvicinò.

"Cos'è successo?" domandò Austin.

"Sierra è stata coinvolta in un incidente, un pirata della strada l'ha colpita. L'altra macchina ha urtato il veicolo di

Sierra sul lato guidatore, ma dal retro piuttosto che da davanti. L'impatto l'ha fatta sobbalzare, ha qualche taglio, qualche bruciatura e un lieve trauma cranico. In ogni caso, visto che non era in movimento e che l'altra macchina non stava andando veloce, gli airbag le hanno impedito di avere delle lesioni gravi."

Austin diventò di ghiaccio, stringendo i pugni. "Ma starà bene, vero?"

Il dottore annuì. "Sì. È stata molto fortunata."

"E ha detto che è stato un pirata della strada? Hanno trovato il bastardo che ha fatto tutto ciò?"

Il dottore annuì. "Sì. È stata una donna. Sembra sia stata la madre dell'ex fidanzato di Sierra. Questo è tutto quello che so, ma adesso potrà parlare con Sierra. È un po' stanca, ma oltre a quello, dovrebbe stare bene."

Cazzo. Marsha aveva fatto tutto ciò? E dov'era Todd? Cazzo, quella famiglia era matta.

"Eccola lì, signor Montgomery."

Austin annuì assente, mentre il dottor Michaels se ne andava.

"Sta veramente bene?" domandò Leif, con la sua vocina.

Austin inspirò a fondo e poi guardò suo figlio.

"È quello che ha detto il dottore. Andiamo a vedere." Il suo intero mondo era tra le sue braccia e in quella stanza. Lo sapeva. Era come un enorme shock. Non sapeva cosa avrebbe fatto senza di lei. Dio, l'amava così tanto che gli faceva paura. Non avrebbe dovuto amare qualcuno così tanto. Non sapeva se poteva sopportare di perderla. Aveva a cuore solo suo figlio, suo papà, i due più grandi cambiamenti nell'ultimo periodo, e adesso l'amore della sua vita era in un letto d'ospedale.

Era troppo, dannazione.

Entrò nella stanza e diventò di ghiaccio. Sierra era sul

letto, aveva i capelli aggrovigliati tutto intorno. Aveva gli occhi aperti, ma girati dall'altra parte. Aveva tagli e bruciature sulla faccia e sulle braccia, sicuramente che ne aveva anche in altri posti nascosti dal camice dell'ospedale.

"Sierra," disse Leif in lacrime correndole incontro. Si fermò giusto al bordo del letto, con una mano tesa, non osava avvicinarsi di più, era come spaventato, aveva paura di toccarla.

Sierra si girò verso di lui, con un sorrisetto sul viso. "Ciao, ragazzone."

"Stai bene?" chiese Leif dolcemente.

"Sì, sono solo un po' malconcia. Potrò andare a casa domani. Non aver paura, ok tesoro?"

Leif si mise a piangere, abbassando la testa sul lato del letto. "Ok," sussurrò piangendo.

Austin trattenne le lacrime. Non si era mosso dal suo posto vicino alla porta, non sapendo se poteva avvicinarsi. L'amore della sua vita era inerme in quel letto, lui non riusciva ancora a smettere di pensare a cosa poteva succedere, se la macchina fosse andata più veloce o se l'avesse colpita con un altro angolo.

Aveva quasi perso una delle persone alle quali teneva di più al mondo, non era presente.

Che uomo era?

Sierra accarezzò la schiena di Leif, mormorandogli qualcosa all'orecchio. Incrociò lo sguardo di Austin, quello che vide negli occhi di lei lo spaventò.

Non c'era amore, in quegli occhi.

No, erano vuoti.

Niente.

"Austin."

Si girò e vide Maya e Jake alla porta, Maya aveva gli occhi spalancati. "Sono qui. È stato difficile intrufolarsi, ma siamo qui." Lo sguardo di Maya si spostò su di Sierra. "Ehi tu. Come stai?"

Sierra sembrava affranta, lui non sapeva cosa fare.

"Sto bene," disse l'amore della sua vita. "Pensate di poter prendere Leif per un momento? Devo parlare con Austin."

Maya lanciò un'occhiata ad Austin e poi prese Leif, che piagnucolava ancora, portandolo fuori. Prima che se ne andassero del tutto, Austin passò una mano sui capelli di suo figlio e poi singhiozzò, quando si ritrovò da solo con Sierra.

"Piccola, mi dispiace così tanto per quello che è successo."

Sierra alzò il mento, le lacrime le riempivano gli occhi. "Anche a me. Tuttavia, Marsha non può più farmi male."

"Questo non è il punto. Sei quasi morta, e io non ero lì con te."

"No, non c'eri. Ma non dovevi esserci."

Qualcosa gli squarciò cuore, le si avvicinò, aveva bisogno di toccarla.

Lei tirò fuori una mano. "Tu e Leif avreste potuto essere facilmente in macchina con me. Il mio passato poteva ucccidervi. Non posso lasciare che ciò accada. Marsha può anche essere in prigione, ma Todd è ancora là fuori. Non posso mettervi in pericolo. È troppo, non ce la faccio più. Non avrei dovuto correre il rischio, perché fa male. Fa malissimo, Austin. Vattene. Per favore. Per favore, vai via. Non so cosa fare e il fatto di averti qui… mi scombussola. Ti amo, Austin, ma non posso stare con te."

La prima volta in cui gli aveva detto ti amo, lo stava allontanando allo stesso tempo. Lo stava allontanando e lui non stava combattendo per tenere la sua posizione.

Perchè non si stava facendo valere?

"Sierra…"

"Vai, Austin. Per favore."

"Non me ne andrò."

"Sì. Te ne andrai. Non siamo compatibili, e lo sai. Devi stare con tuo padre e con tuo figlio, e io non posso affrontare tutto ciò. Non è sicuro, e non è abbastanza. Lasciami da sola."

Lui annuì e si girò, lasciandola con il cuore spezzato, tutta malconcia nella sua stanza. Perchè non rimaneva? Perchè non diceva niente? Sapeva che si era innamorato troppo di lei, troppo velocemente, ma cazzo, perchè se ne stava andando?

Era un fottuto codardo, ma si stava lasciando allontanare. Attraversò la sala d'attesa, dove Maya e Jake erano seduti con Leif. Sua sorella alzò un sopracciglio, e lui scosse la testa. Non poteva gestire tutte le domande in quel momento. Il suo mondo si stava sbriciolando, e lui non faceva niente per impedirlo. Doveva fare un passo indietro e pensare. Non poteva farlo, con tutte quelle persone attorno.

"Andiamo a casa. Sierra ha bisogno di riposarsi." Le sue parole erano vuote, e le domande negli occhi di Maya gli fecero venir voglia di gridare.

"Perché non possiamo restare?" domandò Leif.

"Perché dobbiamo andare," disse Austin, mentre si passava una mano sul viso.

"Possiamo venire domani?"

"Non penso, piccolo."

Maya ansimò, e Austin trattenne una maledizione.

"Perchè no?"

"Dobbiamo andare, ok?" Avrebbe alzato la voce, ma non riusciva a trovare l'energia.

"Austin," sussurrò Maya.

"Non adesso, ok?"

Austin prese la mano di Leif e lasciò la sua donna all'ospedale. Lo aveva pregato di andarsene, ma lui non aveva combattuto abbastanza.

Perché?

Questo era tutto quello che poteva dire.

Perché?

Capitolo 22

Austin aveva bisogno di bere. Erano passati meno di due giorni da quando aveva fatto l'errore più grande della sua vita, uscendo dalla stanza d'ospedale di Sierra. Lei gli aveva detto di andarsene, e lui l'aveva ascoltata. Da quando faceva esattamente quello che lei gli diceva di fare?

Normalmente, era il contrario. Almeno in camera da letto. Era lui il dominante. Il supporto di Sierra. Eppure l'aveva delusa. Porca puttana, l'aveva proprio delusa.

Le aveva lasciato dettare le regole e non si era preso cura di lei come avrebbe dovuto fare. Che razza di uomo era?

Lei era spaventata. Terrificata. Proprio come lui. E se n'era andato. Le sue scusa non sarebbero state abbastanza per farsi perdonare, ma doveva trovare un modo.

"Papà?"

Austin diventò di ghiaccio e poi si girò per vedere Leif dietro di lui, con uno sguardo accigliato. Voleva alzarsi e abbracciare suo figlio al suono della parola 'papà' che era uscita dalle sue labbra, ma si trattenne. Non voleva esagerare; avrebbe lasciato pensare a Leif che era una cosa normale e che andava bene, piuttosto che gridarlo ai quattro venti come avrebbe voluto fare.

"Sì, Leif?"

"Quando andremo a prendere Sierra?"

Austin si accovacciò per essere all'altezza di Leif. "Vuoi che vada a prendere Sierra?"

Leif alzò gli occhi. "Certo che lo voglio. Lei fa parte della nostra famiglia. So che mia mamma non tornerà indietro, ma tu sei mio papà. Sei la mia famiglia. E visto che tutti e due vi amate, dovreste essere insieme. Non so se la chiamerò mai mamma, ma lei si prende cura di me. Capisci? Mi vuole bene, e anche io gliene voglio. Non voglio che se ne vada. Voglio assicurarmi che stia bene. Puoi farlo? Puoi accertarti che sappia che può tornare a casa? Sistema la cosa e basta. Ok?"

Dalla bocca dei bambini esce sempre la verità.

Austin prese il viso di suo figlio tra le mani. "La porterò a casa, Leif. Vuoi che stia con noi per sempre? È questo quello che pensi?" Lui e Leif erano una sola cosa adesso. Non poteva prendere una decisione così grande senza di lui.

"Sposala e basta, è ora. Va bene? Mi piace molto. È bella e ha un buon profumo."

"Questo è vero." Matrimonio? Sì. Era pronto per sposarla. Era pronto ma non era stato capace di scavalcare le sue preoccupazioni per capirlo davvero. "Spero solo mi voglia ancora."

Leif mise la sua mano sulla barba di Austin. "Ti vorrà ancora. Ti ama. A volte i vecchi hanno solo paura di dirlo. Va bene. Ti aiuterò."

Austin non diede bada al commento sulle persone vecchie e deglutì. "Ti voglio bene, Leif. Sei mio figlio, e sono così felice che tu sia nella mia vita."

Leif sorrise. "Ti voglio bene anch'io, papà. Adesso vai a prendere Sierra."

Austin abbracciò Leif, respirando il profumo di quel bambino. Anche se non era più così piccolo dopotutto. "Ti lascerò da Maya. Lei e Jake stanno facendo un torneo di Xbox."

"Mi pare un buon piano. Sono già pronto per partire." Leif arrossì, e Austin alzò un sopracciglio. "Zia Maya è pronta per me. E ha detto delle parolacce sul fatto che tu stia muovendo il culo solo adesso."

Ridacchiò e poi spettinò i capelli di Leif. "Tua zia Maya deve dire meno parolacce quando ti è vicina."

"Questo è quello che ha detto di te."

"Vero. Va bene, andiamo."

"Quindi puoi riportare Sierra a casa."

"Lo spero."

QUANDO EBBE LASCIATO Leif a casa di Maya, il sole era già tramontato dietro le montagne, e lui era seduto in macchina davanti all'appartamento di Sierra. Non l'avrebbe mai dovuta abbandonare. Avrebbe dovuto combattere con tutte le sue forze per tenerla con sé.

Cazzo. Non sapeva cosa dire, ma stare fuori in macchina mentre le persone che gli passavano affianco lo fissavano non era la cosa giusta da fare. Uscì dalla macchina, arrivò alla porta e bussò piano. La sentì muoversi a fatica fino alla porta, che poi aprì.

Sierra era lì in piedi, con i capelli raccolti in una coda di cavallo, gli occhi pieni di tristezza. Le bruciature le coprivano le braccia e le gambe e a lui mancò il fiato a quella visione.

"Oh, piccola, mi dispiace così tanto per le tue ferite."

Sierra indietreggiò, e lui entrò in casa. Lui si chiuse la porta dietro e si mise le mani in tasca. Voleva tenerla vicino a sé e non lasciarla più andare. Ma in quel momento non pensava che fosse la miglior cosa da fare per loro due. Prima di tutto, dovevano parlare.

"Perché sei qui, Austin?" domandò Sierra, con la voce stanca.

"Ti amo, Sierra. Ti amo più del mio prossimo respiro. Ho bisogno di te nella mia vita. Non avrei mai dovuto permetterti di allontanarmi così. Avevo così tanta paura che ti fossi fatta male, e poi ero più preoccupato di come la mia vita stava cambiando, piuttosto che occcuparmi di quello che avevo davanti agli occhi. Non avrei mai dovuto andarmene. Sei il mio tutto. Ti voglio nella mia vita, Sierra. Voglio diventare vecchio insieme a te. Voglio che tu mi aiuti a crescere Leif. Voglio sposarti e darti il mio cognome. Voglio avere dei figli con te e vederli crescere insieme. Voglio vederti nella mia famiglia e averti al mio fianco mentre combattiamo la malattia di mio papà. Sei il mio futuro, e avrei dovuto capirlo prima. Non lasciarmi. Non farmi andar via. Non costringermi ad andarmene. Ti amo. Per favore. Per favore fammi restare."

Le guance di Sierra erano bagnate dalle lacrime, anche se scuoteva la testa. Il corpo di Austin si sentiva come schiantato contro un muro, ma fece lo stesso due passi verso di lei. Le prese il viso tra le mani, strofinando le labbra contro quelle di lei.

"Ti amo Sierra. Qualunque cosa succeda con Todd nel futuro, succederà con me al tuo fianco. Non devi preoccuparti per me. Non devi preoccuparti per Leif. Non ti lasceremo andare."

Sierra singhiozzò. "Hanno trovato Todd. Si è suicidato, Austin. È finita."

Sbalordito, Austin sbatté le palpebre. "Sei al sicuro?"

Lei annuì, singhiozzandogli addosso. "Al sicuro sì, ma non del tutto. Non avrei dovuto allontanarti, ma avevo così paura."

"Anche io avevo paura. Ero così spaventato che ho lasciato che mi allontanassi. Non dobbiamo farlo di nuovo, Sierra. Staremo insieme per il resto della nostra vita. Voglio sposarti. Ti voglio nella mia vita, e voglio che tu sia mia a letto. Voglio che tu mi affidi il tuo cuore, il tuo corpo e la tua anima. Non voglio mai più chiederti di inginocchiarti perchè voglio che tu lo faccia di tua spontanea volontà. Voglio che tu ti fidi di me con ogni parte del tuo essere, così potrò prendermi cura di te e nutrire la nostra relazione, fino a che non diventerà quello che so che promette di essere."

"Oh, Austin."

"Sposami, Sierra."

"Sì. Sì, ti sposerò."

Lui appoggiò la bocca a quella di lei, sapendo che questo era il primo bacio del loro 'per sempre'. Austin le afferrò i capelli e lei trasalì.

"Cazzo. Hai troppe ferite per quello che ti voglio fare, piccola." Strinse gli occhi. "Voglio ucciderli per quello che ti hanno fatto, spilungona."

Lei gli prese il viso tra le mani, e lui si appoggiò a quel tocco. "È finita, Austin. E anche se questa sera magari non potremo andarci forte, possiamo fare l'amore. Possiamo farlo dolcemente."

L'uccello di Austin premeva contro la pancia di Sierra, che gemette. "Dolcemente," sussurrò Austin.

Lei lo portò in camera da letto, e lui la spogliò velocemente, baciandole ogni bruciatura e ogni taglio. Le succhiò i capezzoli, facendoli diventare duri con la lingua, prima di baciarle la pancia e in mezzo alle gambe. Quando appoggiò Sierra sul letto, lei gli mise le dita tra i capelli, mentre lui le mangiava la passera.

Quel sapore dolce gli esplodeva sulla lingua mentre la leccava, succhiando i suoi umori. Lei gemette, dondolandosi sulla sua faccia.

"Stai ferma," le ordinò, e lei si bloccò. Il fatto che l'avesse fatto senza lamentarsi gli fece venir voglia di penetrarla subito, riempiendola con il suo cazzone.

Non prima di farla venire.

"Austin," ansimò Sierra, quando lui le mise due dita dentro. Il suo canale si contrasse attorno alle sue dita, mentre lui continuava a toccarle il clitoride. Sierra colpì il letto con la testa quando raggiunse l'orgasmo, lui continuò a leccarla fino a quando l'orgasmo non finì.

Austin si ritrasse, spogliandosi velocemente, prima di mettersi sul suo corpo. "Sei pronta per me, spilungona?"

"Certamente," rispose lei, con la voce dolce come il miele. "Sono sempre pronta per te."

"Bene," rispose mentre la penetrava lentamente, senza smettere mai di fissarla negli occhi. Fecero l'amore dolcemente, perché non voleva farle male. Il dolce dolore del corpo di Sierra si avvolse intorno ad Austin, che andava dentro e fuori di lei; le fece venir voglia di urlare il suo nome al cielo. Dopo che tutti e due vennero, i loro corpi erano completamente bagnati di sudore, lui rotolò sul fianco, tenendola vicina, con il cazzo ancora dentro di lei.

"Ti amo, Sierra Elder."

"Anche io ti amo, Austin Montgomery."

Austin sospirò felicemente. Aveva trovato il suo futuro, la sua vita, la sua donna. Non gli importava cosa gli poteva accadere in futuro, sapeva che avrebbe potuto affrontarlo, con Sierra al suo fianco. Era un fortunato bastardo, e avrebbe ringraziato il suo destino fino al giorno in cui sarebbe morto.

Sierra Elder era sua.
Finalmente.

SIERRA TRASALÌ mentre Austin le ripuliva di nuovo il fianco, mentre il lento ronzio dell'ago che la stava tatuando continuava. Ovviamente, era solo quando l'ago tatuava gli altri che Sierra pensava fosse sexy. Le margherite che Austin le stava tatuando al fianco le facevano male da morire. Beh, non le margherite, ma quel dannato ago che le tatuava la pelle.

Ma non lo disse ad Austin. Se sembrava sul punto di piangere, lui avrebbe potuto smettere, ma poi avrebbe dovuto tornare ancora in quella postazione.

Insomma, non faceva così tanto male, ma visto che doveva continuare a muoversi attorno alle cicatrici per contornare del tutto l'area con le margherite, non era l'esperienza più piacevole.

"Finito, spilungona," disse Austin, comprimendole la coscia. "Sei stata brava."

Sierra gli fece un sorriso teso e poi provò a sedersi.

"Aspetta, piccola. Lascia che ti mostri il tuo tatuaggio, intanto riposati un po'. Lo so che fa un male cane." Si avvicinò in modo che solo lei potesse sentirlo. "Lo so che ti piace il dolore, ma solo dal mio palmo o da una frusta. Va tutto bene."

Lei trasalì, poi chiuse gli occhi e lo baciò. "Non fa così male. In più devo farmi un altro tatuaggio."

Austin alzò un sopracciglio e poi sorrise entusiasta. "Ti vuoi tatuare il Montgomery Iris?"

"Sarò una Montgomery, no? È la tradizione."

Austin le diede una pacca sul culo e sorrise ancora di più. "Cazzo sì, sarai una Montgomery. Non vedo l'ora."

"Neanche io vedo l'ora."

Austin finì di pulire l'area e poi iniziò a elencarle la prassi dopo il tatuaggio. Fortunatamente sarebbe andata a casa con il suo tatuatore, quindi lui sarebbe stato lì per aiutarla. Doveva ammetterlo, le margherite che collegavano le sue cicatrici erano magnifiche. Le facevano male, ma voleva fare qualcosa in grande per il suo tatuaggio, quindi non poteva incolpare nessuno se non se stessa.

Austin le prese la faccia tra le mani e sospirò. "Sono così felice che tu sia entrata in negozio quella mattina."

"Tu sei stato uno stronzo, ma ti amo comunque."

"Spilungona, sono ancora uno stronzo, ma anche io ti amo."

"Buon Dio, basta con queste smancerie," sogghignò Maya dal suo angolo, pur sorridendo.

"Ooohh, amiamo anche te, Maya!" scherzò Sierra. Austin ridacchiò al suo fianco, e Maya si leccò le labbra.

"Quindi, uh, quanto ci vorrà prima di poter testare la mia flessibilità con il tatuaggio?" sussurrò.

Gli occhi di Austin si incupirono. "Presto, spilungona. Presto." Austin ringhiò. "Ti rendi conto che ho un cliente tra, tipo, trenta minuti, vero? Non posso tatuare un tizio mentre ho un'erezione."

Lei gli diede uno schiaffetto. "Oh, povero piccolo. Andrò all'Eden e ti lascerò fare il tatuaggio. Leif dovrebbe uscire da scuola tra qualche ora, quindi possiamo cenare tutti quanti insieme."

Erano normali. Come una famiglia.

Quell'idea le fece capire di aver fatto la scelta giusta, era la ragazza più fortunata al mondo.

Infatti era così che si sentiva.

Era entrata alla Montgomery Ink tanti mesi prima per un tatuaggio e non ne era uscita solo con un tatuaggio nuovo di zecca, ma con un figlio e con un marito, con il quale avrebbe passato il resto della sua vita.

Una vera fortuna.

299

Il prossimo romanzo nella collana è quello di Decker e Miranda, Tempting Boundaries.

Una nota da Carrie Ann

Grazie mille per aver letto **Tatuaggio Spinoso**.

Austin e Sierra ne hanno passate così tante prima di essere per sempre felici e contenti, sono così entusiasta che si stiano finalmente godendo la vita insieme!

Il prossimo romanzo nella collana è quello di Decker e Miranda, Tempting Boundaries.

Se non vuoi perderti nessuna novità, puoi iscriverti alla mia newsletter sul sito www.CarrieAnnRyan.com; segui il mio account Twitter@CarrieAnnRyan, o metti un Like sulla mia pagina Facebook. Ho anche un Facebook Fan Club dove abbiamo varie curiosità, chat, e altre chicche. Voi, i miei lettori, siete la ragione per la quale scrivo questi libri e vi ringrazio.

Ricorda di iscriverti anche alla MAILING LIST in modo da poter sapere quando i prossimi libri saranno pubblicati, oltre che trovare dei regali e delle LETTURE GRATUITE.

Buona lettura!

Ti interessa essere un blogger e revisore per Carrie Ann Ryan? Registrati qui!

Montgomery Ink:
Delicate Ink (Tatuaggio Spinoso)
Tempting Boundaries
E tanti altri in arrivo!

L'autrice

Carrie Ann Ryan è un'autrice bestseller del New York Times e dello USA Today e scrive romanzi contemporanei, paranormali ed erotici per giovani adulti. Le sue opere includono le collane Montgomery Ink, Redwood Pack, Fractured Connections, Elements of Five, che hanno venduto più di tre milioni di libri in tutto il mondo. Carrie Ann ha iniziato a scrivere durante la specialistica per la sua laurea in chimica, da allora non si è più fermata. Carrie Ann ha scritto più di settantacinque tra romanzi e racconti brevi e ha molti altri libri in progetto. Quando non si perde tra i suoi mondi emozionanti e ricchi d'azione, legge più che può... ma sostiene che i suoi gatti abbiano più follower di lei.

www.CarrieAnnRyan.com

Note

Capitolo 1

1. Ink significa "inchiostro" mentre "Inc." è l'abbreviazione di "Incorporated" che significa "società costituita".

Capitolo 4

1. UCD sta per University of Colorado, Denver (Università del Colorado).